10
years

太阳鸟十年精选

王蒙 主编

历史深处有忧伤

辽宁人民出版社

© 王蒙　2018

图书在版编目（CIP）数据

历史深处有忧伤 / 王蒙主编 . —沈阳：辽宁人民出版社，2018.1（2024.1重印）
ISBN 978-7-205-09136-1

Ⅰ . ①历… Ⅱ . ①王… Ⅲ . ①中国文学—当代文学—作品综合集 Ⅳ . ①I217.1

中国版本图书馆CIP数据核字（2017）第273334号

出版发行：辽宁人民出版社
　　　　　地址：沈阳市和平区十一纬路25号　邮编：110003
　　　　　电话：024-23284321（邮　购）　024-23284324（发行部）
　　　　　传真：024-23284191（发行部）　024-23284304（办公室）
　　　　　http://www.lnpph.com.cn
印　　刷：辽宁新华印务有限公司
幅面尺寸：160mm×230mm
印　　张：15.25
字　　数：239千字
出版时间：2018年1月第1版
印刷时间：2024年1月第3次印刷
责任编辑：贾　勇
装帧设计：丁末末
责任校对：冯　莹
书　　号：ISBN 978-7-205-09136-1

定　　价：78.00元

总序

PREFACE

　　这套"太阳鸟十年精选"所收录的文章均选自过去十年我为辽宁人民出版社主编的太阳鸟文学年选。太阳鸟文学年选作为每年国内出版的多种文学年选中的一种，已经坚持了近二十年。它说明辽宁人民出版社的这套太阳鸟文学年选具有相当的历史性，表现了辽宁人民出版社编辑们的坚持不懈，这也是年选权威性的一个方面。

　　太阳鸟文学年选近二十年来，纳入其编选范围的文体大致六种，即中篇小说、短篇小说、诗歌、散文、随笔和杂文，这一次编辑将选文的体裁限定在了"美文"，杂文记忆中也只选了三四篇。整套书共十三种，包括《途经生命里的风景》《异乡，这么慢那么美》《故乡，是一抹淡淡的轻愁》《这世上的"目送"之爱》《历史深处有忧伤》《愿陪你在暮色里闲坐，一直到老》《你所有的时光中最温暖的一段》《那个心存梦想的纯真年代》《一生相思为此物》《掩于岁月深处的青葱记忆》《在文学里，我们都是孤独的孩子》《艺术，孤独的绝唱》《那个时代的痛与爱》，除《那个时代的痛与爱》主题相对分散，其他内容包括国内国外、故乡亲人、历史人物、童年校园、怀人状物、读书谈艺，可以说涵盖了人生的方方面面，可供阅读群体广泛。集中国十年美文创作于一书，这个书系的作者也涵盖了中国当代文学写作，尤其是散文写作的大量作家，杨绛、史铁生、袁鹰、余光中、梁衡、王巨才、王充闾、周涛、陈四益、肖复兴、李辉、王剑冰、祝勇、张晓枫、刘亮程、毛尖、李舫、宗璞、蒋子龙、陈建功、李国文、刘心武、李存葆、陈世旭、梁晓声、陈忠实、贾平凹、铁凝、张承志、张炜、余华、韩少功、王安忆、苏童、周大新、格非、迟子建、刘醒龙、刘庆邦、池莉、范小青、叶兆言、阿来、刘震云、赵玫、麦家、徐坤等。还有黄永玉、范曾、韩美林、谢冕、雷达、阎纲、孙绍振、温儒敏、南帆、陈平原、孙郁、李敬泽、阎晶明、彭程、刘琼等艺术家和评论家。他们的阵容，令人想起改革开放以来中国当代文学的版图。

为了"优中选优"，我重新翻阅了近十年的太阳鸟文学年选散文卷和随笔卷，并生出一些感慨。文学应该予人以美，包括语言之美、结构之美、韵律之美，更包括思想之美、情感之美、叙事之美，言之有思，言之有情，言之有恍若天成的启示与灵性。美好的东西总是让人念念不忘，文章也是如此。重读这些当年选过的文章，依然让人或心潮澎湃，或黯然神伤，或感同身受，或心向往之，一句话，也就是我最入迷的文学品性：令人感动。

大概十年前，为了继承和发扬赵家璧先生在良友图书公司主持"中国新文学大系"的传统，我曾为出版社主编过"中国新文学大系"第五辑，我在序言中曾说，文学是我们的最生动、最刻骨铭心的记忆，是我们的"心灵史"。我希望这套选本，也能不辜负读者与历史的期待。

王蒙

2017 年 9 月

目录

CONTENTS

从剃头匠升官谈起

熊召政

———————

一

朱元璋虽是农民出身，但当了皇帝后，身边服侍的人也多了起来。裁缝庖厨、医卜车夫，一应杂役应有尽有。有一位姓杜的剃头师傅，专门负责给朱元璋打理容颜，职称就叫"整容匠"。这一天，杜师傅为朱元璋修指甲。事毕之后，他把剪下的碎指甲小心翼翼用纸包好，揣进怀中。朱元璋看在眼里，问杜师傅意欲何为。杜说："指甲出自皇上圣体，岂敢狼藉？卑职将携回家去，谨慎地珍藏起来。"朱元璋斥道："你胆敢诈我，你为朕修了十几年的指甲，难道都珍藏起来了吗？"杜答："回皇上，卑职全都藏起来了。"朱元璋命锦衣卫看住杜师傅，再派人到杜家去取指甲。少顷，使者从杜家捧了一个红木匣子回来，只见里面全是碎指甲。使者说："这个指甲匣子供在佛龛上，匣前摆着香烛敬奉。"朱元璋顿时大喜，命锦衣卫把杜师傅带上来，拍着他的肩膀说："你这个人诚实知礼，朕很喜欢。"当下，就赏了杜师傅一个太常寺卿的官职。这个太常寺卿，相当于今天的中央机关事务局的局长。剃头匠陡升为正部级高官，仅因为收藏了指甲，不要说用今人的观点，就是放在明代当世来看，也是一种令世人瞠目的"异典"。

我在很多篇文章里，都揭示了朱元璋性格的多面性。他既是政治平民化的代表，同时又是政治粗鄙化的代表。我历来认为平民并不等于粗鄙，政治也不等于暴力。政治是一门艺术，历代圣贤对此都有很好的揭示，老子说"治大国若烹小鲜"，似可视作政治艺术的完美表现。既然是艺术，从道理上讲就应该是高尚的，而与粗鄙无缘；是宽容的，从而拒绝暴虐。但这两点，朱元璋都做不到。

朱元璋的老婆马皇后，属糟糠之妻。朱元璋尽管娶了几十个老婆，但没有一个人可以充当"第三者"，离间他们夫妻间的恩爱。这并不是说朱元璋如何高尚，而是因为他是皇帝，有条件把"性"和"情"分开。一夫一妻制是社会的进步，小两口也好，老两口也好，性与情必须统一。否则，不是女的"红杏出墙"，就是男的寻找"第三者"。朱元璋可以完全不必研究爱情这门艺术。因为女人对于他来说，任何时候都不会是短缺物资。他不必偷偷摸摸和别的男人一同去分享某个女人。看中了谁，下一道旨就解决问题。因为有了这个特权，他反而有情有义。他可以"乱性"，但决不会"乱情"，与马皇后两个，始终相敬如宾。

马皇后脚大，有"大脚皇后"的戏称。有一天，朱元璋指着马皇后的脚谑道："看你这婆娘的一双天足，天底下没有第二双。"马皇后笑道："如果有第二双，就轮不到我当皇后了。大脚有什么不好，偌大乾坤，只有这双脚才镇得住。"朱元璋哈哈一笑，暗自得意与马皇后是龙凤配。

此后不久是元宵节，朱元璋微服出行。到了南京城的聚宝门外，见街上一户人家门口悬挂一只彩灯，上面绘了一个大脚妇人，怀抱一只西瓜而坐。朱元璋站在灯下，当时脸色就变了。据他猜度，"怀"谐音"淮"，西瓜取一个"西"字，合起来就是"淮西"，朱元璋的老家凤阳一带，统称淮西，即淮河的西边，又称淮右。他自己说"朕本淮右布衣，起于田垄"，他自己这么谦虚是可以的，但绝不允许别人说他是泥腿子出身。他觉得这盏灯笼上的画是讥刺马皇后乃"淮西的大脚妇"，不觉勃然大怒，立即命令锦衣卫将这一家九族三百余人不分男女老幼统统杀掉，如此仍不解气，还将这条街上的所有居民，全部发配到蛮荒之地充军。

因为珍藏他的指甲，一个普普通通的剃头匠成了列籍朝班的大臣；又因为一幅灯画，几百颗人头落地。朱元璋就是这样，让他的政治一会儿成为一幕荒诞喜剧，一会儿又变成一场令人战栗的恐怖电影。

二

君王的喜怒无常，表面上看是性格问题，究其实，还是社会的制度问题。今天人们常常讲，绝对的权力是腐败的根，绝对的权力又何尝不是产生暴君的温床呢？朱元璋之所以喜怒无常，就是因为他能够治理天下，天下却不能够治理他。所以，碰到他决策正确的时候，天下就无事，他一旦把事情想拧了、抽风了，旦夕之间，不知什么人就会遭殃。

历史中曾有这么一段记述：

某日，朱元璋从言官的奏本得知，京城各大衙门政纪松懈，官员人浮于事。当天晚上，他便亲自上街寻查。走过吏部、户部、礼部等衙门，但见都有吏员值守。到了兵部门口，却是空荡荡无人值守。朱元璋让随行兵士摘下大门旁边挂着的兵部衙门的招牌，扛起走了。走不多远，一位吏员急匆匆跑过来交涉，要夺回这块招牌。锦衣卫对其呵斥，仍将招牌扛回到皇宫。

第二天，朱元璋召来兵部尚书，斥问昨夜谁在衙门当值。尚书回答说是"职方司郎中及其所属吏卒"。朱元璋又问前来抢招牌的那个小吏是哪儿的，尚书回答"该吏亦属于职方司"。朱元璋当即下旨诛杀那个擅自离职不值夜班的职方司郎中。空下的职位，由那个抢招牌的小吏接任。对兵部的处罚是从此不准挂招牌。因此，从这年开始直到永乐皇帝迁都，四十多年来，南京的兵部再没有署榜的招牌。朱元璋一心要给"国防部"一个耻辱，却不管这衙门的尴尬同样关乎朝廷的尊严。

治乱需用重典，这是中国古代政治的一个特点，但重的分寸很难把握。就像那位官居四品的职方司郎中，仅仅晚上没有在单位值班就被砍了脑袋，无论怎么说，这惩处也重得离谱。

如果说，处理兵部衙门的事属于公务，惩罚再重也还讲得了一点理由。朱元璋对另外一些事情的处理，却真是让人啼笑皆非了。

中山王徐达，与朱元璋既是凤阳老乡，又是一起打天下的哥们儿。立国后分封，他列为武将第一。徐达作战有勇气，带兵有权威，布阵有谋略，但为人十分谨慎。对朱元璋这位主子，他从来都是毕恭毕敬，并不因为两人是儿时的朋友而稍微马虎。尽管这样，朱元璋仍不免时时敲打他，提醒他君臣之义。有一天，徐达自西北与鞑靼征战得胜归来，朱元璋率文武百官为他庆功。酒过三巡，朱元璋突然对徐达说："你今天回去，就把老婆休了。"徐达听了心里一咯噔，这老婆是他的糟糠之妻，跟着一块儿"闹革命"，吃了多少苦头啊。老婆脾气虽然有点倔，但夫妻相处多年，早过了磨合期，彼此相安无事，且还恩爱。徐达忖道："不知咱老婆什么事做得不对得罪圣上，让他讨厌？"心里头打小鼓，嘴里却不敢说，只强笑着言道："一切全凭皇上做主。"

朱元璋对徐达的表现大为宽心，仍大包大揽地说："你那老婆不配当中山王夫人，朕已替你物色了一个，今夜，你们就一起过。"徐达一听，惊出一身冷汗。心想："原来他都替我找好了女人，我方才若是为糟糠之妻辩解几句，岂不惹他发怒。"他太了解朱元璋了。这个人好的时候跟你称兄道弟，一块儿划拳猜令闹酒，但他的表情是狗脸上摘毛，说变就变了。徐达哪里知道，在他置身西北打仗期间，朱元璋曾溜达着去他府上，他老婆见当今皇上，没有表示出足够的尊敬，还把天子当作兄弟。这态度引起朱元璋的不满，于是便想着将这个女人从徐达身边赶开。于此可见，在这样一个皇上面前，只有事无巨细奉之唯谨，才有可能免招杀身之祸。

朱元璋替徐达做主休了老婆，在一般人来看这叫小题大做，或者说是狗拿耗子多管闲事。其实不然，在朱元璋的潜意识里，天下的事，不管是大事小事、公事私事，只要他愿意管，就一定能管。只要他动手管，就一定管得住。

在朱元璋看来，徐达老婆在他面前这种不恭敬的态度，时间一长，难免会影响徐达。尽管你徐达军功第一，是咱们一起揭竿的弟兄，但当年是当年，现在是现在。咱现在是皇帝，你只是个臣子，再跟咱表示亲热就等于模糊了君臣的界限，这是绝对不允许的。窃以为，朱元璋替徐达休妻绝不是抽风，而是借此提醒诸大臣：要尊重他皇上的威权。

三

朱元璋的精明，往往以非常粗鄙的方式表现，这形成了他的执政风格。在中国历史中，这一类的皇帝不在少数，如果讲政治文明，他们是最不文明的统治者了。在他们的政治视野中，混乱的世界，唯有使用暴力才能变得井然有序。对权力的依恋，使他们草木皆兵，把所有人都视为潜在的威胁。如此一来，无论是从统治者还是被统治者两方面来讲，其心理都会因为长久的紧张、压抑而导致畸形。老子讲的"无为而治"，可视为政治的瑜伽。它让统治者放松，在祥和的诗意中恢复和谐宽容的政治原生态。

朱元璋最大的悲剧在于，他始终不能放松，他总是用残忍的方式来表现自己的滑稽。像大战风车的堂吉诃德一样，他试图将所有的假想敌置于死地。

朱元璋永远摆出一副饿虎扑食的姿态。他可以纵身一跃，抓住一只狼或一只奔跑的山羊。但是，对于一只机敏的老鼠来说，老虎的威猛便不起任何作用了。

观诸史载，所有与朱元璋硬抗的官员，都没有得到好下场，但那些"老鼠"式的人物，却常常捉弄他这只"老虎"。

有一次，朱元璋进膳时，发现菜里有一根头发，便找来负责庖厨的光禄寺丞，严厉斥问："你为何让朕吃头发，居心何在?"光禄寺丞双膝一跪，装出战战兢兢的样子，颤声回答："启禀皇上，那不是头发。"朱元璋问："不是头发是什么?"光禄寺丞答："是龙须。"朱元璋一听，下意识将了将自己下巴上的胡子，笑了笑，给了光禄寺丞几个赏钱，让他走了。

还有一则故事：

洪武中期，朱元璋的一个女婿欧阳都尉召了四个年轻貌美的妓女饮酒作乐。不知谁把这消息告诉了朱元璋。他龙颜大怒，立即下令逮捕那四个妓女。这几个妓女知道死劫难逃，都哭哭啼啼，大毁其貌。一位老吏凑上来出主意说："你们四个人如果给我一千两银子，我保证你们活命。"妓女问："我们愿意出钱，你说如何才能活命?"老吏于是献上一计。妓女们觉得这计策有些悬，但一时又无别的解救之方，只好试试。于是她们重新梳妆打扮，一个个争奇斗艳。锦衣卫将她们押到法司。朱元璋亲自审讯。四位妓女一起跪下，哀求饶命。朱元璋不想啰唆，说一句："绑了，拖出去斩了。"四妓女站起身来，慢慢脱衣服，她们都刚沐浴过，不但脸上、身上，遍体肌肤都用了最好的香薰。外衣一脱，顿时异香扑鼻。朱元璋不觉耸了耸鼻头，这才拿眼去看四个妓女。只见她们首饰衣着备极华丽，卸去外装后更是肌肤如玉，酥胸如梨。其香、其色、其貌，都让人神魂颠倒。朱元璋愣怔了好一会儿，才叹道："这四个小妮子可可动人，不用说朕的驸马看了动心。朕此时见了，也被她们惑住，好妮子杀了可惜，放了吧。"

老吏出的主意，就是让妓女们"以色惑主"，这一招儿奏效。朱元璋并不宽恕嫖妓的驸马爷欧阳都尉。几年后，他还是借私自与番邦进行茶马交易的由头杀掉了欧阳都尉。但他却赦免了那四个妓女。那位老吏是"资深公务员"，在衙门里见的事多，对朱元璋的心性脾气摸得一清二楚，所以对症下药逢凶化吉。

捉弄皇帝是为大不敬。但碰到嗜杀成性的皇帝，你不捉弄他，他就会让你的脑袋搬家。一边是忠忱，一边是性命，两相比较，忠忱当然没有性命重要。

在其他的文章中，我不止一次讲过，朱元璋还算是一个励精图治的皇帝，而且政绩显著，但其过失与暴戾也非常明显。在他当皇帝的三十多年中，被他诛杀的大臣很多，由他亲手制造的冤案更是不少。大凡第一代开国的帝王，多年的征战培植的杀伐之心一时很难收敛，用之于治理天下，便免不了草菅人命。

洪武初年，朱元璋路过南京城外的一座废寺，走进去看看，发觉墙壁上有一幅画，黑痕尚新，显然是刚画上去的，画面是一个布袋和尚，旁边题了一偈：

大千世界浩茫茫，收拾都将一袋装。
毕竟有收还有散，放宽些子又何妨。

毋庸讳言，这首偈是讥刺朱元璋行政苛严，要他放宽一些，争取做到"无为而治"。但朱元璋怎么可能有兴趣去练这种政治瑜伽呢？他觉得写偈的人是"恶毒攻击"，命人四下寻找，但四周空无一人。一气之下，朱元璋只好下令一把火烧了那座废寺。

原载《美文》2007年第1期

二十三个春秋的晚翠

北　北

————

晚翠就是林旭，林旭的号。

组合得多么美好的两个字！一路走去，一直走进肃杀荒凉暮色苍茫的晚境了，生命之色仍然不减不褪，依旧有着最纯粹的"翠"——翠绿、翠亮、翠生生。

可是林旭没有晚境，他只活了二十三年。光绪二十四年，即1898年，他与谭嗣同、刘光第、杨锐、杨深秀、康广仁六人一起，在北京宣武门外的菜市口被斩死，史称"戊戌六君子"。

死是因为维新变法，是因为他是四位四品卿衔充军机处章京之一，是因为他深得光绪帝的赏识，是因为光绪帝关于维新变法的诏书多由他起草。

一个仅仅二十三岁的青年！

二十三年中，他有十六七年是在福州度过的。

生命刚开始的时候非常普通，虽然爷爷林福祚功名还行，道光己酉年举人，在安徽任一知县，但父亲林百敬却仅中秀才，收入微薄，家境贫寒，并且在林旭年幼时就已病逝。母亲抑郁成疾，很快也去世。孤儿的日子怎么过？只能靠两位叔叔接济一些了。在他七岁那年，叔叔把他送进私塾读书，学习诗词律赋。他很争气，学得很好，据说常常"出语惊其长者"，于是被视为"神童"。而且，他"喜浏览群书"，家里连维持三餐都艰难了，哪有闲钱买书？林旭并不沮丧，他向邻里乡人借阅，张三李四王五赵六，谁有好书他都毫无羞涩地凑近去借来一阅。据说能过目成诵，让人吃惊不已，也不免生出敬意，于是都"乐与之"，只要想看，就拿去看吧。

这一段生活其实是辛酸的，辛酸得如同一场漫无边际的瓢泼大雨。而他则如一株幼竹，在雨中摇晃、蜷曲、疼痛，最终还是咬紧牙关，坚持抗争，并且奋力向天空伸展出柔韧的枝丫与绿油油的叶片。

命运的转折点在光绪十七年，即1891年。

这与一个人有关。那个人叫沈瑜庆，清末名臣沈葆桢最钟爱的第四子，光绪十一年乙酉科顺天乡试第四十九名举人。光绪元年，即1875年，沈葆桢从船政大臣位上，调任两江总督兼南洋通商大臣时，把十七岁的沈瑜庆带上了，让他了解军务吏事以及社会现状，使沈瑜庆大开了眼界。四年后，沈葆桢病死在两江总督位上，皇帝恩赏沈瑜庆为候补主事。考中举人后，经沈葆桢的老友李鸿章推荐，沈瑜庆到江南水师学堂任职。

江南水师学堂在南京，林旭在福州，两地相隔千山万水，两人本来无论如何都难以邂逅相逢的。偏偏凑巧，1891年春天沈瑜庆回家省亲扫墓。该祭拜的祭拜了，该忙碌的忙碌了，然后闲下无事时，沈瑜庆到林旭私塾老师杨用霖家串门。

他是冲着一个传言去的：私塾里有位少年，文章了得，胸襟了得，抱负了得！

最初沈瑜庆也许只是出于读书人的惜才爱才之心，但是，把林旭的文章看过之后，他有其他想法了。

沈家有女初长成，名鹊应，才貌双全。这个做父亲的心里一动，决定把女儿许配给他。

史书关于这一事件的过程没有多少记载，记载的只有结果：林旭成了沈瑜庆的长女婿。的确太戏剧化了。在那个门第观念根深蒂固、门当户对还十分盛行的年代，出身豪门的沈瑜庆仅仅因为"异其博"，就把女儿的终生托付出去了，他做出了常人根本无法想象的选择。

林旭对这个从天而降的大事做何感想呢？犹豫还是狂喜？两个家庭差距太大了，简直是天壤之别。他的家族中，仕途的高峰不过是爷爷，而在爷爷任知县时，沈葆桢正在两江总督的任上，一个小小的县令不过是沈葆桢手下微不足道的一员。七品芝麻官与位高权重的封疆大臣攀亲了。

沈瑜庆直接把林旭带往南京与女儿完婚，然后让他留下随任读书，亲自指点。此举究竟是因为实在太喜爱这个才华横溢的少年而不忍割舍，还是从当年自己跟随父亲受益匪浅中获得启示呢？——他随父亲赴南京时十七岁，林旭随他赴南京时十六岁，一样是豪情万丈却苦于见识局限的青涩年纪。

林旭贫乏局促的生活突然被一束聚光灯射中，自此大变。

不久，沈瑜庆被张之洞招为幕僚，督署总文案兼总筹防局营务处。林旭也跟随前往武昌。那期间，张之洞身边聚拢了诸多精英，柯逢时、袁昶、梁鼎芬、黄遵宪、郑孝胥、叶大庄等，这些名流不仅带给林旭全新的知识，更让他领悟到非同寻常的人生境界。

1893年春他回乡应试，先参加童生试，三试皆冠，考取秀才。接着参加癸巳乡试，考中举人第一名。其应试作文很快流传到社会，居然脍炙人口，一时成为美谈。

沈瑜庆一定比谁都兴奋。像赌博一样，他做主定下这门亲事，绝不是要把女儿往贫民窟里推的，而在那时，学而优则仕几乎就是读书人唯一的出路，科举之路再沉疴遍地，脚不在上面一步步往上踩，就很难有出头发达的日子。

或许就是在回乡应试的那一年，林旭在郎官巷买下一幢房子。

他爷爷的老家在福州东门塔头街，因为年久失修，老屋已经破败不堪了。既然需要换新居，不如直接到三坊七巷中去，好歹离沈鹊应位于宫巷的娘家近一点。

房子不大，很玲珑。按他的心意，这房子不会久住，只是作为将来偶尔携妻儿回福州的暂时歇息处，最多留待叶落归根的晚年享用。看过外面的精彩世界之后，他心大了，眼高了，他相信自己肯定不仅仅只属于福州。

举人之后便是进士。林旭确实朝着这个目标前行了。

1894年，就在中解元的第二年，他初次进京参加恩科会试，以为志在必得，不料却落第。林旭多少有些失落。一考考成解元，再考哪怕叨陪末座，怎么也该榜上有名啊！谁知人算不如天算，竟输了。唯一让他欣慰的是，他的一些诗文居然开始在京城流传，名动一时。

第二年，即1895年，林旭又参加乙未年科礼部会试，居然再次名落孙山。

他脸上肯定有些挂不住了。当年那个语出惊人的神童哪里去啦？那个让见多识广的沈瑜庆"异其博"的少年哪里去啦？

那次落第之后，林旭没有走，他留在枣城了，捐资为内阁候补中书。

"内阁中书"官阶不过从七品，在内阁中掌撰拟、记载、翻译、缮写之事。"候补"自然更微不足道了。但不管怎么说，他得"工作"了。这几年自己及妻子的生活用度一直是岳父出资，岳父虽然没有丝毫怨言，但也不能永远这么下去呀，自己都不好意思了。

在他两次进京应试期间，一件大事正在发生。

东邻小国日本在明治维新后资本主义获得迅速发展，并积蓄力量向外扩张。吞并朝鲜、侵略中国成为他们的基本国策。这个野心当时甚至得到国际社会的支持，除美国外，其他列强也积极怂恿。由于英法俄德在中国的争夺已经十分激烈，英俄都想把日本结为自己的伙伴，以战胜对手。1894年初，朝鲜爆发农民起义，朝鲜政权向清政府求援。

危机来自日本。日本假惺惺地怂恿清政府"何不代韩戡乱"，又表示"我政府必无他意"。真没有他意吗？不是。他们其实已经磨刀霍霍了。

1894年6月4日，清政府派淮军将领、直隶总督叶志超率兵一千五百人开赴朝鲜牙山。不到半个月，日本兵也陆续从仁川登陆，占领汉城附近的战略要地。又过了半个月，他们入韩兵力已达1.8万人，并成立海军联合舰队，很快控制了朝鲜西岸。

一切都明朗化了，再傻的人此时都明白了日本人的野心。但仍然有人打着自己的小算盘或者心存侥幸，也许……说不定……他们指望什么呢？居然指望各怀鬼胎的英俄能够通过"调停"和"干涉"让日本人退步。而西太后，那时正忙着准备六十大寿，她哪有闲心管这等破事？

一边是垂涎三尺的狼，一边是愚钝懦弱的羊。

7月25日，海上炮火骤起，日本人突然不宣而战了。第一天中方就有"济远""广乙""高升""操江"四艘舰被击沉、击伤或被掳去。接着陆路的战线也铺开，四千多名日本陆军向驻守牙山的清军进犯，清军败退。

两个拳头就这么在猝不及防间蛮横无理地击过来了。8月1日，清政府在万般无奈之下，不得不对日宣战。

战争开始了。这一年是中国农历甲午年。

先在外围打。平壤战役清军死伤惨重，黄海海战伤亡更剧。很快，日军向中国直接杀来了。10 月下旬，一路日军由朝鲜新义州附近偷渡鸭绿江，攻占九连城，进逼辽阳；另一路日军从花园口登陆，从背后包抄大连旅顺。

大连在 11 月 7 日失守，旅顺在 11 月 22 日沦陷。整个旅顺城的中国人，除留下三十六个用来抬尸体的之外，其余的全被日军杀掉，尸横遍地，血流成河。

时光悠悠踱进 1895 年，冬日的严寒还未退尽，春日的料峭已经紧接而来。1 月 30 日，日军向北洋水师基地威海卫发起总攻。一个星期后，威海卫沦陷，北洋水师十一艘舰艇和各种军资物品全部落入日军之手。至此，日军已经杀得性起，一个多月后，又向辽河发起总攻，并迅速占领辽东半岛。

几乎在战火燃烧的整个过程，李鸿章在慈禧太后的支持下仍然一直心存幻想地在寻求"调停"，然后是"求和"。求和当然是需要条件的，1895 年 4 月 17 日，在可怜巴巴地四处"乞求"之后，李鸿章终于代表清政府与日方签下了《马关条约》。

《马关条约》共十一款，其主要内容是这样的：承认日本对朝鲜的控制；中国割让辽东半岛、台湾全岛及附属岛屿和澎湖列岛给日本；赔偿日本军费白银两亿两；开重庆、沙市、苏州、杭州为通商口岸，日本轮船可以驶入以上各口岸；日本臣民可在中国通商口岸设立工厂，产品运销中国内地时按进口货纳税，并准予在内地设栈寄存……

如果没有走出福州，没有结识高层人士，没有身临京城，林旭也许对这些丧权之痛、辱国之耻并没有太多切身的感受，可是现在，一切都不一样了。在国难当头时，机缘巧合，让他恰好身陷政治中心地带，一腔热血顿时被点燃，满腹愤恨倾盆而出。

敏感的知识分子往往最容易将个人命运与国家命运联系起来，他们没有枪，但有满腹经纶和澎湃激情。在《马关条约》签订半个月后，

"公车上书"发生了。

所谓"公车"，就是举人的意思。汉代以察举和征召的办法取士，被征召的士子用公家的车子接送，称为"公车"。后来，入京参加会试的举人也被称为"公车"。

那期间，举人从各地进京应试，本来一心只想谋功名，可是中华民族到了这么危险的时刻，国将不国了，他们只好从书斋中走出，以羸弱单薄之躯迎上去。

位于宣武门外的达智桥松筠庵成了集会的场所，他们决定上书光绪皇帝，希望这个一国之君能够睁大眼看清险恶的时势真相：割让辽东和台湾，是列强瓜分中国的信号，亡国大祸已经近在眼前了，再不清醒，再一味退让，只有死路一条啊！这封洋洋洒洒的万言书由康有为起草，一千三百多位举人愤然在上面签下了自己的名字，这其中就包括林旭。

这是个开始，林旭的手本来握住的只是一支写诗作词的笔，现在，他的笔墨连同一腔鲜血，要毫无保留地泼洒向另一个更为宏大、壮烈、危机四伏的领域了。

甲午战争中，其实清政府内部也一直存在"主战"与"主和"之争。光绪十五年，即1889年，光绪帝终于亲政，但实权仍然控制在宣布"撤帘归政"的慈禧太后手中，这自然引起光绪帝的不满。于是，当时朝廷上下的官僚为了自身利益，分别依附于光绪帝与慈禧太后，形成所谓的帝党与后党。主战的是帝党，代表人物是光绪帝的老师翁同龢；主和的是后党，代表人物是李鸿章。主战派虽得到皇帝的支持，但该皇帝境况特别，他无实权无军权，傀儡而已。后党则掌控外交和军政大权。优劣一目了然。

但是惯性使很多人仍然把扭转乾坤的期望寄予他们的"万岁爷"。

康有为是最积极的一员。1885年，中法战争失败后，年仅二十七岁的康有为就利用在京参加会试的机会，第一次上书皇帝，写下了五千多字，呼请变法图强。但是，这些饱蘸忧国忧民之心的文字根本没有抵达皇帝手中，反而惹出麻烦：本来他已考中进士，在发榜前夕，顽固派大臣徐桐把他的名字取消了。

1895年5月2日"公车上书"后不久，康有为终于中进士，授工部主事。6月3日，他又一次上书，陈述了自强雪耻和富国强兵之策，作为"公车上书"的补充。二十几天后，他一鼓作气再次上书，反复宣扬变法势在必行的道理。算他运气好，后面的两次上书都没白写，光绪帝看到了，认为不错，心生一念：或许真能挽救清朝的统治危机？于是命人誊抄后分送西太后、军机处和各省督抚。而翁同龢则亲自拜访康有为，不计尊卑地与他商讨变法之事。自此，以康有为、梁启超为首的资产阶级改良派与帝党结合了起来。

这一年9月，在康有为、梁启超的帮助下，由帝党官僚、侍读学士文廷式出面组织强学会，该会每十天集会一次，每次都有人做关于"中国自强之学"和挽救民族危亡道理的演说，吸引了许多高官名士加入。两江总督张之洞、直隶总督王文韶等人各捐五千元以充会费，道员袁世凯也捐五百元入会。

林旭没有入会，不知是因为资格不够还是因为年纪太轻，但他却仍然积极参与活动，忙碌奔走其间。

没有料到，强学会让顽固势力既恨且怕，后党要员荣禄、刚毅等人群起围攻，大学士徐桐则再次与康有为过不去：弹劾他谋反。北京形势太恶劣了，康有为不得不在10月离京避往上海。但他仍然未歇下来，很快在上海也成立了强学会，并且出版《强学报》宣传变法。事情越闹越大了。

林旭是1897年到上海的。他的同乡、曾任台湾布政司使的陈季同在甲午战败、割让台湾以后，寓居沪上，与其弟陈寿彭一同创办了一份以"不著论议，以符实事求是"为主旨的报纸：《求是报》。林旭来上海显然与这份报纸的筹办有关，但他却没有留下来继续参与，主编由另一位福建同乡陈衍担任。

这时的上海已经成为北京之后第二个维新变法的中心，林旭在其中呼吸到一股股新鲜的空气，他已经完全放弃"向习词章"的抱负，而转向西学了。康有为所有政治论著被他通读一遍，那些字里行间跳跃的忧愤与抱负，像一枚枚火炬把林旭内心彻底点燃了。他因"慕之"而谒拜康有为，并且"闻所论政教宗旨，大心折，遂受业焉"，成为入室弟子。

1898年1月22日，林旭替康有为宣扬的"三世说"和"大同""小康"学说的《春秋董氏学》作了跋。5月1日，该跋文在上海《知新报》上登出，以凌厉与雄浑引起朝野轰动。

甲午战争的失败，使中国在西方列强眼里成为不过如此的黔之驴，于是瓜分中国的丑剧疯狂上演。1897年11月，德国借口其传教士在山东巨野被杀事件，派军舰强行占领了胶州湾。不仅暗夺，都已经无耻到赤裸裸地明抢的地步了。康有为倡议各省志士组织学会以振励士气。林旭因此再赴北京，遍访在京的闽籍人士。1898年1月31日与张亨嘉一起，在福建会馆共同主持成立了闽学会。林旭成了闽学会的实际领袖。两个多月后，康有为也北上，与梁启超一起，把在京各省学会组织成统一的团体，即以"保国、保教、保种"为宗旨的保国会，林旭被推选为董事，列保国会题名第四位。

这一年5月，康有为、梁启超借德国兵损毁山东即墨县孔庙事件被揭露出来之机，策动了第二次"公车上书"行动。林旭立即动员三百六十五名福建籍人士，率先响应，上书要求惩办凶手和赔偿损失。

林旭太活跃，目标太大了。老成持重的陈衍不免替他担心，极力劝说他暂时南下杭州避避风头。林旭去了杭州，但很快又返京，因为那期间恰逢恭亲王奕䜣病死，变法的阻力大减，光绪帝于6月11日颁布了《明定国是》诏书，宣布变法。同时谕令举荐人才。林旭闻讯欣喜万分地踏上进京之路。时任湖广总督的张之洞、湖南巡抚陈宝箴和直隶总督荣禄都向林旭发出邀请，希望将他归入门下。

林旭进了直隶总督荣禄的幕僚。荣禄曾在福建任职，对福建人印象不错，也早风闻过林旭的才能，他把这个年轻才俊召来，多少有点笼络的意思。

6月16日，光绪帝第一次召见了康有为，两人进行了两个多小时的长谈。康有为滔滔不绝地陈述了变法的原因、步骤与具体建议，一句一句都让光绪叹服。本来光绪是想委康有为以重任，但因怕树大招风——招来慈禧太后的反对，只让康有为先在总理衙门章京上行走。而梁启超则被赏六品卿衔，办理译书局事务。

8月29日，林旭经曾任福建学政的詹事府少詹事王锡蕃的举荐，也被光绪帝召见了。

在福州的十六七年中，林旭一直只说福州话。沈瑜庆把他带往南京后，他才笨嘴笨舌地学"官话"。语言成了一大障碍，光绪帝根本听不懂他说了什么，却又很想知道这个名声在外的年轻人都有什么好点子，便特许他将奏对之言誊写出来。这是一场非常特别的君臣对话，如果不是"臣"之所言正是"君"极感兴趣极愿倾听的，料想光绪根本不会有耐心将这么吃力的交谈持续下去。

林旭说了什么呢？他说的内容同样围绕着救国图强，其言辞之慷慨，其壮怀之激扬都获得光绪帝的高度赏识。几天后，即9月5日，林旭和内阁候补郎杨锐、刑部候补主事刘光第、江苏候补知府谭嗣同一起，被授予四品卿衔充军机处章京。

军机处是皇帝办公的辅佐机构，起上传下达沟通上下的作用。章京原来只是干秘书的活儿，俗称"小军机"。那些军机大臣多是后党之人，光绪帝既指挥不动，也无权撤换，只好弄来四个"小军机"参与新政。职位不高，权力却不小。军机处内，凡有奏章，都经这四人阅览；

凡有上谕，都由四人拟稿。

林旭必定渴望一展才华。那期间他"陈奏甚多"，常代拟"上谕"，因而颇受器重。从宣布"明定国是"到光绪被囚，总共一百零三天的维新变法中，军机处共发出新政谕令一百一十多道，其内容主要有：废八股、改科举、设学堂、习西学、派人出国游学、奖励发明创造、提倡创办报刊和上书言事、鼓励开采矿产和修筑铁路、保护农工商利益、改革财政等。很好，是一帖帖治疗灾难深重的中国的良药。

可是形势却不好。在变法开始的第四天，即6月15日，慈禧太后就逼光绪在一天之内连下三道"上谕"：第一是免去翁同龢军机大臣、总理衙门大臣等职，驱逐回籍，借以孤立光绪；第二是规定二品以上新授任的官员，须到皇太后面前谢恩，以此控制用人大权，以堵塞光绪破格任用维新人士的渠道；第三是任命大学士荣禄为直隶总督统率北洋三军，控制着京畿兵权。

没有兵权确实太被动了，康有为此时想到袁世凯。此人先前曾加入强学会，而且还掏过钱，态度积极。调天津小站编练新军后，已经握有一支七千多人的新式武装。康有为天真地认为"可救上者，只此一人"，便专折向光绪推荐。

9月16日，光绪召见袁世凯，赏以侍郎衔，专办练兵事宜。第二天再召见，面谕袁世凯以后可以与荣禄互不掣肘。不料袁世凯转身就去向荣禄汇报此事。后党大惊，立即调重兵布防。

其实在9月14日时，光绪已经感到大事不好，他写了一道密诏让杨锐带给康有为，内容是："今朕位几不保，汝康有为、杨锐、林旭、谭嗣同、刘光第等，可妥速密筹，设法相救。朕十分焦灼，不胜企望之至。"杨锐看过这封诏后大惊失色，慌乱无措间竟把密诏放在手中整整扣压了四天，然后才交出去，不是直接交给康有为，而是交给林旭。

9月17日，没有收到康有为复命的光绪心急如焚地又写了一道密诏："朕今命汝督办官报，实有不得已之苦衷，非楮墨所能罄也。汝可迅速出外，不可迟延。汝一片忠爱热肠，朕所深悉。其爱惜身体，善自调摄，将来更效驰驱，共建大业，朕有厚望焉。"这一次，光绪没有把密诏再交杨锐，而是交给了林旭。

两封密诏在手，身处何种境况已经尽知。林旭怎么办？他没有选择逃避，而是在第二天冒着危险将两封密诏一起送达康有为手中。康有为与梁启超、谭嗣同等人商议后，由谭嗣同当夜只身密访袁世凯，劝他杀荣禄，除旧党，发兵围颐和园，劫持西太后。

这是一招险棋，一切都维系于袁世凯一身。袁世凯当即表示效忠，还假模假样地设计了一套诛杀荣禄的方案，20日却马上向荣禄禀报。结果可想而知。第二天光绪被囚南海瀛台，同时慈禧太后下令捉拿维新派与帝党人员，历时一百零三天的维新变法失败了。

康有为没有被捉，9月20日他在英国公使的帮助下，乘船逃往香港。梁启超也没有被捉，他在日本使馆的帮助下乘日舰逃往日本。剩下的，谭嗣同被抓，林旭被抓，杨锐、刘光第以及御史杨深秀和康有为的胞弟康广仁等人都被抓。一个星期后，这六人未经审讯，就被押到北京宣武门外菜市口斩了。他们当中，谭嗣同三十三岁，杨深秀四十九岁，杨锐四十一岁，刘光第三十九岁，康广仁三十一岁，林旭最年轻，只有二十三岁。

临刑前，林旭仰天长啸："君子死，正义尽！"然后大笑，声若洪钟。他就这样死了，生命永远定格在郁郁葱葱的青春期，有着永远的"翠"。

沈鹊应痛不欲生，结婚七年，他们恩爱有加，却还未生育一子半女，生活的图像似乎还未真正展开，猛然间，林旭却撒手而去了。

"报国志难酬，碧血谁收？箧中遗稿自千秋。肠断招魂魂不到，云暗江头。绣佛旧妆楼，我已君休，万千遗恨更何尤！拼得眼中无尽泪，共水长流。"（《水调歌头》）

"旧时月色穿帘幕，那堪镜里颜非昨？掩镜检诗，泪痕沾素衣。明灯空照影，幽恨无人省；展转梦难成，漏残天又明。"（《菩萨蛮》）

这一首首泣血写下的词，从飘着苍白的招魂幌的闺中接连流出，传诵一时，让沈鹊应的才情有机会露出冰山一角。可是，这对于她来说又有什么意义？有谁又能真正读懂她汪洋于字里行间的漫天悲痛与无奈？

林旭被一截两断的尸体，由沈鹊应的表兄、"商务四老"之一的李拔可带着林家仆人到菜市口收拾起来，经缝合后运回福州。可是按福州风俗却进不了巷子进不了家门，灵柩只能寄藏在金鸡山麓的地藏寺里。当地的保守派因为恨变法，所以也恨林旭，就是一具僵硬的尸体也不肯放过，竟用铁钎在火中烧红，然后将棺材捅穿。

这是给沈鹊应的最后一击，她那一颗凄风无边苦雨飘摇的心也彻底被捅穿了。"伊何人，我何人，只凭六礼传成，惹得今朝烦恼；生不见，死不见，但愿三生有幸，再结来世姻缘"，亲撰了献给林旭的这个挽联之后，她饮恨自尽。

关于她的死有两种说法：一是服毒，二是跳楼。这个风华绝代的名门闺秀，当初遵父亲之命嫁给自己原本并不熟悉的男人，然后一路为他担惊受怕、揪心牵挂，她左右不了他，也左右不了自己的命运，最终能够左右的，只有自己弱不禁风的躯体，殉情成了她唯一的选择。死后她和林旭一起合葬在福州崎下山。

郎官巷那几间如今已经用钢筋水泥建起的简陋建筑群中，可以找到林旭故居的遗址。遗址上是一家摆满流行歌星CD碟片的音像店。爱来爱去的歌终日缠绵地响着，地下的林旭和沈鹊应可否听见？

原载《红豆》2007年第5期

乾隆惩贪缘何愈惩愈贪

冯佐哲

————————

1644年清朝定鼎北京后，经过顺治、康熙和雍正三朝近百年的经营、治理，政权进一步巩固，经济不仅得到了恢复，而且比前代有了长足的发展；各民族之间的关系也比以前大有加强，中央对边疆的控制进一步巩固，国家统一，社会安定。清朝是中国历史上最后一个封建王朝，所谓百年"康乾盛世"，也是从康熙统治的中期开始的。后经雍正一系列在政治、经济和文化方面的建树与改革，使这种局势有了进一步发展。史载当时的"积贮可供二十年之用"，这为其子乾隆统治时期的"鼎盛"，打下了物质基础；也就是说，他为"康乾盛世"的巩固和发展起了承前启后的作用。

乾隆帝弘历二十五岁登基，在清朝诸帝中不失为一个有政治抱负和有所作为的皇帝。在他统治时期，以乃祖康熙为榜样，并吸取了乃父雍正的一些统治经验，乾纲独断，事必躬亲，勤于政事，励精图治，在各方面都取得了相当的成就。当时中国的疆域幅员广大，地域辽阔，北自恰克图，南到南海诸岛，西起巴尔喀什湖，东至库页岛与太平洋西岸。

那时的中国是世界史上少有的、亚洲最大的繁荣昌盛的大国。当时的中国空前统一，社会相对和平安定，经济繁荣发展。可是随着经济的发展，国力的增强，乾隆帝好大喜功、穷兵黩武、生活奢靡的一面也逐渐滋长和暴露出来。整个社会从上到下，日益奢侈成风，达官贵人们追求享乐，竞相豪华，纸醉金迷，灯红酒绿，影响了整个社会，逐步与明朝万历年间的社会崇尚奢华的情景非常相似，这就是人们常说的："万历一变，乾隆一变。"在这种情况下，腐败滋长、泛滥，贪官污吏比比皆是。"督抚藩臬，朋比为奸"；"上下关通，营私欺罔"。到了乾隆晚年，他自己也不得不承认："各省督抚中，廉洁自爱者谅不过十之二三，而防闲不悛者，亦恐不一而足。"（中国第一历史档案馆藏《上谕档》乾隆六十年八月初七日）

乾隆朝的腐败与清政权的中衰，首先是从吏治败坏开始的，而官吏间的贿赂公行，则是吏治败坏的集中表现。当时人们做官的主要目的就是追求获得名利与更多、更好的物质享受和各种特权。以督抚为首的地方官吏要想在地方上发财，就不得不向中央的京官进行贿通、贡献，"辇货权门，结为奥援"。而京官平日薪俸较少，要想发财就不得不包庇地方官吏，听任其为所欲为，鱼肉百姓。于是，彼此上下其手，便形成了"无官不贪""无吏不盗"的官僚体系。一般说来，当腐败局面不可收拾，官吏的贪污行为引起了公愤，以致百姓骚动，造成统治不稳时，皇帝也会不惜采取惩处手段，对贪官污吏加以惩罚，希图起到"杀一儆百"的警世作用。乾隆也深知"政治行于上，民风成于下""朝廷致治，惟在端本澄源"的道理。因此，从他刚一即位就对官吏侵贪问题十分重视，也曾表现出某种程度的"严惩不贷"。据不完全统计，整个清朝二品以上的高官，因贪污、受贿，或数罪并罚而被处以斩刑、绞刑，或被赐自尽者，共计有四十一人，而在乾隆一朝就有二十七人之多，几乎占了全部人数的百分之六十七左右。至于因贪赃枉法而受到"抄家没产""充军发配""降职罚薪"的官员，为数就更多得多。不能不说乾隆"惩贪"手段是十分严厉的。可是当时情况却是"诛殛愈众，而贪风愈甚"。这就表明，尽管"严厉惩办"了一批贪官污吏，但乾隆帝的这种法制之严，恰恰又是当时贪腐之风盛行和猖狂的反映。

乾隆中期，吏治败坏已经达到了"贪默懈弛，相习成风，日甚一日"（《清史稿·高宗本纪》）的地步。地方官吏以督抚为首，想尽办法贪赃舞弊，欺民害政。他们"出巡则有站规、门包，常时则有节礼，按年则有帮费。升迁调补之私相馈谢者，尚未在此数也。以上诸项无不取之于州县，州县则无不取之于民。钱粮漕米，前数年尚不过加倍，近者加倍不止。督、抚、藩、臬以及所属之道、府，无不明知故纵，否则门包、站规、节礼、生日礼、帮费无所出也。州县明言于人曰：'我之所以加倍、加数倍者，实属层层衙门用度，日甚一日，年甚一年。'究之州县，亦恃督、抚、藩、臬之威势以取于民，上司得其半，州县之人己者亦半。初行尚有畏忌，至一年、二年，则成为旧例，牢不可破矣。"（《清史稿》卷三五六，《洪亮吉传》）此外，还有一个值得注意的特点，那就是清朝许多勋贵和大臣往往是先抄人家，惩治别人贪污犯罪——有的人甚至在抄没别人家产的过程中中饱私囊，如浙江巡抚陈辉祖在负责查抄王亶望家的过程中，就乘机私贪了大量字画和金银财宝——从而发家致富，而后他又被别人弹劾、揭发，遭到惩治、抄家，这几乎成了一条规律。

从乾隆三十七年（1772）至嘉庆四年（1799）的二十七年间，几乎没有一年不"惩贪"，被揭发出来的地方贪污官员主要包括：广西巡抚钱度，四川总督阿尔泰，云贵总督李侍尧，陕甘总督勒尔谨，浙江巡抚王亶望（曾任甘肃布政使）、陈辉祖、福崧、琅玕，山东巡抚国泰、布政使于易简，江西巡抚郝硕、布政使郑源璹、恒文，浙江布政使鄂乐舜（亦称鄂敏）、雅德、江南河道总督周学健，直隶（今河北）总督杨景素，两广总督富勒浑（曾任浙江巡抚、湖广总督、闽浙总督、四川总督、河南巡抚），闽浙总督伍拉纳，湖南巡抚浦霖，云贵总督鄂辉、富刚，陕西巡抚秦承恩，河南巡抚毕沅（曾任陕西巡抚、湖广总督），湖北巡抚常舒、李封、特成额，湖北安襄郧道台胡齐誉，湖北恩施县丞常丹葵等。中央大吏包括历史上有名的大学士、军机大臣和珅，军机大臣、户部尚书福长安等。

值得注意的是在乾隆统治的中晚期，贪污大案一个接着一个，层出不穷。最显著的就是浙江省的贪污案件，几乎从没有中断过。旧的贪污案件还没处理完毕，新的贪污案件又出来了。个中原因是由于清朝最高统治者乾隆帝的"惩贪"，其心中有一定的尺度。应该惩谁，不惩谁，惩到什么程度，他心里有数。他绝对不会因为"惩贪"、整顿吏治而动摇其自身的统治利益；因此，他只能把"惩贪"限制在他的统治权所需要的范围之内，他不可能触及当时贪污体制的总根子。这个总根子不是别人，就是绝对专制的封建皇帝自己。当然这许许多多的贪污案件也未必全部直接与乾隆以及其得力助手和珅有关。但从本质上却又与封建的专制体制有着千丝万缕，无法分割的联系。也可以说，在乾隆统治的后半期，已经形成了一个以和珅为中心的"贪污网"。长期以来，乾隆只把眼睛对准个别的地方官吏，而没有可能涉及到形成贪污腐败的政治体制本身。对于整天伴随在他身边的宠爱和佞幸的嬖臣则存心包庇或回护，自己则实际上乃是腐败的总根源。例如，乾隆帝与和珅为了多捞钱财，曾一起制定了故意对贪官采用"先纵后惩"的办法，即明知某地方官有贪污行为，但先不动声色，任其发展，当其贪污数量达到一定程度时，再进行惩治、查抄，籍没其家产，美其名为："宰肥鸭"。因而在清人的笔记中，有这样的记载：和珅"大抵择贿赂最重者，骤与高位，高宗（乾隆）固知之，及其人金既夥，贪声亦日著，则施以迅雷不及掩耳之手段，查抄逮治，法令森严，高宗已默许之。而其他贪官墨吏，期限未至者，听其狼藉，末至不过问也。综而计之，每逾三岁，必有一次雷厉风行之大赃案出现。此虽高宗之作用，实和珅之揣摩工巧，适合上意也"（见许指严：《十叶野闻》卷上）。再如，乾隆与和珅共同制定了一个"议罪银"制度，规定官员（特别是封疆大吏和主管盐务、海关的官员）有"错"或"罪"可以通过"自愿"交纳一定银两免去惩罚。于是"督抚自蹈愆尤，圣恩不即罢斥，罚银若干万充公，亦有督抚自请认罚若干万者。在桀骜者藉口以快其饕餮之私，即清廉者亦不得不望属员侪助。日后遇有亏空营私重案，不容不曲为庇护。是罚银虽严，不惟无以动其愧惧之心，且潜生其玩易之念"（见《清史稿》卷三百二十二，《尹壮图传》）。有鉴于此，许多地方官吏学会了不贪白不贪。如果贪赃罪行未被发现，那就算自己赚了，如果被发现则自认倒霉，于是索性更加肆无忌惮地大肆贪污行贿。这其实就是哄抢行为中的一种群众心理。当官的认为不贪白不贪，所以上行下效。因此，在这种氛围下的所谓"惩贪"与贪风并存，而且愈演愈烈也就不足为怪。和珅之所以能在二十多年中为所欲为，恣意贪婪，正是乾隆培养的结果。乾隆给了和珅以掌握国家财政与用人的大权。乾隆本人好大喜功，挥霍无度，讲究排场，穷奢极欲，需要大量的金钱。而这笔钱财他又不肯由国库正式开支，而是让和珅想办法去筹集。和珅就趁机投其所好，源源不断供给他大量银子。因此，乾隆帝就对和珅的理财方法非常满意和欣赏，宠信倍加。和珅绝不可能掏自己的腰包，相反地他正好借此机会大捞一把，于是他把手伸向了以督抚为首的地方官吏们的口袋，由他们层层摊派。当然，那些趋炎附势的贪官污吏们也无不积极地投其所好多作贡献。他们知道，有和珅做后台和靠山，是自己发家致富的极好机会，这就加大了他们盘剥、压榨百姓的胆子，不顾人民的死活，一个比一个贪赃枉法，巧取豪夺，拼命搜刮财富。除了中饱私囊而外，他们还必须精心揣摩，迎合皇帝和上级的喜好与需要，及时献上各种珍奇异物、书画和财宝。当然，还要把大量的金银财宝呈献给皇上的各级代理人。关于这一点，晚清学者薛福成在他的《庸盦笔记》中有极其深刻的描述。他说，和珅"性贪黩无厌，征求财货，皇皇如不及。督抚司道畏其倾陷，不得不辇货权门，结为奥援。高宗（乾隆）英明执法未尝不严。当时督抚如国泰、王亶望、陈辉祖、福崧、伍拉纳、浦霖之伦，赃款累累，屡兴大狱。侵亏公帑，抄没资产，动辄数十百万之多，为他代所罕睹。其始未必皆和珅之党，迨罪状败露，和珅不能为力，则亦相率伏法。然诛殛愈众，而贪风愈甚。或且惴惴焉，惧罹法网，惟益图攘夺刻剥，多行贿赂，隐为自全之地。非其时人性独贪也，盖有在内阴（隐）为驱迫，使不得不贪也"（《清朝野史大观》卷六，《入相奇缘》亦有同样记载）。这是薛福成的理解，也颇值得玩味。不难看出，在贪污的大潮之中，人们的灵魂是怎样被污染的。

　　"上梁不正，下梁歪""村看村，户看户，群众看干部"。用清朝人的话来说，那就是："主子"行为不端，怎么能叫"奴才"们遵纪守法，为官清廉？"大官廉，则小官守"。归根结底，"关键在领导"。康熙皇帝就曾说过："朝廷政治，惟在端本澄源，臣子服官，首宠奉公杜弊，大臣为小臣表率，京官乃外吏之观型，大法则小廉，源清则流清，此从来不易之理。如大臣果能清白乃心，恪遵法纪，勤修职业，公而（尔）忘私，小臣自有顾畏，不敢妄行在外。"（《康熙御制诗文集》第一集，卷十）乾隆帝本人也知道要教化百姓，稳定民心，必须首先端正官风，要用严猛手段惩治贪官蠹吏。必须要求各级官吏"端己率属"。吏治不清，人心不古，社会风气败坏的根源在于高官大吏贪腐不廉。孔圣人早就说过："君子之德风，小人之德草。草上之风必偃。"看来道理也并不是难懂。然而毕竟是存在决定意识，而不是意识决定存在。毕竟是社会存在左右着人们的意识。这或许是乾隆反贪所留给我们的教训。

原载《随笔》2007年第4期

狗烹弓藏自有源

傅剑仁

狗烹弓藏自有缘

"狡兔死，走狗烹；飞鸟尽，良弓藏；敌国破，谋臣亡。"韩信被刘邦诱捕后所说的这番话，几乎成了后人看待历史上君臣关系的经典名言。这经典名言，不仅使人们平添了对君主帝王不念旧情诛杀功臣的怨恨，而且平添了对被害臣僚死而无辜的同情。故而这个似乎带有规律性的经典，悄然地成了人们比照古今政坛人事的一把尺子，只要哪个大臣被黜罢官，哪怕是自己逃跑摔死的，都用这个经典所派生出来"功高盖主""排除异己"等历史观点来审视。只是嘴巴上不肯这么明说出来而已。

其实韩信所说的这番话，能不能作为规律性经典看待很难说，至少用在他自身并不完全恰当！韩信是西汉的大功臣，这不假。他投奔刘邦后，献出一计使刘邦夺得三秦之地；率军远征，将赵国百姓变为刘邦的臣民；修书一封，又使燕国君主俯首称臣；策马黄河，逼得齐国君臣逃之夭夭……韩信为刘邦创建汉室帝业，做出了巨大的贡献，评他个"功高盖主"，并非名不符实。

韩信最后被吕后所杀，也不假。

但韩信把自己的死归咎于"兔死狗烹，鸟尽弓藏"，这并非事实，多少有些冤枉刘邦，也不乏为自己狡辩的色彩。韩信最早投奔项梁，继而投奔项羽，因不得重用才改投刘邦，经萧何引荐，刘邦授他大将军之职。按韩信自己的话说是，刘邦非常器重他，脱下衣服给他穿，推过饭来给他吃，对他言听计从。正是在刘邦的手下，韩信才有了才华得以施展的机会，才有了扬威天下的功勋。

功劳大了，就是包袱。

韩信的这个包袱背得很重！

公元前203年，也就是韩信修书一封使得燕国君主对刘邦俯首称臣的次年，郦食其受刘邦派遣，出使齐国，凭三寸不烂之舌，劝说齐王归降了刘邦。韩信则听从辩士蒯切的劝告，担心自己统兵几十万，倒不如一介书生的功劳大，因而在齐国已经归降的情况下，率军武力征伐，致使郦食其被齐王煮杀。韩信征服齐国后，上书刘邦，自请代理齐王。刘邦是汉王，他韩信是刘邦手下的一名将领，竟向刘邦伸手要做齐王，岂不是摆出要与刘邦平起平坐的架势吗？刘邦虽非常愤怒，但还是听从张良、陈平的劝告，极不情愿地封了他个齐王。虽然这之后兵多势众的韩信，拒绝了项羽要他反汉的劝说，但当刘邦要他在固陵围攻项羽时，他却按兵不动，致使汉军大败，战机坐失。这之中，是不是有他韩信因觊觎王位而不愿再为刘邦做臣的因素呢？刘邦称帝后，就取得天下的原因，宴请臣僚将领做过分析。刘邦的结论是：谈到运筹帷幄之中，决胜千里之外，我不如张良；镇守国家，安抚百姓，保持运粮道路畅通，我不如萧何；统率百万大军，战必胜，攻必克，我不如韩信。这三位都是人中英杰，而我能够任用他们，就是我所以能取得天下的原因。刘邦这番话是中肯的，透视出他对这三人的敬佩、信任和感激之情。刘邦登上帝位后，因韩信功高，刘邦便封他为楚王。韩信一上任，项羽的大将钟离眜便逃归韩信。刘邦下令逮捕他，韩信则将钟离眜安排在身边，出入都有军队护卫，使得朝廷不能得手。由此有人告韩信谋反，刘邦便以南游云梦为由去抓韩信，韩信只好杀钟离眜而见刘邦，但仍未逃脱被抓的下场。这事多少有些冤枉韩信，但韩信错在不该将皇帝下令逮捕的人保护起来，以致让人生造出谋反的诬陷。即使如此，刘邦也没有把韩信一棍子打死，而是将他由楚王降为淮阴侯，并心平气和地与他做过"韩信将兵多多益善"的交谈。可见刘邦并非不念旧情，也不该戴"排除异己"的帽子。

韩信在淮阴侯的位置上并不安分，他在前去监管赵国、代国兵事的阳夏侯陈豨向他辞行时，授其拥兵谋反之计。公元前197年9月，陈豨举兵反叛，自称代王。刘邦率兵前去平定，韩信则称病不与同行。韩信留下后，一方面暗地派人与陈豨联系谋划，一方面伪造诏书赦免罪犯，鼓动他们进攻朝廷。一切准备停当，只等陈豨的消息。不承想被门下舍人告发，韩信因而被吕后斩首。刘邦平息叛乱归来后，听说韩信谋反被杀，仍不无惋惜。

韩信临死前说，后悔没听蒯彻的话。照我看，韩信落得三族诛杀的悲惨下场，罪在蒯彻！项羽曾派人劝说韩信反汉，韩信不从，表示死也跟着刘邦。辩士蒯彻接着去劝说，引经据典地大论了一番"立功成名而身死亡，野兽尽而猎狗烹"的道理，韩信虽坚持不举兵反汉，但蒯切的这番理论，并非没在他脑子里留下影子。尤其是当他庇护钟离眜而被降为淮阴侯后，蒯彻的话便完全与他的心境相吻合了。事实呢？韩信由楚王降为淮阴侯，虽有些冤枉，但毕竟不是"野兽尽而猎狗烹"的结局。司马光评韩信是因为失去职权后快快不快，才陷入大逆不道。要我说，韩信如果不受蒯切"野兽猎狗"这套理论的影响，也不至于走到谋反被诛的道路上去。韩信的悲哀，既在于他自己把功勋的包袱背得太重，更在于他受了辩士蒯彻的影响。当你将一种情境定义为真的时候，那么它往往就会产生真实的影响。预言就是这样自我实现的。至于他所说的"狡兔猎狗"的名言能否作为规律性经典，只有任后人品咂了。

真难为萧何了

作为汉高祖刘邦的相国萧何，其忠心耿耿、兢兢业业、委曲求全的作为，真是难能可贵。

萧何与刘邦是同乡，沛县人。但萧何比刘邦发迹早。刘邦尚是个游手好闲的二流子时，萧何就是沛县主管文墨的官吏，因为工作能力很强，还被人举荐到秦朝政府为官。萧何对刘邦一直非常恭敬，常利用自己的权力给刘邦以方便。刘邦当上泗水亭长后，一次要去咸阳办事，其他的官吏都送给刘邦俸钱三百，唯萧何送五百。刘邦从沛县起事后，萧何一直追随他。公元前206年，刘邦率军攻陷秦朝首都咸阳。面对阿房宫成群的美女和数不清的珍稀财宝，所有的官吏都像饿狼一般扑上去，搂着美女又啃又啃，见到财宝又抢又夺，唯独萧何不，翩翩美女他视而不见，金银珠宝他视而不见，而是一头扎进丞相府，把秦朝的法律、文书、地图、书籍资料等全部收集起来，为刘邦登上帝位后掌握全国各地要塞、全国人口分布、各种地方势力的强弱，以及黎民百姓的生活状况等，提供了重要的参考资料，奠定了驾驭全国的基础。

在刘邦转战征伐的数年间，辅佐刘邦的相国萧何，真可谓呕心沥血，尽职尽忠。他的第一个贡献是为刘邦留下了韩信。公元前206年，刘邦率军驻守陕西南郑。刘邦从江苏沛县起事，追随他的兵勇几乎都是南方人。到达陕西后，一些不畏兵戈刀血的将士，却经不起思家念亲的折磨，因而有的半途开溜，有的留在军队却流涕悲歌。特别是在南郑驻扎下来以后，官兵们在没有战事的日子里更加思念故乡亲人，纷纷潜逃东归。韩信也在逃离的人群中，他不是为了潜逃回家，而是因为在刘邦手下屈才，干得不开心。萧何听说韩信也逃跑了的消息后，来不及向刘邦报告，放下手中的活儿就去追。刘邦可以没有韩信，但绝对是不能没有萧何的。听到手下报告萧何也逃跑了的消息后，刘邦如五雷轰顶，不知如何是好。因而当萧何追回韩信出现在刘邦面前时，刘邦且喜且怒，说萧何追韩信是"骗人"。萧何追回韩信，并说服刘邦拜韩信为大将军，为刘邦与项羽抗衡并最终统一全国，留下了一员极其难得的军事天才。

萧何的第二个贡献，就是为刘邦在夺取并统一全国的过程中起稳定后方的作用。刘邦的马上征战，主要是与项羽为争夺全国统治权的争夺，当时他的大本营是陕西中部的关中。萧何没有随刘邦转战征伐，而是全权主持关中事务。主持关中事务的萧何，制定法律规章，整顿关中户籍，组织农牧耕作，征收粮秣赋税，把刘邦的大后方治理得井然有序。尤其是组织后备军人，补充前方兵勇，萧何更是功不可没。公元前205年，攻陷项羽首都彭城的刘邦，因追逐美色而瓦解斗志，反被项羽一路追杀，逃过谷水、泗水，又逃过睢水，只带几十名骑兵逃到江苏砀山的下邑。兵困下邑的刘邦，正在束手无策之际，是萧何领着大队的"老弱未傅者"赶来为刘邦助威了。虽然来的都是些不满二十三岁和超过六十五岁的老弱人员，但毕竟是人人手里拿着长矛大刀，毕竟往那里一站黑压压一片。在刘邦与项羽率军对峙的艰苦岁月里，项羽因没有像萧何这样的人，军中经常缺粮断秣而极大地削弱了斗志。刘邦则因为有萧何给他镇守后方，通往前线的粮秣源源不断，不仅有力地支撑了刘邦与项羽的艰苦对峙，而且从根本上支撑了刘邦把项羽赶到垓下。

萧何在兢兢业业地支撑刘邦的伟大事业中，无论是作为留守关中的主帅，还是作为刘邦王朝的相国，都是受过极大委屈的。正是在萧何所受的委屈中，更反衬出了他品行的高尚和心底的无私。

公元前203年，几经惨败又重整旗鼓的刘邦，终于羽翼渐丰，具备了与项羽抗衡的实力，迫使项羽不得不与刘邦订立盟约，商定以鸿沟（古运河）为界，鸿沟以西归汉，鸿沟以东归楚，二分天下，两国友好，永不侵犯。这时候的刘邦，虽然仍率军在前线打项羽的主意，但也不时地派使者到后方慰问萧何。刘邦的这一良苦用心被一位姓鲍的先生看透了，他对萧何点拨，说这是刘邦对他起疑心的表现。萧何倒也聪明，立即把萧家能扛得动刀枪的男人全数组织起来，一个不落地送到刘邦亲自统帅的前线部队作战，以此给刘邦这样一个表白：汉王刘邦你放心吧，我萧何把萧氏家族还能扛得动刀枪的男人全部送到你的眼皮底下，我萧何在你的大后方再也组织不起来反叛你的萧氏队伍了。刘邦果然非常高兴，褒奖一番萧何以后，再也不派使者到后方去慰问了。

萧何在刘邦论功行赏时，排名第一，刘邦特许他"剑履上殿，入朝不趋"。这就是说，什么人上朝都必须取下佩剑，脱下木屐，光着脚，似舞台演戏那般，急急忙忙踩着细步进去，唯独萧何不需要这样。这是当时的一项殊荣。但刘邦这个政治老手，在赏给萧何这项殊荣的同时，也加了许多小心。拨给萧何使用的士兵五百人，还特地配了一名都尉，日夜跟随在萧何的左右，名曰保卫他的安全，实则监视他的行动。那段日子，刘邦为排除异己势力，经常策马征战，韩王信、陈豨、韩信、彭越、黥布，这些在刘邦与项羽争夺天下的战争中，为刘邦建立过巨大功勋的战将，一个个被刘邦收拾了。在收拾这许多功勋的过程中，刘邦增加了对臣僚的疑虑。萧何不仅是疑虑的对象，而且首当其冲。刘邦在率军攻击黥布时，就多次派使者回朝廷打探萧何的所作所为，看他有没有异常的举动。刘邦之所以这么做，是因为萧何的工作太出色了，萧何太得老百姓拥戴了。这一点，萧何没有参透，他以为拼命工作，尽职尽责，把一切事务都料理妥当，把老百姓对朝廷的心气理顺，就是对皇上的忠诚，就是对国家的贡献，就是他相国的尽职。不承想，刘邦害怕他这样做，害怕一个相国的威信比皇帝高。于是萧何经人点拨后，违背自己的德行，以挑动老百姓对自己的怨恨来换取刘邦对自己的放心。他故意跟老百姓捣乱，利用自己的权势，以最低的价格从老百姓手里赊购田地，强买强赊，没过多长时间，就弄得民怨沸腾，怨声载道。待刘邦消灭黥布班师回朝廷时，很多百姓站在路旁，纷纷把告萧何的状子递到刘邦手里。刘邦于是又放心了，把老百姓的告状信交给萧何自己看，还取笑他堂堂一国的相国，竟夺取老百姓的田宅。萧何毕竟心地很正，他看自己的目的达到，又看刘邦高兴，竟又忘了高人的点拨，对刘邦提出建议，叫他开放皇家园林，把那些常年荒废的土地让给老百姓耕种。这刘邦火了。你萧何大量收购老百姓的田宅，牟取私利，却叫我皇上开放皇家园林，企图挖我的墙脚，你到底打的什么主意！于是下令扒下萧何的相国官服，把他打进囚牢。

因为萧何的确没有反叛朝廷的半点儿打算，再加上萧何辅佐刘邦治理天下的能力和政绩是公认的，经其他臣僚跟刘邦做工作，萧何才得以从囚牢出来。

可怜的萧何，一生谨慎，克制自己，为了打消皇帝对他的疑虑，把留守关中的萧氏子孙全数送往前线作战；因为皇帝害怕他得到百姓的拥戴，他违背自己的品行，用抢夺式的购买田宅来挑起民怨，故意玷污自己。就是这样，皇帝还是不放过他，把他打入囚牢。但是，历史始终睁着雪亮的第三只眼睛，是好是坏它看得非常清楚。萧何死后，在清理他的遗物时，除一些偏僻的田宅，且宅院都没有围墙外，家里空空如也，与普通百姓无异。

这可称得上是历史上的笑话，但怎么也使人笑不起来。

原载《美文》2006年第6期

粮管所长李斯的发迹史

李国文

———————

　　李斯（？—前208），楚国上蔡人。早年在本地是掌管文书的小吏。《史记·李斯列传》中记载了这样一件事：李斯看到厕所里吃大便的老鼠，遇人或狗到厕所来，它们都赶快逃走；但在米仓看到的老鼠，一只只吃得又大又肥，优哉游哉地在米堆中嬉戏交配，没有人或狗带来的威胁和惊恐。于是，他发出了这样的感慨："一个人有没有出息，就如同老鼠一样，是由自己所处的环境决定的。"李斯认为人无所谓能干不能干，聪明才智本来就差不多，富贵与贫贱，全看自己是否能抓住机会和选择环境。在战国时期人人争名逐利的情况下，李斯也是想干出一番事业来。为了达到飞黄腾达的目的，李斯辞去小吏，离家去寿春投师，从学荀卿。荀卿乃大师，能收他为门墙弟子，说明李斯非泛泛之徒。在班上，荀卿比较得意、比较器重的两位尖子生，一为李斯，一为韩非。这两位弟子，第一，聪明；第二，能干；第三，有点子；第四，敢作敢为。学业结束以后，身为韩国贵族的韩非，自然是要回国任要职的。荀卿知道李斯是小县城来的小人物，没有什么政治资源，但看他是块料，有治国理政的才能，便为他在楚国政府里谋了一份差事。

儒家看人，往往注重好的一面，荀卿没有发觉这位未来的法家，除了上述四个特点外，比韩非还要多出一点，那就是他的居心叵测，野心勃勃。不过，李斯有他农民的狡猾，藏而不露罢了。经荀卿的推荐，能够留在楚国首都寿春，在机关里当一名公务员，也就相当不错了。可他婉谢了老师的这份好意，虽然当国家干部，比在上蔡县城关粮库以工代干强上百倍。但他不想在楚国虚度光阴，混吃等死。这一来，荀卿才知道这个河南汉子乃是一个具大抱负，有大志向的学生，不觉肃然起敬。李斯认为，"楚王不足事，而六国皆弱，无可为建功者，欲西入秦"。他对荀卿说，老师啊，天底下最可怕的事就是卑贱，最痛苦的事情就是穷困，我卑贱到极点，我穷困到极点，当今之务，我不能待在寿春以混日子而满足，而是应该赶紧搭上西行列车，到咸阳去求发达。他相信："今秦王欲吞天下，称帝而治，此布衣驰骛之时而游说者之秋也。"乃辞别荀卿，西入秦。俗话说得好，师父领进门，修行在个人，老师也就只好祝他一路顺风了。

人生道路，对平庸的人来说，走对走错是无所谓的，走对，也好不到哪儿，走错，也坏不到哪儿。而对李斯这样一个敢下大赌注，敢冒大风险的强人，就要看入秦是对还是错了。

他到秦国以后，历任廷尉、丞相等重要职位，为秦王上"皇帝"封号，废分封而行郡县制，统一六国文字为"秦篆"，禁绝私学及百家论著，"以吏为师"，以免文人儒士颂古非今，谤议朝政。铸铜人，收缴武器，以防造反；坑儒生，焚《诗》《书》，钳制文化，这一系列的暴政，大都是这位上蔡县小人物的点子。因此，秦始皇视之为膀臂，授之以重任，其官运也就亨通起来。从此顺风顺水，一路发达，他的官也做到了极点，如此说来，李斯的这一步路是对的。

《史记·李斯传》中记载，这个管文书的小吏到了咸阳以后，官运发达到连他自己也吃不消了。"斯长男由为三川守，诸男皆尚秦公主，女悉嫁秦诸公子。三川守李由告归咸阳，李斯置酒于家，百官长皆前为寿，门廷车骑以千数。李斯喟然叹曰：'嗟乎！吾闻之荀卿曰物禁大盛。夫斯为上蔡布衣，闾巷之黔首，上不知其驽下，遂擢至此，当今人臣无居臣上者，可谓富贵极矣！物极则衰，吾未知所税驾也。'"唐司马贞在《素隐》中解释"税驾犹解驾，言休息也。李斯言己今日富贵已极，然未知向后吉凶止泊在何处也"。然而，树大招风，高处不胜寒，若是急流勇退不了，在官场绞肉机中，谁也不可能成为永远的幸运儿。问题在于他明白得很，清醒得很，爬得越高，跌得越重，混得越红，倒霉越大，可就是不肯收手，不肯刹车，不肯罢休，不肯回头是岸，只能像中外古今所有利欲熏心之徒、作恶多端之辈一样，一步步走向生命的终点。只不过他的最后下场要更惨一点，那就是押赴他亲自设计，亲自监工，可以施行从刖、劓、辟、闭，到凌迟等各类刑法的刑场，"具五刑，论腰斩"。

《后汉书·杨终传》："秦政酷烈，违牾天下，一人有罪，延及三族。"按李贤的注释，"三族"应该是"父族，母族，妻族"。这时，李斯终于明白为他权力狂人的一生，要付出多少代价。至少，好几百条性命，受其株连，与其父子同时同地遭到屠灭。当他为秦始皇的铁杆屠夫时，在骊山脚下坑掉数百名儒生，连眼睛也不眨一下；但此刻，身边尸积如山，血流成河的场面，大概唤醒了他早已泯灭的人性，这位秦国丞相，《大秦律》的制订者和执行者，也不由得为这个残酷暴虐的政府痛心疾首。人，只有一死，施以五刑（黥、劓、斩左右趾、枭首、菹其骨肉于市），已经足够死上好几次，而且最后还要剁成肉酱，又如何再来进行腰斩？可这种匪夷所思的刑罚，没准还是他任廷尉那阵颁行天下的呢！想到这里，他也只能没屁好放。

在中国历史上，他不是第一个被腰斩者，但他却是第一位被腰斩而死的名人。他最终得到这样一个下场，回想他的西行决策，到底是对还是错，又得两说着了。

如果他不迈出这一步，继续在上蔡县当个小干部，到点退休，领养老金，一样也活得自在，至少落一个正常死亡。腰斩，将身体切为八段，是仅次于凌迟的毒刑，这是中国封建社会里最黑暗的一面。中国古人之残忍，把人之不当人，从这处死的刑法上，便可想见。唐朝的大诗人李白有一组《行路难》的诗，其中《之三》提到了李斯在腰斩前一刻的后悔，这厮得意时，肯定没少腰斩别人，现在轮到他自己来领教这一刑法，悔也晚矣！"陆机雄才岂自保，李斯税驾苦不早，华亭鹤唳讵可闻？上蔡苍鹰何足道！"现在通行的《史记》版本，只有"吾欲与若复牵黄犬俱出上蔡东门逐狡兔，岂可得乎"这一句，而从王琦注引《太平御览》曰"《史记》曰：'李斯临刑，思牵黄犬，臂苍鹰，出上蔡东门，不可得矣。'考今本《史记·李斯传》中，无'臂苍鹰'字，而李白诗中屡用其事，当另有所本。"看来，李白所据的古本《史记》，今已佚失。

一般来讲，在田野里捕猎狡兔，鹰比犬更有用些。今本《史记》删节"臂苍鹰"，也许并无道理。不过，由此可知，李斯未发迹前，在家乡上蔡那个小城里，携子出东门，放鹰平川，纵犬丘陵，兔奔人追，驰骋荒野，还是满自在的。尤其，夕阳西下，满载而归，尤其，鹰飞狗叫，人欢马跃，尤其，烧烤爆炒，慢锅烂炖，尤其，四两烧酒，合家共酌。这种其乐融融、自由自在的日子，老此一生，虽然平常，平淡，可平安，不比享尽荣华富贵，最后得一个腰斩咸阳的结果强得多？因为那是真的快乐，发自内心的快乐，绝对放松的快乐，无忧无虑的老百姓的快乐，最最底层的普通人的快乐。可在他走出老家上蔡，来到秦国为相，就不再拥有这样自由自在的快乐。获得权力，自然是大快乐，但是，这种紧张和恐惧的快乐，疑虑和忐忑的快乐，随时会被剥夺、随时降临灾难的快乐，物质虽丰富、精神却是苦痛的快乐，到了马上掉脑袋的此时此刻，面对着与他同死的儿子，除了"牵犬东门"的那一份至真的快乐，还有什么值得回味，值得怀念呢？

荀卿的这位学生，虽然第一聪明，第二能干，第三有点子，第四敢想敢干，但是，聪明的人，不一定就是理智清醒的人；能干的人，不一定就是行事正确的人。有点子的人，不上正道的点子，是既害人又害己的，而敢想敢干的人，一旦为非作歹起来，那破坏性会更大。始皇死后，李斯为了巩固其既得利益，阿顺苟合于赵高，那是一个心毒手辣、无所不用其极的坏蛋。贪恋高官厚禄的李斯，利欲熏心，竟与魔鬼结盟，参与密谋矫诏，立胡亥而逼死扶苏。秦二世当权，自然宠信赵高。于是，李斯向二世拼命讨好，怂恿他肆意广欲，穷奢极乐，建议他独制天下，恣其所为。赵高认为这个指鹿为马的胡亥，本是他手中玩弄的傀儡，哪能任由李斯操纵。便设计构陷，令其上套，使二世嫌弃他，捏造事实，不停诬告，使二世憎恶他。加上李斯的儿子李由，先前因未能阻击吴广等起义农民军西进获罪，于是新账老账一块儿算，李斯与其子李由一起，以谋反罪腰斩于咸阳，那是公元前208年。

李斯之所以要走出上蔡，之所以要西去相秦，之所以能够发达到"富贵极矣"的富贵，"当今人臣无居臣上者"的显赫，起因说来可笑，却是由于他受到老鼠的启发。这就是《史记·李斯列传》开头所写："年少时，为郡小吏，见吏舍厕中鼠食不絜，近人犬，数惊恐之。斯入仓，观仓中鼠，食积粟，居大庑之下，不见人犬之忧。于是李斯乃叹曰：'人之贤不肖譬如鼠矣，在所自处耳！'"厕所中的耗子，吃的是粪便，一见人来狗叫，慌忙逃避；粮库里的耗子，无一不吃得肥头大耳，膘满体壮，而且永远没有饿肚子的恐慌，永远没有人犬的惊扰，永远没有刮风下雨的忧虑。于是，他感到自己其实的渺小，真正的不足，上蔡这巴掌大的县城，对他这只具大抱负，有大志向的耗子来讲，就是"厕所"而不是"粮仓"了。

司马迁说李斯不过是"为郡小吏",那口气是鄙夷的。他所担任的那个职务,城关的粮管所长,在一群乡巴佬中间,也算得上是出人头地的区乡干部了。但这个相当寒碜的土老帽,目标正西方,不是乘坐动车组,也不是乘坐西北航空,愣是一步一步向咸阳走去,那绝不回头的蛮劲和冲劲,真是值得刮目相看。看起来,在风肃霜白的深秋季节,在上蔡东门外的旷野里,挥动鞭梢,催促着奔走呼啸的黄狗,打着口哨,驱使着铁喙利爪的苍鹰,大步流星捉拿野兔而练就的脚力,帮了他的忙。一开始,李斯并未想投奔秦始皇,只是不想当"厕"中之鼠,希望能够进入秦国统治集团,在那样一个"仓"中为鼠觅食,就相当满意了。但当他磨破老娘为他纳的千层底鞋,当他啃完了他老婆给他烙的烧饼馍馍,这个农民越走信心越大,自然也是越走野心越盛。中国农民,当他束缚在一亩三分地上的时候,手脚放不开,头脑也放不开,那种庄稼人的小心眼,小算盘,小天地,小格局,小农经济,小家子气,为其主调。然而,当他离开土地,离开乡村,离开太阳晒屁股的田园牧歌式的生活,而且变成一无所有的流氓无产者之后,其中很多人马上就会成为毫无顾忌的,横冲直撞的,否定秩序的,破坏规则的强悍分子。攫取和获得,就成为他们的主旋律。李斯到达咸阳,就不再是原来一口豫东口音的粮管所长,而是满嘴地道秦腔的政坛新秀。第一步,他知道吕不韦崇拜荀卿,便以荀卿弟子的身份,"求为秦相文信侯吕不韦舍人,不韦贤之,任以为郎"。第二步,他知道秦始皇和吕不韦的血统关系,便由吕牵线,得以向这位帝王进言:"夫以秦之强,大王之贤,由灶上骚除,足以灭诸侯,成帝业,为天下一统,此万世之一时也。今怠而不急就,诸侯复强,相聚约从,虽有黄帝之贤,不能并也。"第三步,他出主意:"阴遣谋士赍持金玉以游说诸侯,诸侯名士可下以财者,厚遗结之。不肯者,利剑刺之。"从则给钱,不从者送命,李斯这一手够恶的。

其实，自古以来，由于城乡差别，由于受教育程度不同，由于远离作为政治文化中心的城市，由于缺乏必要的社会基础和必要的人际关系，像从上蔡县走出来的这位知识分子，获得权力的概率，较之城市出来的知识分子势必要低。所以，在权力场的争夺中，那些渴嗜权力而机遇不多的乡下人，往往比城市人更多冒险意识，更多投机心理，也更多赌徒思想，更多不遵守游戏规则的悖谬做法，更多为达目的而不择手段的非常行径，是可以理解的。而李斯，比他人更无顾忌一些，因为他有野心。正是这份野心，按劣币驱除良币的定律，使他在秦国权力场的斗争中，倒容易处于优势地位。

就在这种权力场的不停洗牌中，李斯脱颖而出，所向披靡，攀登到权力顶峰。

他走出上蔡时，没想到会成为世界上这个顶尖强国的首相。所以，当可能的敌手韩非，他的同班同学，出现在秦国地面上，他就以他撵兔子的那肌肉发达的腿脚，坚定地要迈过这位公子哥的障碍，并踏死他。尽管李斯承认，自己无论在学养上，在谋略上，在文章的思想深度上，在决策的运筹力度上，远不如这位同窗，但在卑鄙和无耻上，在下流和捣乱上，李斯做得出的事，韩非却干不出来。这位高傲的王子，永远超凡脱俗，永远高瞻远瞩，永远扬着那思虑的头颅，注视着动乱不已的六国纷争，却从不提防脚下埋伏的地雷，和一心要算计他的、那心怀叵测的红眼耗子李斯。因为他虽然跟李斯同样，拥有聪明、能干、有点子、敢作敢为这四个特点，但却偏偏没有李斯的第五点，那就是勃勃的野心。

应该说，人，要有一点野心。虽说野心二字口碑不佳，但不完全是坏东西。野心会成为个人进取的推动力，会全身心投入，会向一个目标前进，会为之奋斗不已。不过，若是野心勃勃，野心过头，野心大到蛇吞象的地步，不择手段地去攫取，贪得无厌地去占有，无所不用其极，排除一切障碍，不达目的誓不罢休，野心而成家，那就是很可怕的了。李斯相秦，厥功甚钜。应该这样看，始皇帝的千古功绩，有一半得算到李斯的头上；同样，嬴政的万世骂名，也有一半是他出的坏主意所招来的。所以，李斯这个非常之人，就有可能做出非常之事。因为他比韩非多出来的第五点，使得他无法容忍韩非出现在始皇帝的视野里。可韩非恰恰就少了这第五点，此人一向口吃，不善说道，本来也没有必要和盘托出。话说半句，留有余地，岂不更为主动？可这位韩国公子，学者风度，贵族派头，竟然对李斯说，学长，让咱们两个人联起手来，共同襄助始皇帝成就这番平定六国，统一天下的宏图伟业吧！

李斯想不到这位同班同学对他半点不设防，以为他还是当年班上的乡巴佬呢！于是，他做出农民式的天真无邪状，一脸质朴地问："不知吾王意下如何？在下可是轻易不敢造次呢！"

韩非觉得不应该瞒住老同学，一点也不口吃地说出真情。"那你就无须多虑了，陛下金口玉言，说早就虚位以待，等着我的到来。"

当天晚上，李斯求见秦始皇："陛下要委韩非以重任？"

"朕早说过，寡人若得此人与之游，死不恨矣！"

李斯阴险地一笑："陛下欲并诸侯，韩国不在其中乎？"

"哪有这一说！"

他匍伏在台阶下，一把眼泪，一把鼻涕："陛下别忘了，韩非为韩国公子，是有家国之人。最终，他的心是向着他的故土，而不是陛下。这点道理，圣明的大王啊，你要作出睿断啊！"秦始皇一皱眉头。然后挥手，示意退下。李斯走下丹墀，心里盘算，明年的这一天，该是他老同学的祭日了。雅贵出身的韩非，想不到李斯端给他的，不是羊肉泡馍，不是桂花稠酒，而是一碗鸩药。

公元前210年，秦始皇出巡途中，在沙丘平台驾崩。在赵高一手所策划的宫廷政变中，想不到一个如此精明老到，如此能言善辩，如此才睿智捷，如此计高谋深的李斯，竟成处处挨打，事事被动，步步失着，节节败退的完全无法招架的庸人。看来大鱼吃小鱼，小鱼吃麻虾，一物降一物，此话不假。韩非败在李斯手中，因为他不具野心勃勃的第五点，只是麻虾而已。李斯败在赵高手下，倒是小鱼碰上了大鱼。赵高之所以被称为大鱼，因为他不但具有李斯的第五点，野心勃勃，而且还有李斯所无的第六点，那就是黑社会的不按规则发牌，和绝对不在乎罪恶的卑劣行径。

一个曾经纵横捭阖，兼吞六国，明申韩之术，修商君之法，入秦三十年来，无不得心应手的超级政治家，怎么能事先无远见卓识，猝不及防；事中无应变能力，仓皇失措；事后无退身之计，捉襟见肘，竟被智商不高的赵高，基本白痴的胡亥，玩弄于股掌之上？

赵高对李斯说："上崩，赐长子书，与丧会咸阳而立为嗣。书未行，今上崩，未有知者也。所赐长子书及符玺皆在胡亥所，定太子在君侯与高之口耳。事终如何？"李斯一听，立马魂不守舍。"安得亡国之言，此非人臣所当议也！"从李斯这番话，说明他至少还有所谓"人臣"的禁条和纲纪，尽管野心勃勃，什么当做，什么不当做，还是有分际的。矫诏，岂是人臣敢为之事，连想都不敢想的。但绝对不怕天打五雷轰的赵高，即使是意大利西西里岛上那班黑帮教父，对他的黑手之狠之毒，也望尘莫及。赵高看着李斯那张不以为然的脸，接连抛出五句话，如同五把钢刀，刺在这位上蔡小吏的心口上。"你觉得你的才能超过蒙恬？你的功劳高过蒙恬？你的谋略胜过蒙恬？你的声望名誉好过蒙恬？你与扶苏的私人情谊比得过蒙恬？"虽然，李斯明白，扶苏嗣位，他就得谢幕，而且，必用蒙恬，他是一点戏都没有的。但是，他觉得西出潼关，这多年来，扶摇直上，秦始皇待他不薄。"俺不过是河南上蔡的一个平头百姓，现在成为丞相，位列诸侯，子孙显贵，家有万贯，这全拜始皇帝所赐，我是不会背叛的，你就别再说了，我可不愿意跟着你犯错误。"赵高那张不长胡子的脸，不阴不阳地笑了两声："阁下怎么就不明白呢？就变从时，圣人之道，你我同心，鬼神不知。"接下来，面孔一板："你要是听我的安排，保管你吃香喝辣，荣华富贵，你要是不肯合作的话，祸及子孙，我想想都替你寒心啊！"

粮管所长最擅长的本领，就是在斤两上打算盘。这个被挟持住了的李斯，心中小九九算了好几遍，要不要与魔鬼签约，从此一切归零，只有共同作恶，才是唯一生路。呜呼，他打心里愿意吗？他不愿意。可不愿意的结果是什么，他太了解这个被劓的黑社会教父，又岂能饶了他？"仰天而叹，垂泪太息曰：'嗟乎，独遭乱世，既以不能死，安托命哉！'"这一下，李斯碰上赵高，野心家斗不过黑社会，交手不过一两回合，便溃不成军，败下阵来。《史记》这样写道："于是，斯乃听高。高乃报胡亥曰：'臣请奉太子之明命以报丞相，丞相斯敢不奉命！'"

赵高吃准了这个李斯，他绝不肯交出权杖。权杖是他的命，他能不要命吗？李斯往日的杀伐果断也不知跑哪里去了，其实他拥有这个国家举世不二的权力，却无法反扑这个割了男根的阴阳人，只好举手投降。有什么办法呢？古代知识分子，十之有九，或十之有九点五，对于权力场有着异常的亲和力。近代的知识分子是否也如此这般，不敢妄说。但我认识的一些作家、诗人、批评家，和什么也不是的混迹于文坛的人物，那强烈的权癖，那沉重的官瘾，也不让古人。这倒不是孔夫子"学而优则仕"的金科玉律所影响，所诱使，而是内在的，与生俱来的，从一开始读书识字，便要出人头地的基因在作祟。正是这种基因，才产生谋取权力和崇拜权力的冲动，以及随之而来的阿谀奉承，磕头巴结，膝行匍伏，诚惶诚恐的奴才相；卑鄙无耻，不择手段，削尖脑袋，抢班夺权的恶棍相；失去顶子，如丧考妣，致仕回家，痛苦万分的无赖相。一个文人，倘若耽迷于权力场中，自以为得意，就少不了这三相。

中国人，中国士人，他们的智商未必低，他们的头脑未必傻，他们对于形势，对于时事，对于大局，对于前景，未必就看不清楚，问题在于权力这东西，易上瘾，难丢手，而使得他们在行、止、进、退上拿不定主意。他何尝不想急流勇退，他何尝不想平安降落，但要他作出决断，立刻斩断与官场的牵连，马上割绝与权力的纽结，再做回早先的平头百姓，再回去上蔡东门外，遛狗放鹰逮兔子，那真比宰了他还要痛苦，还要难受。不要说丞相李斯了，就那些其实也不过芝麻绿豆大小官位的文坛诸公，也同样不会主动迈出这一步，肯将纱帽翅痛快利落地交出去的。

其实，郡小吏李斯的发迹史，与我们这个世界上所有成功的人，走的是同一条路。第一，善于抓住机遇，第二，敢于把握机遇，第三，充分利用机遇。但是，人的最可贵之处，就是有一份自知之明，人的最糟糕之处，就是不知道自己吃几碗干饭。有自知之明者，能懂得什么时候该行，什么时候该止，而没有自知之明者，或欠缺自知之明者，或一帆风顺失去自知之明者，往往掌控不了自己什么时候该进，什么时候该退。

人的一生，全在这"行止进退"四个字上做人做事。李斯要是早就"税驾"的话，也许不至于腰斩的。

原载《海燕》2008年第8期

大将周勃

朱增泉

周勃，沛人（今江苏沛县），刘邦的老乡。周勃的祖籍是卷（今河南叶县西南），是外来户。外来户能在当地找到靠山，一般都能死心塌地，相随到底。周勃是刘邦从沛县起兵时带出来的"嫡系"。他跟随刘邦东征西讨，身经百战，无论顺境逆境，始终如一，忠贞不贰。刘邦的识人之明、用人之量，或者说他的权术，在封建帝王中很少有人能比。哪些人只能暂时利用，不可长期共存；哪些人只可"用"，不可"靠"；哪些人既可"用"又可"靠"，他心里都有一本明细账。在刘邦心目中，周勃是心腹大将之一，绝对可靠，这一点他不会看错。

刘邦最后一次亲率大军平定英布叛乱时中箭负伤，回到长安，老病新伤一起发作，御医回天无术。刘邦认为人寿在天，不肯再治。吕后到病榻前俯下身去，问他，陛下百岁后，假如萧相国也死了，哪些人可以委以重任，托付国事？刘邦说，曹参可以。吕后又问，还有谁？刘邦答，王陵可以，"然陵少戆"，缺点心计，可以让陈平辅助他。陈平这个人心里什么都明白，但软弱，独当一面不行。接着，刘邦重点提到周勃，他说："周勃重厚少文，然安刘氏者必勃也，可令为太尉。"这是刘邦向吕后交代得最为踏实的一位，明确指示要把兵权交给周勃。其他人一旦握有兵权，说不定会起"谋国"之心，周勃不会，刘邦放心。

周勃投入刘邦起义军之前，以编织芦席苇箔为生，还经常给出丧人家吹箫办丧事。箫是一种高雅的古典乐器，挺难吹。周勃把吹箫当作混饭吃的营生之一，这同他"木强敦厚"的性格不太相符，但也养成了他粗中有细的一面。他投奔刘邦起义军后，成为一名力挽强弩的弓箭手。由于作战勇敢，战功卓著，一步一步被提升到独当一面的大将军，最后当到太尉，后来又当丞相。即使到了这样的高位，周勃说话办事仍然很"粗"。《汉书·周勃传》中说，他每次找文人谋士们来说事，往往一坐下就首先申明，你们别来之乎者也那一套，老子听不懂，都用土话跟我说，快讲吧！这同朱元璋当了皇帝之后仍然改不了过去的说话习惯一样，在御批中经常使用一些俚语俗语口头语，令大臣们读之掩鼻而笑。当皇帝、当将军，能像他们两位这样，当出自己的本色来，不去拿腔拿调，这一条挺可爱。

周勃一生的赫赫战功，可以分成四个阶段。第一阶段，他跟刘邦起兵反秦，艰难转战，胜败交错，从沛县一直打到关中。第二阶段，楚汉战争期间，周勃是平定三秦、巩固关中、打败项羽的主要功臣之一。第三阶段，刘邦称帝后，各地异姓王纷纷叛乱，周勃成为刘邦平定各地叛乱的得力主将。尤其是平定燕王卢绾叛乱时，刘邦已经病重，不能亲征。他本来想让相国兼将军的樊哙挂帅出征，有人告发樊哙与吕后结党营私（樊哙是吕后的妹夫，与刘邦是连襟），准备在刘邦死后篡权。刘邦削去樊哙职务，改任周勃为统帅，把平定北方叛乱的军事重任全盘托付给了周勃。周勃认真贯彻刘邦剿抚并举的策略，很快攻克了燕都蓟（今北京丰台），燕国官员将士纷纷倒戈来降。卢绾带着家眷和随从向北逃窜，周勃连续追击，先后攻克了沮阳（今河北怀来），平定了上谷郡十二县、右北平十六县、渔阳郡二十二县、辽西和辽东二十九县。一直在逃的陈豨，也被周勃围堵斩杀于当城（今河北蔚县东北）。至此，代地大定。第四阶段，刘邦去世后，周勃为诛灭诸吕集团起了关键作用。

周勃彻底平定了北方叛乱，回到长安。刘邦已经驾崩，太子刘盈继位，是为汉惠帝。刘盈软弱，大权操在吕后手中。"吕后为人刚毅，佐高祖定天下，所诛大臣多吕后力"，这三句话是对她的正面评价。但另一方面，吕后心狠手辣，千古罕见。刘邦生前宠幸戚夫人，也最喜欢戚夫人生的小儿子刘如意，几次想废太子刘盈，改立如意为太子，虽然事情没有搞成，但吕后对戚夫人母子恨之入骨。刘邦一死，吕后就开始报复，先把戚夫人囚禁起来，然后召赵王刘如意进京。赵相周昌，知道吕后要杀如意，不放如意进京。吕后大怒，先召周昌进京，再召如意。汉惠帝刘盈心慈，为了保护弟弟如意，亲自到霸上去迎接，一起入宫，"自挟与赵王起居饮食"。太后想杀如意，无法下手。一天早晨，惠帝起早打猎，刘如意年少贪睡，被吕后逮到机会，派人用鸩酒将刘如意灌死。接着，吕后"断戚夫人手足，去眼，耳，饮瘖药，使居厕中，命曰'人彘'"，然后领着惠帝去看。"惠帝慈仁"，眼看戚夫人竟被母后残害成这样，"乃大哭，因病，岁余不能起"。惠帝托人转告母后说，这简直不是人做的事！我虽然是你的儿子，但我治不了天下。从此不再听政，纵酒淫乐。又一次，齐王刘肥来朝，惠帝觉得刘肥毕竟是自己的哥哥（异母），以家礼相待，请齐王坐上座，自己坐下座，"燕饮于太后前"。吕后大怒，叫人倒来两杯鸩酒，逼着齐王向惠帝敬酒祝寿。齐王端着酒杯起立，惠帝也端着酒杯起立，吕后大惊失色，一甩手把惠帝手里的酒杯打翻了。齐王觉得蹊跷，佯装醉酒而去。回头一打听，知道刚才端到手里的果然是杯毒酒。刘肥担心这次是出不了长安了，问计于随他进京的齐国内史。刘肥依内史计，将齐国的城阳郡献给吕后的女儿鲁元公主为"汤沐邑"，并尊鲁元公主为"王太后"。"吕后喜，允之"。刘肥与鲁元公主是同父异母兄妹，鲁元公主的丈夫是赵王张敖，他们的儿子张偃被封为鲁王。刘肥尊鲁元公主为"王太后"，等于把自己降为与张偃同辈，故意在吕后面前当"矮人"。刘肥这才侥幸脱险，回到齐国。

汉惠帝在位七年，郁郁而死，死的时候只有二十三岁。吕后杀心太重，树敌太多，权欲又太大。刘邦死了，唯一的亲生儿子惠帝也死了，她想临朝称制，担心的事就多了。她为儿子惠帝发丧时"哭而不悲，泣而不下"。张良的儿子张辟，只有十五岁，是惠帝生前的贴身侍中，很聪明。他猜出吕后的心思，对丞相说，惠帝驾崩，太后要临朝称制，怕你们这些开国元勋不服，她正在琢磨对付你们的办法。你们不如请她的几个侄子吕台、吕产、吕禄为将，让他们掌握宫廷禁卫南军和北军，把吕家的其他一些人也都请进宫来当差，这样太后就安心了，你们也可以躲过眼前的灾祸。大臣们都知道吕后手段毒辣，小不忍乱大谋，就依侍中张辟所说的办，去跟吕后一说，吕后这才"哇"的一声哭了出来。

葬了惠帝，吕后就动议要封诸吕为王，右丞相王陵坚决反对，刘邦临终前说王陵少点心计，一点不错。他与吕后当面争执起来，吕姓子弟为将可以，封王绝对不行。他说，高帝生前曾杀白马立下血誓，"非刘氏而王，天下共击之"！吕后又问左丞相陈平和绛侯周勃，陈、周二人却回答说，高祖得天下，封刘氏子弟；今太后称制，封吕氏昆弟诸吕为王，也未尝不可。王陵一听，气得难以形容。罢朝后，王陵去责问陈平、周勃："高祖生前的约定你们都忘了吗?"陈、周回答说，你敢于在朝廷上与太后当面争执，这一点我们不如你；但为保全社稷、安定刘氏之后考虑，在这一点上你却不如我们。陈平、周勃的意思是要从长计议，不可一时冒失。周勃这位会吹箫的粗人，关键时刻显示出他粗中有细的一面来了。王陵一听，无话可说。吕后剥夺了王陵的相权，任命他为"帝太傅"，叫他去当小皇帝的老师，王陵不干，称病回乡。

说起继位的小皇帝，又见吕后的刻薄心计，世上少有。她为了把刘氏江山"嫁接"到吕氏血统上，挖空心思，连伦常都不顾了。当初汉惠帝即位时，她竟把自己的外孙女（鲁元公主的女儿）配给自己的儿子惠帝当皇后。可是这位张皇后不生孩子，吕后又想出一计，后宫有位美人，与吕家人私通怀孕，她让张皇后也假装怀孕，那位美人生下儿子后即被杀掉，将孩子抱来冒充张皇后所生，立为太子。惠帝死后，太子继位。这位少帝渐渐长大懂事，知道了自己的身世，气愤地说，等我长大了一定要为母亲报仇。这句话被吕后知道，少帝被幽禁而死，另立恒山王刘义为少帝。刘义原名刘山，他和刘强、刘不疑等五名汉惠帝的"后宫子"，实际上都是吕家的私生子，被冒充成汉惠帝与宫妃所生，封王的封王，封侯的封侯。其实，以上两位少帝都是吕后用来当摆设的，在《中国历史年表》中查不到他们的名号。

吕后大封吕氏家族，形成权势显赫的"诸吕"集团，主要人物有：

吕后父亲吕公，追封为宣王。

吕后长兄吕泽，追封为悼武王。吕泽长子吕台，被封为郦侯、吕王。吕泽次子吕产，被封为交侯、吕王。吕泽孙子吕嘉，被封为吕王。吕泽另一名孙子吕通，被封为燕王。

吕后次兄吕释之，被封为建成侯。吕释之长子吕种，被封为沛侯。吕释之少子吕禄，被封为赵王、吕王。

吕后姐姐的儿子吕平，被封为扶柳侯。

吕后妹妹吕婴，被封为临光侯。

其他还有：俞侯吕他、赘其侯吕更始、吕城侯吕忿、东平侯吕庄、祝兹侯吕荣，等等，真可谓"一荣俱荣"。

除此之外，吕后还把许多吕家女子强行配给刘姓诸侯王做王后，以便控制。赵王刘友，不爱强配给他的吕王后，爱别的王姬。吕王后向吕后恶告，刘友被吕后幽禁起来，不准给他送饭，活活饿死。刘友死后，吕后迁梁王刘恢为赵王，又把她侄子吕产的女儿强配给刘恢为王后。这位吕王后更厉害，把刘恢的爱姬一个个全都毒死。刘恢心灰意冷，自杀了之。

吕后称制八年，病重而死。她临终前知道情况不妙，嘱咐吕禄、吕产牢牢控制南军和北军，不要为她送葬，不要离开宫殿，以防不测。

实际上，刘氏家族和汉室老臣们同诸吕集团的一场生死决战，早就在悄悄酝酿之中。有位很有学问的太中大夫陆贾，曾跟随刘邦定天下，并对刘邦讲过"马上可以得天下，马上却不可治天下"的著名观点。吕后专权，他告病在家。眼看诸吕横行，陈平忧郁不乐，他知道陈平为什么发愁，上门拜访。他对陈平说，天下安，注意相；天下危，注意将。将相和，众心齐，才能办成大事。你应当和绛侯周勃将相联手，否则靠你一个人的力量扭转不了局面。一句话把陈平的心思点透，于是陈平和周勃联手密商，陆贾又从中协助，多方沟通，使汉廷公卿都心中有数。

这时，宫廷警卫军都掌握在诸吕集团手中。吕禄为上将军，控制着北军；吕产为相国，控制着南军。他们知道忠于刘氏的老臣们对诸吕不服，准备发动宫廷政变，篡夺天下。他们的密谋计划被吕禄的女婿刘章知道，刘章是刘邦长孙、齐王刘襄的弟弟。刘章派快马把消息送到齐国，让刘襄迅速起兵攻进长安，他与三弟刘兴居在长安做内应，诛灭诸吕，夺回刘氏天下。刘襄早有此心，得到消息，准备立即起兵进攻长安，不料遭到齐相召平的反对，召平派兵把齐王宫廷包围起来，中尉魏勃拥护刘襄出兵，起兵反围召平相府，召平被迫自杀。刘襄公开打出诛灭诸吕的旗号，首先攻打诸吕在东部的据点吕国（原济南郡）。

相国吕产得到刘襄攻打吕国的消息，派大将灌婴领兵前去镇压。灌婴进军至荥阳，停下。派人通知刘襄暂停西进，先与各地刘姓诸侯联络，共商灭吕大计，然后联合行动，以求一举成功。

周勃、陈平也在京城长安开始行动。由于吕禄、吕产牢牢控制着南军和北军，周勃虽是太尉，却无法进入军中调兵。周勃与陈平知道郦商的儿子郦寄与吕禄有深交，把郦商找来，申明利害，要他让儿子去说服吕禄交出将印。吕禄想交，遭到吕媭一顿臭骂，没敢交出。

郎中令贾寿从齐国回来，把灌婴正在联合齐、楚准备诛灭诸吕的消息告诉了吕产，并要他赶快进宫，掌握少帝，控制局面。这些话又被御史大夫曹窋在一旁听到，他火速去告诉了周勃和陈平。

周勃闻讯，立即行动。但他手中没有将军印，忽生一计，求得符节令纪通的帮助，拿了皇帝的手节，假冒"传诏"，得以进入北军官衙。周勃让郦寄和典客刘揭走上前去，诈吕禄说，皇上已经命令太尉领北军，要吕禄赶快交出将印，以免遭杀身之祸。吕禄信以为真，交出将军印，周勃终于将北军的指挥权夺到手。周勃手持将军印进入北军军营，当众宣布："拥护吕氏的袒露右臂，拥护刘氏的袒露左臂！"话音刚落，全体将士全部袒露左臂。军心所向，一清二楚；周勃下令，一呼百应。

这时，掌握南军的吕产不知吕禄已经交出北军，他得到郎中令贾寿从齐国带回的消息后，立即赶往未央宫，准备发动政变。这时陈平派刘章赶往北军协助周勃。周勃一面派曹窋快去通知未央宫卫尉，不得放吕产进入未央宫殿门；一面派刘章带领一千多士兵赶往未央宫去保卫少帝。

刘章带兵来到未央宫前，遇见吕产正在殿外徘徊，刘章下令追杀。吕产逃到郎中府吏的厕所中，被杀。刘章又从未央宫赶往长乐宫，杀死长乐宫卫尉吕更始。然后，刘章赶回北军，向周勃复命。周勃起身向刘章拜谢说，我最担心的就是吕产，你把他杀了，天下定矣！

周勃控制了宫廷中枢，也就控制住了全局。他下令搜捕诸吕，将诸吕集团彻底消灭。

大臣们商议，应该废掉汉惠帝的假子少帝，改立新帝。齐王刘襄是刘邦的长孙，又是最早发兵灭吕，功劳最大，有人主张立他为帝。但有人提出，刘襄的母亲也很凶悍，要接受吕后的教训。

　　商议结果，不少人提出刘邦的四子代王刘恒，是刘邦在世儿子中年龄最大的一位，为人忠厚。都说立长为顺，就立他。刘恒的母亲薄氏出身微寒，品行谨良。从帝、母两方面来考虑，都认为立刘恒比较稳妥。于是迎立代王刘恒，是为汉文帝。

　　这时刘章三弟刘兴居主动向周勃请战说，消灭诸吕，我还没有立功，要求把驱逐少帝、迎接新帝的任务交给他去完成，周勃说好。刘兴居与太仆滕公一起入宫，滕公对少帝当面宣布："足下非刘氏，不当立。"随即请少帝上车，离开了未央宫。

　　刘、滕两人又护新帝的皇辇来到代王官邸，迎接新帝刘恒即位。新帝刘恒的皇辇来到未央宫前，原先派往未央宫阻止吕产进入殿门的卫兵还在，他们持戟不让新帝进入。刘兴居迅速向太尉周勃报告，周勃一道令下，立即将他们撤走。新帝刘恒得以入殿继位，周勃为他换上了新的宫廷警卫。

　　诛灭诸吕的军事行动，周勃是总指挥，立下大功，"文帝继位，以勃为右丞相，赐金五千斤，邑万户"。

　　但是，在随后的日子里，周勃却进入了他人生达到辉煌顶点之后的尴尬期，心理失衡，进退失据，无所适从。不久就有人来劝周勃说，你灭诸吕、立文帝，居高位、得厚赏，久则必祸。周勃害怕起来，主动向汉文帝辞去了丞相之位。

　　一年后，陈平去世，文帝又重新起用周勃为相。又过了十来个月，大概汉文帝觉得周勃使用起来不顺手，就对周勃说，我已下诏，命列侯们去各自封地，有的人不想离开京城。丞相为朕所倚重，希望你带个头，到封地去吧。

周勃"乃免相就国"，去了绛县（今山西侯马）。

周勃觉得自己已经失去了皇上的信任，从此心里一直很紧张。河东郡郡尉每次巡守各县来到绛县，周勃都以为是来抓他、杀他的，每次都如临大敌，披甲相迎，并让家里人也都"持兵以见"。其实周勃一生没有做过任何亏心事，他莫名的恐惧感，来源于"自古名将少善终"的心理效应。韩信的军事才能和功勋远在周勃之上，被杀了；彭越和英布都参加过垓下会战，也都被杀了。现在他觉得汉文帝也不信任他了，他怎能不紧张？有人根据他的"反常"举止，告发他"谋反"。

汉文帝派廷尉将周勃逮捕，押回长安受审。周勃嘴笨，不知道怎样为自己辩解，狱吏们都污辱他。周勃以千金贿赂狱吏，狱吏在木牍背面写了"以公主为证"几个字，假装看文牍，把背面这几个字亮给周勃看。公主即文帝女儿，许配给周勃长子周胜之为妻，狱吏暗示他请公主出来为他作证并无谋反之意。狱吏哪里知道，公主与他儿子周胜之感情不和。

这时，幸亏汉文帝的舅舅、车骑将军薄昭出来为周勃说情。周勃平时受了封赏，把很多钱财都赠送给了薄昭，两人有交情。薄昭去找他姐姐薄太后（汉文帝母亲）说，周勃是功臣，绝无谋反之事。薄太后觉得儿子办了一桩糊涂事，文帝上朝时，她去找儿子，气得她把头巾摘下来向汉文帝扔了过去，怒斥道：你也不想想，绛侯当时拿了皇帝的印玺到北军去夺下吕禄手中的兵权，他当时不反，现在去了一个小县，无权无势，倒要反啦？文帝知道弄错了，赦免周勃无罪，恢复绛侯爵邑。

周勃出狱时感叹道："吾尝将百万军，安知狱吏之贵也！"他说，我身为统兵百万的大将军，落在一个小小狱吏手中，他整起人来也不得了啊！

周勃死后，长子周胜之终因与公主婚姻不睦，又牵涉进一桩杀人案子，被杀，爵位被除。

一年后，汉文帝从周勃儿子当中找到一位表现好的河内太守周亚夫，封为条侯，袭其父亲爵位。周亚夫后来也成为西汉一代名将，从严治军细柳营，平定吴楚七国之乱，威名无人出其右。但周亚夫的最终结局，竟比他父亲周勃还要惨，岂不令人唏嘘？

　　　　　　　原载《海燕》2008年第10期，文字略有改动

风动紫禁城

孙 郁

———————

一

1924年11月，溥仪出宫，紫禁城一时清空，遗老的圣地已不复往年之色。次年，故宫博物院成立，几百年的皇宫的功能开始变化。百姓对深宫大宅多好奇之心，而读书人关注的却是那里的文档遗产。有意思的是，新文化运动的参与者们，都对此地发生兴趣，胡适、钱玄同、刘半农不说，连俞平伯、魏建功也多次造访旧宫，写了感慨的文字。此后围绕故宫出现了诸多趣事，学术、诗文、艺术等缭绕此间，成了那时候一道特别的风景。

前几年读过紫禁城出版社的一本小册子，发现最初进入故宫的几个人都很特别。当时成立了清室善后委员会，一些文化人都列名其间。我注意到李玄伯这个人物，他和故宫的关系很深。在《溥仪出宫记》里，他细致介绍了其间的情况，已成了珍贵的资料。溥仪离开故宫的第三天，李玄伯就入宫清点文物，那时候作为清室善后委员会的成员，初入紫禁城时，感情复杂是一定的。一年后他成了故宫博物院的秘书，位置重要。从他的文章里，能感觉到彼时的心态。他们第一次进入宫殿的藏品地时，有点紧张，毕竟是当年重地，财物又多，只得小心翼翼为是。还没有从旧梦里醒来的宫中旧人，及狼藉于地的字画，暗示着这个地方神秘与离奇。这些参加清点文物的人，都意识到了任务的重大。

随同李玄伯同去清点文物的魏建功，后来写了一篇《琐碎的记载清故宫》，所谈颇细，记载了诸多旧事。毕竟是文字学家，史学眼光也十分锐利，他看人看事，处处留心，笔下的信息在今天显得弥足珍贵，文中介绍的文物颇多，器皿、旧书、国玺等都在，所记亦详。真有点统计学的意思。另一个学者庄尚严先生也和魏建功一样，参与其间的工作。在《故宫杂记》里记录了大内藏书的情况。他在书库里走了一圈，虽然颇有收获，但不及自己想象的那么丰富，一些善本书早就被人偷走或赏赐给人了。那么多的珍本秘籍，宫里人未必都珍惜，作为学者的庄尚严，其感受是五味杂陈，一言难尽。初入宫里，庄氏颇为新奇，比如在军机处遇到一个70岁的老人苏拉，知道他在宫里50年，却不识字，问其内要，一概不知。庄氏方感到积习的厉害。在宫里生存，与世隔绝，不为外物所动，对人而言是活命的条件。那么多的珍品落入空房，蒙尘久久，可叹的岂仅是明珠投暗？

参加点查的人都有收益，主要是开了眼界。1925年4月11日，俞平伯在景阳宫御书房翻到大量文献，一时兴奋不已。他没有料到在此竟看到了朱元璋的谕旨。这是明宫的密件，清朝的人还那么好地保存着，一定有隐含在吧。俞平伯毕竟是新文化队伍中人，见到明代皇帝的资料，深切地感到专制之烈。他两天后在《记在清宫所见朱元璋的谕旨》写道：

　　书名"太祖皇帝钦录"——明代抄本。

书的样子：蓝面，黄签，经折式，文皆楷书，有红圈断句。

这本书里载的都是朱元璋的谕旨，以口旨密旨居多；但亦有长章大篇的，如《祭秦王文》之类是。所记的加分析之，不外下列四项：

1. 他的家务（训谕诸王）。

2. 杀戮臣子。

3. 关于军政等国事。

4. 没有重大意义的杂事。

这不是正式的官文书，乃是明宫的密件。看他训诸王的话，都无非是叫他们怎样防臣下谋逆，尤以对秦王死最为寒心。他说秦王大约是被进樱桃煎毒死的，究竟是否如此固是疑问，而他的疑神疑鬼的心理却全然流露了。他在那边告诉诸王说，仿佛是这样的："你们看榜样罢！你们小心些罢！"史称明祖雄猜，是不曾冤枉他的。他的多疑亦非得已，只是骑虎之势不得不然耳。疑今先生说："古之警跸，人民之畏其上也；今之警跸，在上者畏其下也。"（见《京报副刊》第一一七号）如他之所谓古，只是太古，我不得证明其非是；若他把秦汉迄明清亦包括在"古"里去，那位疑今先生未免专门会疑今。太不解疑古了。古之皇帝岂能远胜于我们之执政，他正在那边抖瑟瑟的害怕着呢！

俞平伯很少写这类文章，读此我们会觉得亲近得很。朝代更迭之际，王权的伎俩早已不是隐秘，读此我们也只能大发感慨而已。俞平伯等人在故宫清点旧物时，没有士大夫的心境，倒多是反省，乃是五四人的脾气。不像那时的一些藏书家，得到秘籍，则欣欣然，以为宝物在此，独得了天下奇珍，皇宫的沉重早就与之没有关系了。

清理故宫的旧物，研究清史，乃一些有学识的新式文人，几任院长都有学问，易培基、马衡都是不错的学问家。第一届理事的名单能看出建院的思路：汪精卫、于右任、蔡元培、易培基、马衡、陈垣、沈兼士，都在名单里。至于工作人员单士元、唐兰、陈万里、刘九庵、朱家溍，学问均好。现代学术一开始就投射到博物院中了。

但故宫博物院成立之初，困难重重。一是遗老们的捣乱，使工作常常受挫。二是政府官员的昏庸，几次欲毁文物，局面多危。1928年国民革命军北伐成功，南京政府派马衡、沈兼士等5人接管故宫博物院，可是不久传来消息，国府委员会竟通过"废除故宫博物院，分别拍卖或移置故宫一切物品"的议案。沈兼士、马衡、俞同奎、吴瀛、萧瑜5人发表联合声明，力陈保护文物之重要。这段鲜为人知的故事，我们现在想来，真的惊心动魄。

我注意到那时候人们对前朝的遗物持不同的态度。政客们取伦理的角度，以为多盘剥百姓之物，应从宫中移出；学者们则采取保护的措施，看重它是文化的财富，历史的与审美的因素都有，不可小视其间的价值。建院初始，杂事吵扰，外力涉足，置身于此中的人很快意识到这是个是非之地。其后发生的人际冲突和社会变故，延续了皇帝时代的阴晴冷暖。

我第一次到故宫参观是20世纪80年代中期，后来由于工作的关系，常出进于此，渐渐对这里的遗存发生兴趣。去年末，我和友人参与了世界汉学大会，闭幕仪式就在紫禁城的建福宫。那天正是大雪的日子，100多名汉学家走在乾隆当年的藏书楼里，惊奇地张大眼睛。同行的德国学者顾彬等人颇为高兴。一般游人是不能光顾到这个地方的。我知道这对参观的人是一种记忆的分享。可那些深味这里的历史的人，感受则是另一个样子的。不是涉足深处，也许看见的永远是漂亮的外表。

有许多奇异的人生曾在这里表演过，紫禁城曾关乎天下的运势，民国后却是文化脉息的一角。它深不可测的一面，似乎是永远也读不完的。

二

没有皇帝的宫殿，一切都沉默着。述说它的只是几个多情的文人。

第一个让我想起来的是王国维，他与紫禁城的关系颇值得考量。这个学富五车的人物，却有着遗老的气味，与其博雅的学识似乎不太相称。他于1923年进入紫禁城，成为南书房行走，据说他自己也颇为高兴。我们且不说他的世界观，就学问而言，他给落日下的故宫带来的是一种玫瑰色的梦幻。古老的幽魂附在他的躯体，往昔的岁月在他那里凝固成抽象的信念。一个打通古今的人，原来的根扎在死去的年代，是思想史之幸还是不幸？

他在故宫的前后几年，正是学问大进的时期。历史学、哲学、考古学，都有建树，尤其注重明清两代的资料，对一些历史的文献很有感觉。比如从奉天崇谟阁所藏的《太祖高皇帝实录》，考察清诸帝相貌，有一点美术家的感觉。那是好奇心的作用还是别的什么因素，就不好说了。而对清初的钱牧斋、吴梅村也有兴趣，似乎要寻找别样的东西。钱牧斋身后被诟病者多多，王国维看到了世态炎凉，对世人的功利之心大发感慨，真真的有趣。而他为吴梅村辩护，指出诗文不可随意解释，亦见史家心性。

溥仪的离宫，对王国维是个不小的刺激。他也不得不结束宫里的生活，来到清华大学。在大学的日子，也一直关心故宫的各类文物的消息，暗自从事相关的研究。较之于一般人，他更懂得它们的价值。在与马衡、沈兼士等人的书信往来里，我们能够看出这一点。

民国初，清代图书文物遭到劫运。王国维痛心疾首。他在《库书楼记》沉痛地陈述了清朝档案遭到破坏的原因。说那些奏表、题本，极具文献价值。当事者不以为重，多次要焚烧，罗振玉等力阻，才保存下来。这些文献被保留下来时，王国维作文一篇，就是《库书楼记》，他说：

　　雍、乾以后，政务移于军机处，而内阁尚受其成事，凡政府所奉之殊谕，臣工所交之敕书批折，胥奉储于此，盖兼宋时宫中之龙图、天章诸阁，省中之制敕库班、簿房而一之。然三百年来，除舍人省吏循例编目外，学士大夫罕有窥其美富者。宣统元年，大库屋坏，有事缮完，乃暂移于文华殿之两庑。地隘不足容，其露积库垣内者尚半，外廷始稍稍知之。时南皮张文襄公，方以大学士军机大臣管学部事，奏请以阁中所藏四朝书籍，设学部京师图书馆，其案卷，则阁议概以旧档无用，奏请焚毁，已得谕旨矣。适上虞罗叔言参事以学部属官，赴内阁参与交割事，见库垣中文籍山积，皆奏准焚毁之物。偶抽一束观之，则官制府干贞督漕时奏折；又取观他束，则文成公阿桂征金川时所奏。皆当时岁终缴进之本，排比月日，具有次第，乃亟请于文襄，罢焚毁之举，而以其物归学部，藏诸国子监之南学，其历科殿试卷，则藏诸学部大堂之后楼。（《王国维集》第二册三三四页，中国社会科学出版社，2008年版）

　　文中的所指，也有清朝文武人员，不独民国人士。在王国维的文章里，介绍了罗振玉保护大内档案的过程，有嘘唏不已的伤感。他的爱文物，胜于生命。知其学术价值不浅，故振之于灰暗之时。文章写得沉郁顿挫，无量的悲凉于斯，其志其情，流露无余，真的是磊落不已的。

　　对清代文献的类似感慨，许多文人均有之。金梁、蒋彝潜、孙楷第等都有文章行世，谈及此事。孙楷第偶遇到大内流失出的资料，很是关注，一面也为宫廷间颟顸的行为而扼腕。他说自道咸以来，朝内已不注重图书文献的整理，留下许多遗憾。他的感受虽没有王国维深切，而体味也绝不亚于此的。

较之于王国维的彻骨的声音，新文学的人物的态度有所不同。比如鲁迅吧，也谈过"大内档案"的事情，笔触是没有上述等人的呆气。鲁迅到南方后，看到新闻界的热炒，觉得许多有些离谱。于是出来道出其中细节。他看故宫里的文物，眼光是另类的，反显出王国维的老实。罗振玉讲"大内档案"的重要，王国维也随着认同，是同孔出气的。然而鲁迅也看到了罗振玉的世故，在对待前朝遗物时，未尝没有私心。王国维死前，也许意识到了此点，可惜没有去说，深层原因我们不得而知。鲁迅说他老实，真是一语中的。

围绕前朝的遗物，有无数可叹的故事。要不是鲁迅叙述出来，我们大概就不会知道一些细节了。鲁迅对金梁、蒋彝潜、王国维的看法都有保留，把"大内档案"不是当作一个事件来谈，而是一种社会现象看。那时候参与了许多文物保护工作，知道其间的微妙之处。他写夏穗卿、谈傅增湘，把官场的形态活生生地再现出来。鲁迅叙述人们对前清遗物的态度，真是国民内心的表演，各怀心事，无人负责，形象可鄙。不错，旧物要保护的。但如何鉴别，如何研究，都要细作，可惜没有人为之。连鲁迅也敬而远之，觉得意义不大，绝没有王国维的国学冲动。我读鲁迅的那篇《谈所谓"大内档案"》，看到了官场图，你能理解公共财产如何不易保护，人的自私与可怜。前朝遗风对后人不过利益的一种。连同那些秘籍信札，在鲁迅看来大多不过是废物，虽然自己不赞成销毁。

在教育部工作的时候，他目睹了文物散佚的痛史。岂止是故宫资料，社会其他领域的文物遭受的破坏，亦不可尽数。可悲的是，那时候懂得其价值的人不多，很多都放置在一些地方。而懂行的人只知道宝而藏之，却不研究，也就偷掉，在公众的视线中消失。他叹息说：

中国公共的东西，实在不易保存。如果当局是外行，他便将东西糟完，倘是内行，他便将东西偷完。而其实也并不但是对于书籍和古董。（《鲁迅全集》三卷五六七页，人民文学出版社，1981年版）

中国的朝代更迭，往往是尽毁前朝的遗物，不留丝毫的痕迹。宋之于唐，明之于元，大抵如此。唯有清代人不凡。满人入关后，保留了故宫和十三陵，实在是有气量的。而民国的政府，已没有多少力气关注此点，要不是几个文人的呼吁，也许今天许多资料早就看不到了。

三

近人描述故宫的文字，有一些我很喜欢。那多是文人凭吊往昔的感伤之作，不都是遗民之曲，乃读书人的忧患之音，还有几许流年碎影的叹惋。许多学人、画家在此留下足迹，也成了紫禁城历史的一部分。

我常常想起朱偰这个人，现在的青年大多不知道他了。他才华不俗，也是我心仪的人物。朱偰的道德文章都好，他是朱希祖之子，留学过德国，后成文物专家。1935年作《北京宫阙图说》，谈到紫禁城内外拍摄的过程，内心的隐痛表露无遗，书的自序说道：

建国二十一年夏，余归自西欧，时辽东失守，幽燕垂危，万里梯航，归心似箭。将近古都，初见远山暧暧，雨色空蒙；继见迢迢长垣，柳槐依然。既至永定门，遥见景山五亭，巍然天际，宫廷楼台，错落烟雨之中，黯然兴故国之感。又历三年，蓟北风云日亟，故都文献，有不保之虞；重以六月二十八日事变，亦增北征之志。盖北京故宫，为明清两代六百年来大内之地；而城内外坛庙寺宇陵寝，又为辽、金、元、明、清五朝文武制度所系。设一旦不幸罹劫灰，而文献荡然，使后世考古者，又何从而睹当年制度耶！士大夫既不能执干戈而捍卫疆土，又不能奔走而谋恢复故国，亦当尽其一技之长，以谋保存故都文献于万一，使大汉之天声，长共此文物而长存。因于二十四年七月，重来北平，蒙故宫博物院院长叔平马衡先生慨允，得在故宫及景山、大高玄殿、太庙、皇史宬等处摄影，计穷二月之力，在京城内外摄影五百余幅。因汇为一编，附故都纪念集五种出版……盖自古以来，盛衰兴亡，感人最深，文物沦丧，尤多隐痛。故元魏既衰，杨衒之有《洛阳伽蓝记》之作；南明覆亡，余澹心有《板桥杂书》之书。然《伽蓝记》写于洛阳既徙之后，徒深禾黍麦秀之感；而《板桥杂记》亦作于明社既屋之后，更增河山故国之恸。遥念故都，形胜依然，而寇盗横行，山河变色！能不凄怆感发，慷慨奋起者哉！（《孤云汗漫——朱偰纪念文集》三五三页，学林出版社，2007年版）

朱偰是性情化的文人。我读过他和朱自清去欧洲的船上的和诗，才气不亚于朱夫子。此后有诸多专著行世，颇有成就。20世纪50年代，因保护南京城得罪了官员，被打成右派，命运凄惨。他的留恋旧物，是有大的情怀的。在那时候，意识到此的人不多。仅有几个读书人可以谈谈，世风俗之又俗，其感叹不过林间微风，一逝而去，荡不起涟漪的。但那文字一唱三叹之韵，我初读时就颇为感动，如锥刺骨，久久不忘。那绝非遗老的吟哦，而是知识分子的慈悲与大爱。直到其离世，能解其语的人不多，真的是寂寞地来，又寂寞地去。生命的热弥散掉了。

上面的是沉重的记忆，且不说吧。

时过境迁，谁还记得皇城的苦涩呢？故宫也给文人墨客诸多参观的喜悦。自然是书画的展览为多。那里的藏画，倒是最吸引文人的部分。比如郎世宁的作品曾风靡一时。民国初年，郎世宁的真迹展出在展览馆里，许多画家为之倾倒，纷纷模仿。西洋画家的笔意早就散落在国画的意蕴里，这才是艺术变迁的混血的魅力。那时居京的画家，只有齐白石、陈师曾气象不俗，余者还过于老气者多。徐悲鸿到北京后很快感觉到了这一点。

徐悲鸿在很早就注意到了故宫的藏画，待到辛亥革命后，就有了去那里考察墨宝的机会。1920年5月5日，他率北京画法研究会的20余人到故宫的文华殿参观旧画。那时候教育部正主张美育的普及，北京的知识界对绘画的研究也方兴未艾。他几次在故宫读画，对其中的作品叹为观止。他曾有短文《故宫所藏绘画之宝》，其中云：

中国人自尊之画为山水，有两国宝，已流落日本：一为无款之郭熙画卷，一为周东邨《北溟图》。中国所有之宝，故宫有其二：吾所最倾倒者，则为范中立《溪山行旅图》。大气磅礴，沉雄高古，诚辟易万人之作。此幅既系巨帧，而一山头，几占全幅面积三分之二，章法突兀，使人咋舌！全篇整写，无一败笔。北京人制艺之精，真令人拜倒。

一为董源《龙宿郊民》设色大幅。峰峦重叠，笔意与章法之佳，不可思议。远近微妙，赋色简雅，后人所谓青绿，肆意敷陈，不分前后，莫别彼此者，当知所法。郭河阳有四幅，其山林一帧，清音遐发，不同凡响。（《徐悲鸿随笔》一一三页，江苏文艺出版社，1997年版）

他的看故宫，是和敦煌、龙门石窟等遗产地一同比较，相提并论的，绝不是陷在一家之地。因为有对比，就对紫禁城内外的艺术多有比较。也意识到了帝京的问题。他说京调只思媚俗，殊无趣味。居京的林琴南本来生活在高山峻岭之间，却模仿江苏不成材的王石谷，真的可叹也夫。而故宫里大凡好的艺术，是有高远之调的。

徐悲鸿后来意识到，中国的绘画，要起飞起来，非得引来域外艺术不可。囚禁在紫禁城里，格局就小了。他到印度，去法国，访意大利，游缅甸，都是要吸吸外来的空气。在他看来，故国的绘画凡有气象者，多带混血的痕迹，出离古老的围墙，艺术才会活起来吧。

许多画家醉心于旧宫的字画，这里成了人们造访的圣地。但那些有眼光的人，却从城里进去，最终又出来。像陶元庆、司徒乔都走向了民间，他们知道，宫外的世界，更为丰富而伟大，他们喜欢贫民的艺术，远离贵族的台阁，是自有道理的。

故宫的寂寞，只有从它身边悄然溜走的时光知道吧。

四

说起对故宫的研究，还有个人是不能不提的，那就是沈兼士先生。

1931年，鲁迅回北京省亲，沈兼士等人宴请他，席间赠其一套《清代文字狱档案》。回到上海，鲁迅读得很认真，不久就写了一篇文章，对此书大发了一通感慨。这本书现在还藏在鲁迅博物馆里。我看到其中的章节，昏暗得很，真的像魔鬼的生活。于是便对编纂此书的沈兼士这些学者表示出一种敬意来。

沈兼士也是章太炎弟子，与鲁迅兄弟同学，关系较深。他在故宫博物院建立不久就到了那里兼职，做文献馆的馆长。他是个对文献颇为敏感的人。1921年，清廷的"大内档案"要被化为纸浆的消息传来，他设法把1500多袋档案归为北京大学保护。那时候他指导的学生单士元做的功课就是清代文字狱档案研究。也就是在这个时候，他萌生了编撰文字狱档案的念头。

我第一次读到《清代文字狱档案》，倒吸了一口冷气，才知道晚清那代人为何对专制主义痛恨不已。该书辑录了雍正、乾隆两朝65起文字狱冤案的资料。这是根据清代军机处藏的奏折、口供、谕旨等编辑的两册资料。所涉的案件颇为荒唐，有的因家谱起事，有的系诗词惹祸，有的乃学问笔记而被定罪。这份材料的好处是有官僚体系的语码，上下间主奴之影。而读书人的可怜之态，也历历在目。我特别注意到了一些口语的运用，与今人无疑，在乾隆时期，白话已经成型了。但印象最深的是凌迟之刑，株连九族之策，真的是地狱般的存在。古中国的治人之术，在此都浮现出来。我们只有看到这些，才明白新文化运动的价值，在胡适、陈独秀之前，文人的思想天地多被限制了。

故宫所藏的东西如此之多，他们不去编器皿、书画之类的东西，而去清理旧朝的冤假错案，那一定是有一种情结，说是辛亥革命的记忆使然也是对的。遥想当年在日本随老师章太炎大谈国事，排满兴汉的情绪，现在自己却成了旧物的保护与研究者，那感觉一定是特别的。当沈兼士和朋友们出进紫禁城的时候，精神或许是新旧参半，昔年所思，今已大变。时光洗涤下的皇宫，延续着民族苦运的痕迹。沈兼士在金碧辉煌的屋檐下，是乐不起来的。

关于沈兼士有各种叙述。鲁迅与周作人对他的看法不一。前者喜欢，后者抱怨。鲁迅觉得沈氏憨厚，认真，颇有旧情，值得一交。周作人则相反，以为他世故，有道学的痕迹。其实周作人对沈兼士的微词乃源于日伪经历的不快。1945年周作人入狱，沈兼士在那时候是政府接收大学的要员，自然在两个世界。周作人耿耿于此，从对沈氏的看法里能略见一斑。

沈兼士是个有学术眼光的人。他不拘泥于章太炎的思想，在治学中有另一种情怀，那就是把文字学研究与文物的研究对照进行，看重文物的价值。他在思想上是有立场的，不像周作人那样的个人主义。日本占领北平时候，他是抗战的人士，遂被宪兵所追。而那时候他的学术与气节，都有点旧文人气，但又没有旧文人的迂腐，思想是畅达的。他的出入故宫，似乎是有种大的期待，那就是把旧学里的真气搞出来，驱邪立正。如此而已。

鲁迅对沈兼士的印象好，不是没有道理。许多认识他的人都说他好。台静农在《北平辅仁旧事》中说：

　　兼士先生与援庵先生是好友，兼士先生主持北京大学研究所国学门时，曾聘援庵先生任导师，我就是他在研究所的学生。兼士先生始终任辅大文学院长，援庵先生曾休假一年，即由兼士先生代理……当时辅大有一编译所，中英文各居其半，兼士先生主编了《广韵声系》，现在本校任教的李维棻君曾参与其事。维棻说：他是经常来到编辑处，指导他们工作的。他还提倡在中文系设一特别讲座，请校外学者专题演讲，时间若干周不定，而以一个专题结束为止。二十一年（1932年）起，首次由周作人讲"中国新文学的源流"，主旨从公安、竟陵以降，言志与载道两大源流互相消长，直到五四后的革命文学。学生邓恭三君笔记记得很好，于是就印成了一本小书。兼士先生题签。一度很流行，因为可以看出他对新文学的见解。（台静农《龙坡杂文》一〇八页，三联书店，2002年版）

　　从台静农的回忆录里，看得出沈兼士的为人与为学，都是不随流俗的。他对教学有一套理念，研究历史也有一种特别的眼光。他在故宫做事，都是默默的，不去张扬自己。鲁迅对故宫里的学者的看法平平，没有抱什么希望。独对友人编辑的这套《清代文字狱档案》是赞赏的，沈兼士等人的功德，不是别人能及的。

　　我相信他在故宫时的感觉是不同于同代人的。在历史的进程里，便知道我们还在旧影子里，所以他的精神总有新的东西。在某种程度上说，他是历史的新人。章太炎的与时俱进意识，多少还是影响了他的。

　　无论在厦门还是北京，沈兼士对人的忠厚都给人留下美好的印象。鲁迅由他，发出过诸多感叹。在一定程度上，他们的心是相通的这一点，是没有问题的。沈兼士在北京学界不太抛头露面，是低调的人。他在故宫留下的痕迹，值得打量。新文化理念如何渗入其间，其学术思路对文物的整理影响如何，真的可以好好研究的。

五

许多年间，故宫曾是遗民心仪的地方。郑孝胥、罗振玉都在此留下诸多故事。那些皇族后裔对其看法一定也是复杂的，依恋与感怀常在一些人的诗文里看到。北京的遗民一向很多，曾经是一道风景。近代以来风气大变，不易见到遗老气的人物了。其实皇族的生活，在民国初是遭到阻隔的，紫禁城的那些遗风只剩下了私密里的怅惘，雅一点说是一种学术的感怀。大凡皇族，在民国的日子都过得不好，启功先生的一家，就是这样的。有许多满族人改变了自己的生活方式，甚至把自己变成汉族人。排满的风气成为道德评价的依据，于是当年的显赫散落到街巷的尘旅里，历史在那时候把前朝的如花的繁景淹没了。

遗民里的作品，多有感伤，不被人欣赏。因为古怪，新文人都不太喜欢。文学史家对此都不愿意着墨。实际的情况是，那些弄新文学的人，也偶尔写点旧诗，不过多是弄着玩，不太正襟危坐。于是旁枝斜出，异腔怪调出来，匪气缭绕，也算一个传统的。台阁间的星星点点，遂消失到历史的洞穴里了。

启功对自己幼时的生活不堪回首。一家人在清苦里挣扎，世态炎凉了解颇深。他是皇族，乃雍正皇帝第五个儿子弘昼的后代。到了其父辈时，已经衰落，显赫的门庭被凄凉之景代替了。他后来随老师学画，往来于故宫内外，内心一定是复杂的。大约在20世纪30年代初，他常出入故宫，主要是随一些学人去进行文物鉴定，慢慢地自己也成了文物方面的专家。我在故宫的一些资料里看到，启功在字画鉴定上后来者居上，一直被学界所认可。朱家溍、徐邦达和他的功力，都是不浅的。

有一次，他和朱家溍到故宫，到了神武门门口，朱家溍说，到您家了。启功笑道：真的是到您家了。明代乃朱姓为皇，清代易为启功的先人，如今都空空如也，只剩下了红墙绿瓦，可凭吊的还有什么呢?

在启功的文章里，谈到了故宫岁月的瞬间：

我在十七八岁时从贾羲民先生学画，同时也由贾老师介绍并向吴竟汀先生学画。也看过些影印缩印的古画。那时正是故宫博物院陆续展出古代书画之始，每月一、二、三日为优待参观日子，每人票价由一元减为三角钱。在陈列品中，每月初都有少部分更换。其他文物我不关心，古书画的更换添补，最引学书画的人和鉴赏家们的极大兴趣。我的老师常常率领我和同学们到这时候去参观。有些前代名家在著作书中和画上题跋中提到的某某名家，这时居然见到真迹，真不敢相信这就是我曾听到名字的那些古人的作品。(启功《文心书魂》一四一页，北京大学出版社，2009年版)

启功的回忆让我们想象出彼时展览的盛况。故宫的展览对后人的影响不可小视。林风眠、徐悲鸿对那里的展览，都有很美好的记忆。在驻足于大殿空房之时，启功一定感慨万千，在自己祖先的握权之地，想想天地万物，空无与寂寥，都会有的。

但是他对皇权文化是没有什么感情的。这有他的诗为证。他在《读史》里写道：

古史从头看。几千年，兴亡成败，眼花缭乱。多少王侯多少贼，早已全都完蛋。尽成了，灰尘一片。大本糊涂流水账，电子机，难得从头算。竟自有，若干卷。

书中人物千千万。细分来，寿终天命，少于一半。试问其余哪里去? 脖子被人切断。还使劲，断断争辩。檐下飞蚊生自灭，不曾知，何故团团转。谁参透，这公案？

　　这样的态度，是来自马克思主义的启示，还是别的思想的暗示？其看法与左翼作家有惊人的相似之处倒是有趣的。我猜想一定是与陈垣、台静农这样的学者的影响与自己的体验有关。陈垣读史，眼光敏锐，不是别人可比的。其间的苍凉之感，启功不是不知道。台静农谈汉代文化的文字，他也是清楚的。这些同事与前辈对他是高高的存在，对世间的政治权力的看法都很切实，没有媚俗的东西的。他对故宫的态度，似乎没有眷恋，那些过眼的东西，过去就过去了吧，有什么值得留念呢？

　　但故宫的藏品使他受益匪浅。他在文章中讲到对张伯驹捐献的陆机的《平复帖》的喜爱，而王珣的《伯远帖》，王献之的《中秋帖》，也是他揣摩已久的精品。故宫的佳作真的太多了，他往返于此，喜欢的是那里的珍品。他的书法从深宫里得到滋润，那里幽婉的所在，在线条的美丽中提供的爱意，是与祖先的遗绪不同的。

　　我们在启功先生的身上看不到一点皇族气，他幽默、博学，喜欢自嘲，能画，能文，但都和旧式文人有别。比如喜欢打油诗，是读书人玩闹，不必见真。在京派学者那里，显得稀少。由贵族变为平民，又不失智慧，于是便显得很有风骨。除书法艺术外，启功的打油诗写得很好，是高于"五四"后诸多文人的。写打油诗也有许多奇人，比如聂绀弩、杨宪益都是。他们以嬉笑自嘲的口吻，打量人生，智慧和趣味都有，可谓高手。启功从贵族群落流散到普通教书人的地步，也成就了他的艺术上的业绩。

　　从贵族到寻常百姓的转变，那也是他体味精神隐秘的过程。他的诗文里的趣味，是别人少见的。能写打油诗的人，多是那些有学问的人，他们弄弄古董，玩玩字画，或是搞一点考古学的东西。品位是不同的。而这里，启功无疑是个不可多得的人物。

现在，他的几个弟子依然工作于紫禁城里，已成了鉴赏文物的大人物了。远去的时光流走了苦梦，没有什么神圣无比的遗存。启功给后人留下的是一种古雅与美的记忆，但我们要是细读他的文字，则感到那些与遗民的恩怨没有关系，其诙谐的与微笑的文字，是透彻的感慨，老子与嵇康式智慧，加之现代人的反讽，把我们的阅读从士大夫的兴趣里移开了。

六

谈到故宫的历史，有两个人我一直抱有兴趣。一是易培基，二是马衡，他们都做过院长。马衡的时间更长，有19年之久。我们这些外行人到故宫，看的是外表的样子，可是读这两个人的资料、手札、日记，则感到那里的水之深，非外人可以想到。

关于易培基，鲁迅与他是熟悉的，原因是其做过教育总长、北京女子师范大学校长。他1929年被任命为故宫博物院的院长。主管工作的业绩如何，资料太少，无从知道。但1932年便被指侵占盗卖文物，次年他愤而辞职，以平民身份反诉指控者。但法院对其一直态度强硬，以致至死亦未能翻案。

马衡是在"易案"沸沸扬扬的时候接任院长一职的。此时北平知识界颇为复杂，派系林立。加之社会昏暗，一到任就有如履薄冰之感。在马衡眼里，故宫是牵动许多人神经的地方。他未尝不知道易培基的案子乃棘手之事，但到任时只能一心工作，不问矛盾，精心盘点各类文物。易案给他的教训是，宫中的管理，要有条理，建章建制是重要的。一不小心，就会掉入人为的陷阱里。

我后来有机会读到马衡的影印本日记，见到他的公文手札，感到为官的不易。俗事、烦事、难事重重，几乎在无形的网里，不得不谨慎为之。本来可以专心治学，但后来被无尽的琐事耗掉时光，对他个人，不能不说是个损失。

他的书法很好，对金石学研究很深。读到他的手札，是一种美的享受，飘逸中带着幽远的神气。他喜欢用新的方法来研究国故，对考古、民俗均有兴趣，文字学的功底更深。马衡曾抄写了一本王国维的《三字石经考》，后有题跋。文中说道：

《三字石经考》为亡友海宁王静庵先生遗著。一碑图、二经文异同、三古文、四附录。录《隶释》所录魏石经图，乃未竟之稿。先生归道山后，衡录副藏之，暇当为之整理增订受之梓人。忆自十二年秋，衡得石经残石，先生亦于是时来北京，乃相于摩挲、审辩，有所发明，则彼此奔走相告，四年以来未尝或辍，而今已矣。无复质疑问难之人矣。读此遗编，倍增怅惘。十六年十一月七日马衡识（《马衡诗抄·佚文卷》一六二页，紫禁城出版社，2005年版）

他和王国维的关系，完全是学术上的，相知很深。在那样的乱世，要潜心学问，代价很大。马衡爱才，也爱文物如生命一般。他很有原则，用情亦深。读他1948年至次年的日记，惊心动魄之处多多。国共战事最紧的时候，他多次拒绝国军进入午门之内，警察要驻扎宫内，也被婉拒。凡关于文物保护之事，底线不可突破，是他的原则。日记涉猎面很广，政治、军事、文化、人际关系等事都留痕迹，有的是不可多得的片段，也是我们研究易代之际中国史的一手资料。其中对胡适、傅斯年、陈寅恪的文字，有别处没有的信息。后来的学者于此可以感到许多趣事。如何拮据，如何周旋，如何病倒，都有记载，对我来讲，真的是了解那个时代读书人难得的文本。

多年前藏书家方继孝告我有马衡手稿一份。后来读之，大为惊异，这是关于易培基案翻案的文字。此前人们普遍认为马衡是易案背后的导演者，手札完全推翻了旧说，案件可大白于天者也。文中说：

> 此文为易案而作。时在民国廿五年，南京地方法院传易寅村不到，因以重金雇用落魄画家黄宾虹，审查故宫书画及其他古物。凡涉疑似者，皆封存之。法院发言人且作武断之语曰：帝王之家收藏不得有赝品，有则必为易培基盗换无疑。盖欲以"莫须有"三字，为缺席裁判之章本也。余于廿二年秋，被命继任院事。时"盗宝案"轰动全国，黑白混淆，一若故宫中人，无一非穿窬之流者。余生平爱惜羽毛，岂肯投入漩涡，但屡辞不获，乃提出条件，只屡院事，不问易案。因请重点文物，别立清册。后闻黄宾虹鉴别颟顸，有绝无问题之精品，亦被封存者。乃草此小文，以应商务印书馆之征。翌年（廿六年），教育部召开全国美术展览会，邀故宫参加，故宫不便与法院作正面之冲突，乃将被封存者酌列数件，请教育部要求法院启封，公开陈列，至是法院大窘，始误为黄所误。亟责其复审，因是得免禁锢者，竟有数百件之多。时此文甫发表或亦与有力欤。著者附识。一九五〇年一月。（《旧墨记》124页，北京图书馆出版社，2005年版）

现任院长郑欣淼有《关于故宫"盗宝案"》的文章，对马衡多有赞誉，亦对易培基有诸多心解。我阅览几任院长的墨迹，深知紫禁城的大矣深矣。郑欣淼建议的"故宫学"也不无道理。我们凝视这里，不都是皇家历史，还有知识界的风云，读书人之命运。易培基、马衡以来的线索，书写着紫禁城的另一种史。我觉得它的深宫大院疏散的信息，和我们这样普通的百姓，并非无关。大家都在一个巨大的围墙里，不论出去还是进来，命运似乎在轮回里流动。台阁与山林，有时没有界限。这是我们特别的国情吗？

知堂先生说，中国的在野的与庙台间的人，精神差不了多少。诚哉斯言。大清王朝落幕久矣，而烙印却在国民的记忆里。读书人对它的神秘的存在的打量，及政客们暗读秘史时的兴奋，都昭示着我们国民精神的一部分。只要看清宫戏的不绝，每日参观故宫与恭王府的人之多，就会感到，皇宫里的风，一时是刮不完的。

原载《收获》2010年第4期

寒冬早行人

王充闾

———————

一

"吾于近人，独服曾文正。"这是一位大人物年轻时说的一句话。这里的"近人"有特定时限，既非泛指古人，也并不涵盖时人。时间过去近百年了，如果依照这个时代范围，站在今天的角度，认定我所拳拳服膺者，倒是觉得略晚于曾公的张謇，堪当胜选。套用前面的句式，就是说："吾于近人，颇服张謇。"

其实，表述一己的观点，说"独服张謇"亦无不可。只是考虑到，知人论世，评价历史人物，有一个视角选择问题，亦即看问题的角度。角度不同，结论会随之而异。参天大树与发达的根系，九层之台与奠基的垒土，孰重孰轻，视其着眼于功用抑或着眼于基础而定。而且，评判标准往往因时移易。前人有言，品鉴人物不能脱离"一时代之透视线"；"一时代之透视线"变化了，则人物之价值亦会因之而变化。看来，涉及这类主观色彩甚浓的事，还是避免绝对化，留有余地为好。

既然说到曾国藩了，那么，我们就来研索一下：论者当时所"独服"的是什么。叩其主要依据，不外乎在近代中国他是唯一真正探得"大本大源"，达致超凡入圣的人物；"世之不朽者有办事之人，有传教之人"，曾公乃"办事而兼传教之人也"——也就是传统上说的立功而兼立德、立言；实质上，亦即曾公所毕生追求的"内圣外王"的人生境界。

　　在晚清浊世中，曾公诚然是一位不同凡俗的佼佼者，令人叹服之处多多，仅其知人善任、识拔人才一端，并世当无出其右者。但也毋庸讳言，他的头上确也罩满声闻过实的炫目虚光，堪称是被后人"圣化"以至"神化"的一个典型。泛泛而言"道德文章冠冕一代"，固无不可；如果细加检索，就会发现，他的精神底蕴仍是恪守宋儒"义理之学"的型范，致力于正心诚意、修身养性，克己省复、困知勉行，以期达到自我完善，成为圣者、完人。说开了，就是塑造一尊中国封建社会夕晖残照中最后的精神偶像。志趣不可谓不高，期待视阈也十分宏阔。可是，即便是如愿以偿，终究是个人的事；到头来又何补于水深火热中的苍生？何益于命悬一线的艰危国运？至于功业，举其荦荦大端，当属"收拾洪杨一役，完满无缺"。这又怎样？无非是使大清王朝"延喘"一时，挽狂澜于既倒罢了。

　　再说张謇。观其抱负，实不甚高："天之生人也，与草木无异，若遗留一二有用事业，与草木同生，即不与草木同腐。"没有什么"为天地立心，为生民立命，为往圣继绝学，为万世开太平"的经天纬地、惊天动地之志，不过是"不与草木同腐"而已。当然，对于大多数人来说，做到这一点，也绝非易事。

　　张公活了七十三岁。前半生颠扑蹉跌于科举路上；状元及第之后，做出重大抉择——毅然舍弃翎顶辉煌、翰林清望，抛开传统仕途，转过身来创办实业。用他自己的话说："愿成一分一毫有用之事，不愿居八命九命可耻之官。"他确立了"父教育而母实业"的发展思路,先后创办了二十多个企业,涉及纺织、印染、印刷、造纸、火柴、肥皂、电力、盐业、垦牧、蚕桑、油料、面粉、电话、航运、码头、银行、房产、旅馆等多种行业,涵盖了轻重工业、银行金融、运输通信、贸易服务等门类。看得出,他所说的"实业",大体相当于今天的第一、二、三产业。在他所兴办的三百七十多所学校中,中小学之外,重点是师范教育、职业教育(包括师范、女子师范和农业、医务、纺织、铁路、商船、河海工程等);同时创建了工科大学、南洋大学,并积极支持同道创办复旦学院,将医、纺、农三个专科学校合并为以后的南通大学,还联合教育界一些知名人士,酝酿高师改为大学,东南大学因而正式成立。他的设想,是"师范启其塞,小学导其源,中学正其流,专门别其派,大学会其归",从而创建了从学前教育的幼稚园到中小学直至高校,从普通教育到职业教育、特种教育、社会教育,形成一个门类齐全的完整的现代教育体系。

兴办规模如此宏阔的实业、教育,显示出他的远大抱负与惊人气魄;而在中国近代化进程中,筚路蓝缕,勇为人先,进行大量开创性的探索,则凸显了他的卓绝识见与超前意识。实业方面,他成功地摸索出"大生模式",推进了中国近代企业股份制,最早创办了大型农垦公司和企业集团;文教事业中,他所兴办的博物馆、师范学校、女子师范学校、刺绣艺术馆、新式剧院、戏剧学校、盲哑学校以及气象台等,都是在全国首开先河。他在创建图书馆、伶人学会、更俗剧场和多处公园、体育场的同时,还将目光和精力投向弱势群体,兴办了养老院、育婴堂、残废院、盲哑学校、贫民工厂、栖流所、济良所等一大批慈善事业。而无论是办实业、兴文教、搞慈善,全都着眼于国计民生,为的是改造社会,提高国民素质。

思想理论建树,有所谓"照着说"与"接着说"的差别。前者体现传承关系，比之于建筑，就是在固有的楼台上添砖加瓦；后者既重视传统，更着眼于创新、发展，致力于重起楼台，另搭炉灶。张謇作为开创型的实践家，当属于后一类。两类人物，各有所长，缺一不可。但从历史学的角度，后人推崇某一个人，总是既考察其做了何等有益社会、造福群黎之事，更特别看重他比前人提供了哪些新的东西。我说"颇服张謇"，其因盖出于此。

二

如果说，曾公的言行举止，与其所遇时代、所处社会、所受教育完全统一、若合符契的话；那么，张公则在许多方面恰相背离，甚至截然相反。为此，人们总是觉得，这位"状元实业家"身上充满了谜团、悖论，从而提出大量疑难问题：

——张謇四岁至二十岁，从名师多人，读圣贤之书，习周孔之礼，可说是浑身上下，彻头彻尾，浸透了正统的儒家血脉。那么，就是这样一个由封建社会按照固有模式陶熔范铸的中坚分子，怎么竟会走上一条完全背离传统仕途的全新道路？岂不真的应了那句俗话："播下的是龙种，收获的却是跳蚤！"

——明清两朝制度，非进士出身不得入翰林，非翰林出身不得做宰相。而历经千辛万苦终于攀上科举制金字塔顶尖、获授翰林院修撰的状元郎张謇，距离相府、天枢已经"近在咫尺"；可是，他却弃之如敝屣，意外转身，掉头不顾，追逐"末业"，从"四民"之首滑向"四民"之末，究竟是为了什么？

——作为一个半生困守书斋、科场的标准儒士，张謇何以没有拘守传统士人每在行动之前必找道义依据的思维模式，没有变成头脑冬烘、意志薄弱、百无一用的迂腐书生，却成长为洞明世事、识见超群、大有作为的栋梁之材？

——存在决定意识。晚清的维新思想家、洋务派，大都受过"欧风美雨"的熏陶，具有国外留学或出使的背景；而张謇一生大部分时间居处通海一隅。那么，他的新思维、新思想、新眼光，是怎么形成的？

——封建士人的文化心理结构，是老成持重，"不为天下先"，重性理而轻经济，尚虚文而不务实际；而张謇不仅勇开新路，特立独行，并且脚踏实地，始终专注于经世致用，这又是怎么回事？

那天，我们到海门市叠石桥参观，这里是中国最大的绣品市场。沈寿园里，绣女们在全神贯注地穿针引线。我惊喜地发现，一位女工正在绣着张謇的大幅肖像。在盛赞其精美绝伦的绣功的同时，我凝神静睇张公的眼睛。记得他曾说过："一个人办一县事，要有一省的眼光；办一省事，要有一国之眼光；办一国事，要有世界的眼光。"为此，我想透过绣品，寻索他的特异眼光，进而搜求某些答案。可是，看来看去，也并未发现有什么迥异凡尘之处。原来，目光、眼力也好，视野也好，说到底，都是一个识见问题。有了超常的识见，才会有超群的智慧、勇气与毅力。

世间种种看似神秘莫测的东西，其实，它的背后总是有规律可循的。即以人生道路抉择、人的种种作为来说，那个所谓的"冥冥之中看不见的手"，总都植根于自身素质、社会环境、文化教养、人生阅历诸多方面，并以气质、个性、文化心理结构形式，制约着一个人的进退行止，影响着人生的外在遭遇。

张謇出生于江海交汇的海门。这里天高地迥，望眼无边，视野极为开阔。而居民均为客籍，来自江南各地。江南为吴文化区域，是东西方文化汇接的前沿地带，尽得风气之先。这些移民原本就思想比较开放，具有一定的市场观念、商品意识；而移居到"江海门户"，沙洲江岸的时涨时坍，耕田方位的忽北忽南，生涯迭变，祸福无常，更增强了忧患意识和顽强拼搏精神，练就了善于谋生、勇于自立的本领。这些特征，在张謇父亲的身上都有所体现。儿子四岁时，他就将其送进私塾，延聘名师调教，激励其刻苦向学，成材高就；但他又有别于一般世家长辈，十分通达世务，晓畅经营之道，看重经世致用，诫勉儿子注重接触实际，力戒空谈，经常参加一些农田劳作与建筑杂活，使"知稼穑之艰难"。人是环境的产物。张謇从小就浸染在这种社会环境中，又兼乃父的耳提面命，身教言传，为他日后养成开拓的意识、坚毅的性格、务实的精神，进而成为出色的实业家，打下了坚实基础。

张謇从小就坚强自信。一次随祖父外出，过小河时，不慎跌落桥下。祖父惊骇中要下水把他拉起，他却坚持自己爬上岸。说"要自己救自己"。一天，塾师的老友来访，见天色转暗，便顺手燃起红烛。客人见张謇在侧，有意考考他的文才，遂以红烛为题，令他用最少的字句作答。张謇随口说出："身居台角，光照四方。"还有一次，塾师正在给张謇讲书，见门外有骑白马者经过，便即兴出句"人骑白马门前过"，张謇对曰"我踏金鳌海上来"。看得出他自小就志存高远，吐属不凡。

在读书进学方面，张謇也有其独特的悟性。他熟谙经史，却不肯迂腐地死守章句，而是从中摄取有益养分，充实头脑。传统文化价值体系中，有些合理内核是可以超越时代，成为现代精神资源的。比如，儒家所崇尚的以天下为己任、关心民族兴亡的强烈社会责任感，就在张謇身上深深扎下了根。在他看来，儒学本身，作为一种文化积淀，也在不断地进行自我调适以策应世变之需。为此，针对孔孟的"义利之辨"，他提出了"言商仍向儒"的新思路——着眼于国计民生，坚持诚信自律的伦理道德和取之于民用之于民的返本回馈思想。他鄙视传统士人脱离实际、徒尚空谈的积弊："日诵千言，终身不尽，人人骛此，谁与谋生？"主张"学必期于用，用必适于地"。在一次乡试答卷中，他说："孔子抱经纶万物之才""裕覆育群生之量"，亦尝为委吏、乘田之猥琐贱事，而且，务求将会计、牛羊管好，"奉职惟称"，做"立人任事之楷模"。抬出圣人来，为自己的论列张本。

张謇平生经历曲折复杂，活动范围广泛，兼具晚清状元、改革思想家、资本主义企业家、新式教育家、公益活动家和幕僚、翰林、政府官员多种角色，"崛起于新旧两界线之中心"，而能"适于时代之用"。就身份类型来分，他属于行者，而不是言者；但他的许多论述十分精当，而且富有实践理性。他善于融合各种角色及其资源于一体，将中国古代士人乐以天下、忧以天下、关心民瘼的优良传统，同西方工业文明中的创新、进取、务实精神结合起来，将道德规范置于现实功利之上，并和物质生产联系起来，摸索出一种新型的中国实业家精神。

统观张謇一生，有三个重要关节点，对其人生道路抉择影响至大。概言之，敞开了一扇门——实业报国之门；堵塞了两条路——科举与仕进之路。

张謇走出国门，前后不过三次。年过半百之后，分别参加过大阪、旧金山博览会；二十九岁时，随吴长庆赴朝参战近四十天，经受磨炼最多，获益也最大。光绪八年（1882），清朝藩属朝鲜爆发了反抗封建势力和日本侵略者的"壬午兵变"，日驻朝公使馆被烧，日本借机出兵干预。吴长庆麾下的庆军，奉命援护朝鲜，张謇以幕僚身份随行，"画理前敌军事"。处此形势危急、列强相互争夺的远东焦点，干戈扰攘、樽俎折冲之间，最是年轻人磨砺成才的大好时机。其间，通过与朝、日众多官员、学者交流政见，切磋时局，增广了见闻，弥补了旧有知识的缺陷，形成了纳国事于世界全局的崭新视野。而日本明治维新全面进行社会改革，殖产兴业、富国强兵的经验，更使他耳目一新，于国内洋务派一意趋骛西方"利器""师敌长技"之外，找到一条全新路径，使认识上升到一个新的高度。

历史现象充满了偶然性。光绪二十年（1894），对于张謇来说，是极不寻常的一年。连续三起重大事件筑成了他人生之路的分水岭。他从十六岁考中秀才，后经五次乡试，均名落孙山；直到三十三岁才有幸中举。但此后四次参加会试，尽遭挫败。至此，他已心志全灰，绝意科场。这一年，因慈禧太后六十寿辰设恩科会试，他本无意参加，但禁不住父亲和师友的撺掇，才硬着头皮应试。结果状元及第，独占鳌头。当师友们欢庆他"龙门鱼跃"时，他却无论如何也兴奋不起来。他没齿难忘：科举之路上二十六载的蹉跌颠踬；累计一百二十昼夜"场屋生涯"的痛苦煎熬——那时的考棚窄小不堪，日间躬身书写，夜里蜷伏而卧，炊茶煮饭，全在于此。"况复蚊蚋啧肤，熏蒸烈日。巷尾有厕所，近厕号者臭气尤不可耐"。日夜寝馈其间，导致经常伤风、咳嗽、发烧以致咯血。且不说科举制、八股文如何摧残人才、禁锢思想，单是这令人不寒而栗的切身感受，已使他创巨痛深，从而坚定了创办新式学堂、推广现代教育的信念。

不久，中日甲午战争爆发。在"蕞尔小国"面前，"泱泱华夏"竟然不堪一击，招致惨败，随后签订了丧权辱国的《马关条约》。深重的民族危机，使他惊悚、觉醒，改弦更张，走上了一条全新道路。他对晚清积贫积弱的根源作如下剖析：中国之病，"不在怯弱而在散暗。散则力不聚而弱见，暗则识不足而怯见。识不足由于教育未广，力不聚由于实业未充"；"国威丧削，有识蒙垢，乃知普及教育之不可以已"。于是，决计抛开仕途，走实业、教育兴国之路。

紧接着，他的父亲病逝，循例"丁忧守制"，解职还乡。这为他脱离仕途、偿其夙愿，提供了一个充足理由和上好机会。

第三个关节点，是光绪二十四年（1898）"戊戌变法"伊始，在慈禧太后操控下，恩师翁同龢被黜，"开缺回籍，永不叙用，交地方官严加管束"。此事对张謇刺激极大。他们交谊三十年，"始于相互倾慕，继而成为师生，终于成为同党"，患难与共，至死不渝。对于两朝帝师、官居一品的资深宰相，作如此严厉处置，为有清一代所仅见。这使张謇预感到，"朝局自是将大变"，因而"忧心京京"，心灰意冷。生母临终前谆谆告诫的"慎勿为官"的遗言，仿佛又响在耳边。面对帝党、后党势同水火，凶险莫测的政局，"三十年科举之幻梦，于此了结"。

在人生道路抉择问题上，张謇是慎重、清醒、谋定而动的。病逝前一年，他曾回顾说：经"反复推究，乃决定捐弃所恃，舍身喂虎。认定吾为中国大计而贬，不为个人私利而贬，謇愿可达而守不丧。自计所决，遂无反顾"。

三

关于张謇，胡适在1929年做过如是评价："张季直先生在近代中国史上是一个很伟大的失败的英雄，这是谁都不能否认的。他独立开辟了无数新路，做了三十年的开路先锋，养活了几百万人，造福于一方，而影响及于全国。终于因为他开辟的路子太多，担负的事业过于伟大，他不能不抱着许多未完的志愿而死。这样的一个人，是值得一部以至于许多部详细传记的。"

"伟大英雄""开路先锋"，评价准确而充分。在暗夜如磐、鸡鸣风雨中，能够像张謇那样，"专利国家而不为身谋"，通过个人努力，开创难以计数的名山事业，取得如此广泛的成功，晚清名流中确是屈指可数。论其功业，可以用三句话来概括：作为中国历史上最特殊的状元，他开创了一条近代知识分子以实业教育代替封建士人"学而优则仕"的救国之路；作为中国近代化的早期开拓者，他是晚清社会中既能务实又有理想的实业家的一个标本；作为出色的实业家，他摸索出一条以城市为龙头、农村为基地、农工商协调、产学研结合的南通模式。1922年，在京沪报界举办的"最景仰之成功人物"民意测验中，张謇以最高票数当选。而其成功要素，前人认为：一曰纯洁，二曰创造性，三曰远见，四曰毅力。

说到失败，张謇同任何成功人物一样，在其奋斗历程中总是难免的。而处于半殖民地半封建社会的特殊环境下的民族工业，面对外国资本的冲击，生存艰难甚至终被吞并，本属常事。其价值在于创辟了一条新路，提供了可贵的标本、模式，在于进行了成功的实验。尽管在当时条件下有些事业遭受挫折，却仍可以"耀后世而垂无穷"。正如钱穆所言："人能在失败时代中有其成功，这才是大成功。在失败时代中有其成功，故能引起将来历史上之更成功。"

当然，张謇并非完人。我们肯定其事业之成功，并不意味着他在各个方面都完美无缺。他勇立潮头，呼唤变革，却害怕民众革命；他为实现强国之梦而苦斗终生，但直到撒手红尘，对于这条新路究竟应该何所取径，也似明实暗。由于时代局限性，他的思想、见地，并没有跳出近代维新派的藩篱。在历史人物中，这种功业在前，而政见、主张相对滞后的现象，并不鲜见。

作为一个智者，张謇颇有自知之明。晚年，他在一次演讲中说："謇营南通实业教育二十余年，实业教育，大端粗具"；"言乎稳固，言乎完备，言乎发展，言乎立足于千百余县而无惧，则未也未也"。"实业教育，大端粗具"，说得恰如其分。而"完备""发展"，就任何前进中的事物来说，都不能遽加肯定。这不等于承认失败，也并非谦卑自抑，恰恰反映出他的严谨的科学态度。与此相照应，他在生圹墓门上曾自撰一副对联："即此粗完一生事，会须身伴五山灵。"回首平生，他还是比较惬意的：一生事业已经大体完成，死无憾矣；现在到了回归自然、与秀美的五山长相依伴的时刻。

一位史学家曾经说过："张謇与南通这两个名字已经紧紧联结在一起。在中国近代史上，我们很难发现另外一个人在另外一个县办成这么多事业，产生这么深远的影响。"是呀，先生"五山归卧"已经八十五个年头了。可是，今天，无论是走进通海地区的工厂、粮田，还是置身于他所创办的大中小学；无论是浏览于博物苑、图书馆，赏艺于电影院、更俗剧场，还是在濠河岸边、五公园里悠然闲步，都会从亲炙前贤遗泽、享用他所创造的成果中，感受到张謇的永生长在。先生的事业立足于通海，而他的思想、抱负却是面向全国。他是整个中华民族的骄傲。借用古人的话："乃邦家之光，非闾里之荣也。"

近年来，我曾两入南通，一进海门，看到过张謇生前在各个场合的留影，还有数不胜数的画像、绣像、塑像。他那粗茁的浓眉，智慧的前额，饱含着忧患的深邃目光，留给我难以忘怀的印象。面对着书刊上、广场前、影视中张謇的形象，我喜欢作无尽的联翩遐想。这样，就有一幅饱含诗性的画面成形于脑际，浮现在眼前——

一个霜月凄寒的拂晓，在崎岖、曲折的径路上，一位年过古稀的老人，踽踽独行。看上去，既没有"踏遍青山人未老"的革命家的豪迈，也缺乏诗人"杖藜徐步过桥东"的闲适与潇洒，又不见一般年迈之人身躯伛偻、迟回难进的衰飒之气，而是挺直腰身，迈着稳健的步子，向着前方坚定地走去，身后留下了两行清晰的脚印。

既然叫一幅画，就总得起个名字，那就题作《寒冬早行人》吧。

原载《人民文学》2011年第10期

谈谈明末

李洁非

────────

　　每个人一生，都有没齿难忘的经历。大约1670年，已是大清子民的计六奇这样写道：

　　四月廿七日，予在舅氏看梨园，忽闻河间、大名、真定等处相继告陷，北都危急，犹未知陷也，舅氏乃罢宴。廿八日，予下乡，乡间乱信汹汹。廿九日下午，群徵叔云："崇祯皇帝已缢死煤山矣。"予大惊异。三十日夜，无锡合城惊恐，盖因一班市井无赖闻国变信，声言杀知县郭佳胤，抢乡绅大户。郭邑尊手执大刀，率役从百人巡行竟夜。嗣后，诸大家各出丁壮二三十人从郭令，每夜巡视，至五月初四夜止①。

　　"四月廿七日"，指的是旧历甲申年四月二十七日，置换为公历，即1644年6月1日。文中所叙，距其已二十余载，而计六奇落笔，恍若仍

────────

　　① 计六奇：《明季南略》，中华书局，1984年，第7页。

在眼前，品味其情，更似锥心沁血，新鲜殷妍，略无褪色。

之如此，盖一以创巨痛深，二与年龄有关。事发之时，作者年方二十二岁，正是英华勃发的大好年华。在这样的年龄遭逢塌天之变，其铭心刻骨，必历久如一而伴随终生。时间过去将近三十年，计六奇渐趋老境，体羸力衰，患有严重眼疾，"右目新蒙，兼有久视生花之病"，而愈如此，那种将青春惨痛记忆付诸笔墨的欲望亦愈强烈。从动手之始到书稿告竣，先后四五年光景，"目不交睫，手不停披，晨夕勿辍，寒暑无间，宾朋出入弗知，家乡米盐弗问，肆力期年，得书千纸"①。他曾回顾，庚戌年（1670）冬天江南特别寒冷，大雪连旬，千里数尺，无锡"一夕冻死"饥民四十七人，即如此，仍黾勉坚持写作，"呵笔疾书，未尝少废"；而辛亥年（1671）夏季，又酷热奇暑，计六奇同样不肯停笔，自限每日至少写五页（"必限录五纸"），因出汗太多，为防洇湿纸页，他将六层手巾垫于肘下，书毕抬起胳膊，六层手巾已完全湿透……须知，这么历尽艰辛去写的上千页文字，对作者实无任何利益可图——因所写内容犯忌，当时根本无望付梓，日后能否存于人间亦难料定。他所以这样燃烧生命来写作，只不过为了安妥自己一段挥之不去的记忆。

今天，不同年龄层的人，每自称"××一代"。作为仿照，17世纪中叶，与计六奇年龄相近的那代中国人，未必不可以称为"甲申一代"。他们的人生和情感，与"甲申"这特殊年份牢牢粘连起来。令计六奇难以释怀，于半盲之中、将老之前，矻矻写在纸上的，归根到底便是这两个字——当然，还有来自它们的对生命的巨大撞击，以及世事虽了、心事难了的苦痛情怀。

倘若尽量简短地陈述这两个字所包含的要点，或许可以写为——

———

① 计六奇：《明季南略》，中华书局，1984年，第524页。

公元1644年（旧历甲申年，依明朝正朔为崇祯十七年），4月25日清晨，李自成攻陷皇城前，崇祯皇帝以发蒙面，缢死煤山。自此，紫禁城龙床上不复有朱姓之人。5月29日，从山海关大败而归的李自成，在紫禁城匆匆称帝，"是夜，焚宫殿西走"①。6月7日，清摄政王多尔衮率大军进入北京。

某种意义上，这样的历史更迭只是家常便饭。之前千百年，大大小小搬演过不下数十次，1644年则不过是老戏新出而已。就像有句话总结的：几千年来的历史，无非是"一部阶级斗争史"。就此而言，明末发生的事情，与元、宋、唐、隋、晋、汉、秦之末没有什么不同。

作为20世纪下半叶以后出生的中国人，我们有幸读过不少用这种观点写成的史著或文艺作品。或许，一度也只能接触这种读物。对于明末的了解，笔者最早从一本叫《江阴八十天》的小册子开始，那是1955年出版的一本通俗读物，写江阴抗清经过，小时候当故事来看，叙述颇简明，然每涉人物，必涂抹阶级色彩，暗嵌褒贬、强史以就。中学时，长篇小说《李自成》问世，同侪中一时抢手，捧读之余，除了阶级爱憎，却似无所获。晚至90年代初，某《南明史》出版，当时专写南明的史著还十分稀有，抱了很高热忱拜读，发现仍然不弃"阶级分析"，于若干史实继续绕着弯子，闪烁其词，文过饰非。

将几千年历史限定为"一部阶级斗争史"，无法不落入窠臼，使历史概念化、脸谱化。就受伤害程度而言，明末这一段似乎最甚。这样说，可能与笔者个人感受有关，所谓知之深、痛之切。但感情因素以外，也基于理性的审视。在我看来，明末这一段在中国历史上有诸多突

---

① 徐鼒：《小腆纪年附考》，中华书局，2006年，第153页。

出的特质：时代氛围特别复杂，头绪特别繁多，问题特别典型，保存下来、可见可用、需要解读的史料也特别丰富。

明代是一个真正位于转折点上的朝代。对于先前中华文明正统，它有集大成的意味，对于未来，又有破茧蜕变的迹象。没有哪个时代，思想比明代更正统，将中华伦理价值推向纯正的极致。同样，亦没有哪个时代，思想比明代更活跃、更激进乃至更混乱，以致学不一途、矫诬虚辩、纷然骤讼，而不得不引出黄宗羲一部皇皇巨著《明儒学案》，专事澄清，"分其宗旨，别其源流"，"听学者从而自择"①。

这一思想情形，是明朝历史处境的深刻反映。到明代晚期，政治、道德、制度无不处在大离析状态，借善恶之名殊死相争，实际上，何为善恶又恰恰混沌不清，乃各色人物层出不穷，新旧人格猛烈碰撞、穷形尽相，矛盾性、复杂性前所未见。

别的不说，崇祯皇帝便是一个深陷矛盾之人，历史上大多数帝王只显示出单面性——比如"负面典型"秦始皇、"正面典型"唐太宗——与他们相比，崇祯身上的意味远为丰富。弘光时期要人之一的史可法，也是复杂的矛盾体；有人视为"完人"、明代文天祥（如《小腆纪年附考》作者徐鼒），有人却为之扼腕或不以为然（批评者中，不乏像黄宗羲那样的望重之士）。即如奸恶贪鄙之马士英，观其形迹，也还未到头顶长疮、脚底流脓的地步，在他脸上，闪现过"犹豫"之色。

明末人物另一显著特色，是"反复"：昨是今非，今非明是；曾为"正人君子"，忽变为"无耻小人"，抑或相反，从人人唾弃的"无耻小人"，转求成为"正人君子"。被马士英、阮大铖揪住不放的向来以清流自命，却在甲申之变中先降于闯、再降于满的龚鼎孳等，即为前一种典型。而最有名的例子，莫过钱谦益。数年内，钱氏几经"反复"，先以

---

① 黄宗羲：《明儒学案序》，《明儒学案》上册，中华书局，1986年，第8页。

"东林领袖"献媚于马士英，同流合污，复于清兵进占南京时率先迎降，可两年之后，却暗中与反清复明运动发生关系。武臣之中，李成栋也是如此。他在清兵南下时不战而降，不久制造惊世惨案"嘉定三屠"，此后为清室征平各地，剿灭抵抗，一路追击到广东，却忽然在这时，宣布"反正"，重归明朝，直至战死。像钱谦益、李成栋这种南辕北辙般的大"反复"，固然免不了有些个人小算盘的因素，却绝不足以以此相解释，恐怕内心、情感或人格上的纠结，才真正说明一切。

矛盾状态，远不只见于名节有亏之辈，尤应注意那些"清正之士"，内心也往往陷于自相抵牾。例如黄宗羲，自集义军，坚持抗清，只要一线希望尚在，就不停止复明战斗；即便永历帝彻底覆灭之后，也拒不仕清，终身保持遗民身份，其于明朝可谓忠矣。然与行为相反，读其论述，每每觉得黄宗羲根本不是传统意义上的忠君者，他对君权、家天下的批判，是到那时为止中国最彻底的。以此揣之，他投身复明运动，并非为明朝而战，至少不是为某个君主而战，而是为他的国家、民族、文化认同而战。然而，他的行为客观上实际又是在保卫、挽救他已经感到严重抵触和质疑的皇权，以及注定被这权力败坏的那个人。这与其说是黄宗羲个人的矛盾，不如说是时代的矛盾。

在明末，这种情绪其实已是非常普遍的存在，并非只有黄宗羲那样的大精英、大名士所独有。细读《明季南略》，可于字里行间察觉作者计六奇对于明王朝不得不忠、实颇疑之的心曲。书中，到弘光元年四月止，对朱由崧一律称"上"，而从五月开始，亦即自清兵渡江、朱由崧出奔起，径称"弘光"，不复称"上"。古人撰史，讲究"书法"，字词之易，辞义所在。以"弘光"易"上"，是心中已将视朱由崧为君的义务放下——假如真的抱定忠君之念，计六奇对朱由崧本该一日为君、终生是君，但他一俟后者失国便不再以"上"相称。这是一种态度或评价。朱由崧在位时，作为子民计六奇自该尊他一个"上"字，然而，这绝不表示朱由崧配得上；《南略》不少地方，都流露出对朱由崧的微词以至不屑。这是明末很多正直知识分子所共有的隐痛：虽然对君上、国事诸多不满甚至悲愤，但大义所系，国不得不爱，君不得不尊，统不得不奉，于万般无奈中眼睁睁看着社稷一点点坏下去，终至国亡。

虽然所有王朝的末年都不免朽烂，但明末似乎尤以朽烂著称。我们不曾去具体比较，明末的朽烂较之前朝，是否真的"于斯为盛"，但在笔者看来，明末朽烂所以令人印象至深，并不在于朽烂程度，而在于这种朽烂散发出一种特别的气息。

简单说，那是一种末世的气息。过去，任何一个朝代大放其朽烂气息时，我们只是知道，它快要死了——但并非真死，在它死后，马上会有一个新朝，换副皮囊，复活重生。明末却不同，它所散发出来的朽烂，不仅仅属于某个政权、某个朝代，而是来源于历史整体，是这历史整体的行将就木、难以为继。你仿佛感到，有一条路走到了头，或者，一只密闭的罐子空气已经耗尽。这次的死亡，真正无解。所谓末世，就是无解；以往的办法全部失灵，人们眼中浮现出绝望，并在各种行为上表现出来。

这是明末独有的气质，及时行乐、极端利己、贪欲无度、疯狂攫取……种种表现，带着绝望之下所特有的恐慌和茫然，诸多人与事，已无法以理性来解释。以弘光朝为例，在它存世一年间，这朝廷简直没有做成一件事，上上下下，人人像无头的苍蝇在空中划来划去，却完全不知自己在做什么。皇帝朱由崧成天耽溺酒乐，直到出奔之前仍"集梨园子弟杂坐酣饮"[①]；首辅马士英明知势如危卵，朝不保夕，却不可理喻地要将天下钱财敛于怀中；那些坐拥重兵的将军，仓皇南下，无所事事，为了谁能暂据扬州睚眦相向……他们貌似欲望强烈，其实却并不知

---

① 徐鼒：《小腆纪年附考》，中华书局，2006年，第364页。

所要究竟系何，只是胡乱抓些东西填补空虚。一言以蔽之：每个人所体验的，都是枯坐等死的无聊。

然而，这时代的深刻性，不只在于旧有事物的无可救药。我们从万古不废的自然界可知，生命机体腐坏，也意味着以微生物的方式转化为养料和能量，从而滋生别的新的生命。明末那种不可挽回的圮毁，在将终末感和苦闷植入人心的同时，也刺激、诱发了真正具有反叛性的思想。

前面说到明代精神的两面性。的确，以理学、八股为特征，明代思想状态有其僵死、保守的一面，就像遗存至今、森然林立的贞节牌坊所演述的那样。但是，对于明代精神的另一面——怀疑、苦闷与叛逆，谈得却很不够；对于明代知识分子的独立意识、批判性以至战斗性，谈得就更不够。

很显然，历朝历代，明代知识分子的上述表现应该说是最强的。从方孝孺到海瑞，这种类型的士大夫，其他朝代很少见到。如果说明中期以前多是作为个人气节表现出来，那么从万历末期起，就越来越显著地演进到群体的精神认同。著名的"三大案"，看似宫廷事件，实际是中国古代政治史上的一个分水岭；以此为导火索，知识分子集团与传统皇权的分歧终于表面化，从而触发党争和党祸。从天启年间阉党排倾、锢杀东林，到崇祯定逆案，再到弘光时马、阮当道——确言之，从1615年"梃击案"发，到1645年弘光覆灭——整整五十年，明季历史均为党争所主导。这一现象，表面看是权力争攘，深究则将发现根植于知识分子批判性的强劲提升和由此而来的新型政治诉求。在此过程中，知识分子集团不光表现出政治独立性，也明确追求这种独立性。他们矛头所向，是企图不受约束的皇权，以及所有依附于这种权力的个人或利益集团（皇族、外戚、太监、幸臣等）。

这是一个重大历史迹象。虽然党锢、党争在汉宋两代也曾发生，但此番却不可同日而语。明末党争不是简单的派系之争，也越过了"只反贪官，不反皇帝"；事实上，它是以知识分子批判性、独立性为内涵，在君主专制受质疑基础上，所形成的带有重新切割社会权力和政党政治指向的萌芽。若曰不然，试看：

岂天地之大，于兆人万姓之中，独私其一人一姓乎？[①]

这是黄宗羲《原君》中的一句；还说：

今也以君为主，天下为客，凡天下之无地而得安宁者，为君也。是以其未得之也，荼毒天下之肝脑，离散天下之子女，以博我一人之产业，曾不惨然！曰"我固为子孙创业也"。其既得之也，敲剥天下之骨髓，离散天下之子女，以奉我一人之淫乐，视为当然，曰"此我产业之花息也"。然则为天下之大害者，君而已矣。[②]

如果我们意识到阐述了这一认识的人，正是在天启党祸中遭迫害致死的一位东林党人的后代（黄宗羲之父、御史黄尊素，天启六年死于狱中），或许能够从中更清楚地看到明末的精神思想脉络。

在欧洲，资产阶级的崛起，使君权、教权之外出现第三等级，最后导致民主共和。我们无意将明末的情形与之生搬硬套，却也不必因而否认，黄宗羲在中国明确提出了对君权的批判，而且是从社会权利分配不合理的全新意义和高度提出的。我们不必牵强地认为明末发生了所谓

---

① 黄宗羲：《明夷待访录·原君》，《黄宗羲全集》第一册，浙江古籍出版社，1985年，第3页。
② 黄宗羲：《明夷待访录·原君》，《黄宗羲全集》第一册，浙江古籍出版社，1985年，第2~3页。

"资本主义"（它是一个如此"西方"的语词）萌芽，但我们依然认定，这种思想连同它的表述，在帝制以来的中国具有革命性。

末世，未必不是历史旧循环系统的终结，未必不是已到突破瓶颈的关口。尽管我们明知，对历史的任何假设都近乎谵妄，但关于明末，我们还是禁不住诱惑，去设想它可能蕴藏的趋势。这种诱惑，来自那个时代独特而强烈的气息，来自其思想、道德、社会、经济上诸多异样的迹象，来自我们对中国历史的了解与判断，最后，显然也从中西历史比较那里接受了暗示……总之，我们靠嗅觉和推测就明末中国展开某种想象，私下里，我们普遍感到这样的想象理由充足，唯一的问题是无法将其作为事实来谈论。

也罢，我们就不谈事实，只谈假设。

人们不止一次在历史中发现：事实并不总是正确的，有些事实并非历史合乎逻辑的发展，而是出于某种意外。一个意外的、不符合期待的、甚至无从预见的事件突然发生了，扰乱了历史的进程，一下子使它脱离原来的轨道。这种经历，我们现代人遇到过，17世纪中叶的汉民族似乎也遇到了。

那就是清朝对中原的统治。

我曾一再思索这意味着什么。尽管今天我们会努力说服自己用当代的"历史视野"消化其中的民族冲突意味，但当时现实毕竟是，汉服衣冠被"异族"所褫夺。这当中，有两个后果无可回避：第一，外族统治势必对国中的矛盾关系、问题系列（或顺序）造成改写；第二，新统治者在文明状态上的客观落差，势必延缓、拖累、打断中国原有的文明步伐。

有关第一种后果，看看清初怎样用文字狱窒息汉人精神，用禁毁、改纂的办法消灭异己思想，便一目了然。在清代统治者来说，此乃题中之义、有益无害，完全符合他们的利益需要，不这么做没法压服反抗、巩固统治。但对中国文明进程来说却只有害处，是大斫伤，也是飞来之祸、本不必有的一劫。

至于第二种后果，历来有不少论者，对清朝诚恳学习、积极融入汉文化大加赞赏，固然，比之另一个异族统治者元朝，清朝的表现正面得多。不过理应指出，在他们这是进步、是提高，中国文明却并无进步、提高可言——实质是，为适应一个较为落后现在却操持了统治大权的民族，中国放缓了自己的文明脚步。在先进文化面前，历史上两个使汉人完全"亡国"的外族，元代采取抵制，祚仅百年；清代以汉为师，结果立足近三百年。它们之间，高下分明。然而两者有一点相同，即均无裨益于中原文明。自其较"好"者清代来看，入主中原后，一切制度照搬明代，实因自身在文化上太过粗陋、没有创新能力，只能亦步亦趋地仿造与抄袭。

依照明代的社会、经济、文化状态看，中国历史此时已处在突破、转型的前夜，至少，新的问题已经提出。倘若不被打断，顺此以往，应能酝酿出某种解答。清朝入主，瞬间扭转了矛盾与问题的焦点。先前中国从自身历史积攒起来的内在苦闷，被民族冲突的外在苦闷所代替或掩盖；本来，它可能作为中国历史内部的一种能量，自发探求并发现突破口，眼下却被压抑下去或转移到别处，以至于要等上两百年，由西方列强帮我们重新唤醒、指示这种苦闷。

这是一个已经身在21世纪的中国人，于读史时的所思。毋庸讳言，它带着很大的猜想性。但这猜想，究竟不是凭空从笔者脑中而来，而是对扑鼻的历史气息的品咂与感应。读计六奇《北略》《南略》、黄宗羲《弘光实录钞》、顾炎武《圣安皇帝本纪》、文秉《甲乙事案》、夏允彝《幸存录》、王夫之《永历实录》、谈迁《国榷》……心头每每盘旋一个问题：这些人，思想上均非对君主愚忠、死忠之辈，不同程度上，还是怀疑者、批判者，却无一例外在明清之际坚定选择成为"明遗民"。

他们有人殊死抵抗（黄宗羲），有人追随最后一位朱姓君主直至桂中（王夫之），有人远遁入海、死于荒渺（夏允彝），有人椎心刺骨、终生走不出"甲申"记忆（计六奇）……民族隔阂无疑是原因之一，但这既不会是唯一原因，而且从这些人的精神高度（注意：其中有几位17世纪东方顶尖的思想家和学问家）推求，恐怕亦非主要原因。我所能想到的根本解释，应是他们内心十分清楚，这一事态意味着在巨大的文明落差下中国的方方面面将大幅后退。他们拼死保护、难以割舍的，与其说是独夫民贼，不如说是中国历史和文明的延续性。

"明遗民"是大现象、大题目，人物、情节甚丰，而且其中每可见慷慨英雄气，绝非人们从字眼上所想的抱残守缺、冥顽不灵一类气质。何时得暇，笔者颇有意以"明遗民"为题展开著述。就眼下而言，我们着重指出明末这段历史的幽晦与复杂、人性的彷徨与背反，包括社会心理或个人情感上的苦痛辛酸、虬结缠绕，并非一部"阶级斗争史"可以囊括。

中国人重新认识自己历史的时间并不长，基本从20世纪开始。之前，既缺少一种超越的视野（对传统的摆脱与疏离），也缺少文化上的参照系（不知有世界，以为中华即天下），还缺少相应的理念和工具（对此，梁启超《中国历史研究法》所论颇精要）。以中国历史之长，这一工作又开展得如此之晚，其繁重与紧迫可想而知。即使如此，我们却仍有三四十年以上的时间，被限制在一种框架之下，使历史认识陷于简单化和概念化，欠账实在太多。

像明末这段历史，对观察全球化以前或者说自足、封闭状态下中国的社会、政治、文化、思想，可谓不可多得的剖截面，但迄今获取的认识与这段历史本身的复杂性、丰富性相比，却单薄得可怜。它先在20世纪初排满运动中、后在抗日时期，以历史情境的相似令人触景生情，两次引起学界注意，柳亚子、朱希祖、孟森、顾颉刚、谢国桢诸先生或加以倡重，或亲自致力于材料、研究，创于筚路蓝缕，有了很好的开端。50年代起，思想归于一尊，同时还有各种"政策"的约束，对明末历史的探问颇感不便与艰难，渐趋平庸。举个例子，钱海岳先生穷其一生所撰，曾被柳亚子、朱希祖、顾颉刚等寄予厚望的三千五百万字巨著《南明史》百二十卷，一直静置箧中，直到新世纪的2006年（作者已过世三十八年）才由中华书局出版。像《甲申三百年祭》《李自成》那样的著作，本来不无价值，但它们的矗立，却是作为一种警示性标志，起到排斥对于历史不同兴趣的作用。

历史是一条通道，现实由此而来；使它保持通畅的意义在于，人们将对现实所以如此，有更深入的、超出于眼前的认识。每个民族都需要细细地了解自己的历史，了解越透彻就越聪明，以使现实和未来朝较好的方向发展。

原载《悦读》第二十一卷，2011年3月1日出版

消逝的名士

杨晓民

————————

一

这是一群在历史长河中留下华丽轨迹的人物。

也许，在人类文明的星空中，他们并不是最耀眼的，但他们却以极具个性的风姿，给人以无限的想象和感喟。

和前辈相比，他们生活在一个不需要承载过多社会重任的时代，少了"白骨露于野，千里无鸡鸣"的杀伐之声，没了后世儒林皓首穷经、嗟叹无颜的功名之虑，曾经钳制他们思想的儒教思想已不复权威，这些稀少的文化精英似乎只需俯身屈就，富贵功名就唾手可得。时代对他们的期许，也许就是发些不着边际、不切实际的议论，写些华美浮浪的辞章，辅之以优雅的谈吐、潇洒的仪表。鲁迅先生在《魏晋风度与文章及药、酒之关系》的著名演讲中，以"风流散淡"来指认竹林七贤。

所谓竹林七贤，就是曾经在竹林里游戏谈玄的七个知识分子：阮籍、嵇康、向秀、王戎、阮咸、山涛和刘伶。从正始元年到正始十年，也就是240—249年，这七个人曾经相约于当时的河内郡山阳（今河南焦作武陟）的竹林里，放任纵达，相互唱和，成为魏晋知识分子先锋风尚的领军人物。所谓的贤人，用今天的话说，就是德才兼备的高级知识分子。孔子弟子三千，贤人七十二，是培育贤人的祖师爷。夫子曰："所谓贤人者，好恶与民同情，取舍与民同统；行中矩绳，而不伤于本；言足法于天下，而不害于其身；躬为匹夫而愿富贵，为诸侯而无财。如此，则可谓贤人矣。"贤人不仅仅需要文才，够得上这个称谓最重要的一个指标，是中规中矩，和百姓同呼吸共命运，成为百姓大众的道德典范，才能冠以"贤人"这个头衔。古今中外，高级知识分子群体从来都是国家和社会的正义化身。他们负责构筑和支撑整个国家和社会的道德底线，担当宏大的社会责任。

显然，以夫子对精英的定义，竹林七贤的事迹和行为有名实相悖之嫌，甚至背道而驰。后世对他们的评判也是毁誉参半。在史书的记载中，这些人"去巾帻，脱衣服，露丑恶，同禽兽"，无论从哪个角度看也不能引为社会样板，这就是历史的吊诡之处。

自黄巾民乱开始，中原百姓就处于痛苦不堪的境地。各地豪强相互攻掠，山河残破，人民死散。在一个随时可能失去性命的恐怖情境下，依附各地豪强，依靠武装保护获得暂时的喘息，成为百姓的唯一选择。相应地，军事豪强也需要获得固定的劳动力和粮食补给。黄巾民乱结束时，中原人口十不存一。战事最紧张的时期，袁绍军队在河北依靠吃桑葚为食，袁术军队在江淮依靠蚌蛤、蒲蛹为生，曹操军队在山东杀人为束脩，充军粮三日。为了保证军粮供应，曹操将农民按照军事编制组织成屯田大军，这种把农民强迫束缚在土地上的做法，极受流民欢迎。农民与豪强地主"粮食换安全"的合作模式形成后，很快在中原地区扩展开来。这些朝不保夕的农民，依靠宗族、乡党的残余网络，依附于地主豪强的军事保护，形成了以部曲制度为单位的分散性的坞堡经济。在坞堡内部，村庄连成片，土地齐整划一。寄居的自耕农，尽管生产剩余极为稀少，衣不蔽体食不果腹，尚可为明日之计；各个坞堡之间，则是荒凉不堪、荆榛遍地的乡野。以曹魏时代的屯田制度为基础，中原地区又逐渐演化出一种将农民固定在土地上、为皇室和官僚地主耕种的西晋占田制。在残酷的战争年代，豪门贵族依靠武力和剥削，成为一个个拥有军事、经济和社会管理实权的地方寡头，奠定了中原社会的基本格局。

公元220年，曹魏代汉，开启了长达数百年的皇权衰微、门阀士族把持政权的时代。历史趋势一经形成，便无法逆转。具有讽刺意味的是，曹魏取代汉皇权成为实际统治者，特别是汉献帝禅让之后，它本身又迅速成为这个大趋势下被扫荡的对象。在曹魏中后期，曹魏皇权与以司马家族为代表的门阀势力，开始了新的一轮较量。

在这场惊心动魄的政权拉锯战中，曹魏和司马集团各有优势。司马集团，也就是当朝的军人集团，拥有行政和军事资源的控制权，但是在儒家名教和传统道德方面，司马氏却处于绝对的劣势。无论如何炙手可热，篡位和弑君终归是政治的禁忌。因此，司马氏要效法曹魏代汉，首先要争取豪门贵族的效忠，还需要当时富有声望的文人的舆论支持。曹魏政权要打败司马集团，也必须舆论造势，再寻机图事。拉拢那些天下闻名的文人，在腥风血雨、阴森诡谲的正始年间，成为两派政治角逐中至关重要的一环。

对这些文士来说，政权究竟鹿死谁手，其实并不存在什么绝对的道德标准。江山替代，是一件自然不过的事情。但就当时的情形而言，过快的政权更迭，不利于整个社会道德规范的传承与重建。忠孝立国，历来是传统中国的政治法则，但无论是篡位的曹魏还是后继的司马氏，怎样粉饰，都扛不起这面道德大旗。自然而然，忠孝立国的"忠"字被废弃，从魏到晋，以孝治天下的法则一直被大力弘扬。

事实上，在一个严密的儒家名教体系中，忠孝怎么能截然分开？家国天下的逻辑体系，已经注定这种先天残缺的主流价值，必然被权力意志所宰割。知识分子的信仰和道德一旦瓦解，必然产生一种虚伪的、无根的、逻辑混乱的文化生存状态。失去信仰和道德的政权，最终会制造出一批失去信仰和道德的社会精英。儒家主流价值崩塌，虚无的道玄之说则大行其道，并很快在士人群体中流行开来。

司马懿时代，这种信仰和道德的溃败愈演愈烈。曹魏时代，对知识分子的压制还不是特别突出。原因在于，曹操本人是一个功勋卓著的不世之才。他强势结束了北方战乱流离的局面，使天下苍生获得了一个安定的环境，拥有一定的道德合法性。他和两个儿子曹丕、曹植，都是才华横溢的文学大家，他们珍爱文学之士，开创了一个作家蔚起的建安时代。曹操、曹丕、曹植以自己的政治地位为平台，总持风雅，在他们周围环绕着为数众多的作家，在文学史的满天星斗中大放异彩。特别是才高八斗的曹植，更是以其精彩绝艳的诗赋震烁古今，遑论对当时知识分子的文化感召力。如果这种情形平稳发展下去，曹魏政权的建国逻辑和士子的内心将逐渐回归。

可惜这种文人归心的局面，在司马懿时代不能持续下去。司马懿不擅长文才，喜弄权术，对文学表现不出丝毫兴趣。这种人文性的缺失，让他在争夺名士的斗争中不占便宜。在司马氏主导的权力游戏中，更直接表现为露骨的杀戮和迫害。命运始终眷顾这位工于心计的权臣，到曹氏末年，朝中庸碌腐败的权贵，已经不能和军功卓著的司马懿相抗衡。在这种落日的余晖中，文学和思想却突然以一种极其怪诞的方式绽放出瑰丽之花。

公元240年，也就是曹魏正始年间，洛阳城里出现了一阵清谈玄风。大名士何晏、夏侯玄、王弼成为大将军曹爽的座上客。魏明帝死后，立曹芳为帝，托孤大臣一个是皇室宗亲曹爽，一个是战功赫赫的司马懿。曹爽假借太后懿旨，将司马懿罢去军事和政治实权，独揽朝纲，全面推行正始新政，大量任用曹氏宗亲，这其中包括一位天下大名士何晏。何晏是东汉大将军何进的遗孤，他的母亲后嫁给曹操，他成为曹操的养子。何晏面若冠玉，号称"傅粉何郎"，大儒之相倾倒众生，他参与的《论语集解》当时并没有多大动静，但提倡的老庄学说却大受欢迎。他说"天地万物以无为本"，正始玄风自此开始。

从今天获得的文献看，何晏的声名虽然当时如此卓著，但在玄学方面似乎并没有留下什么拿得出手的成就。他其实就类似于一个明星，意外地喊出了一个时代的心声。当个人的价值叠加到政权的光晕上，其效应自然会累加放大。《晋书》记载，何晏"性骄矜，耽情色，聚浮华"，真要承担国之重任，显然勉为其难。至于谁才是这出玄学大戏的真正导演，士林当然心知肚明。

玄学真正的后台老板，就是曹爽。作为一个掌握重权的核心人物，本应该和他的先辈曹操、曹丕一样，励精图治、恢复政权稳定所必需的儒家名教价值观，选任人才务实治国。但是曹爽这个公子哥儿出身的青年权贵，气量、阅历和能力都无法驾驭考验个人综合素质的政治航船。在事关曹魏政权存亡的十字路口，他选择了另一种游戏玩法，就是鼓励知识分子远离政治。何晏说："除无用之官，省生事之故，绝流遁之繁乱，反民情于太素。"另一位玄学大师桓范也说："尧无事焉，而由之圣治……辅千乘则念过管晏，佐天下则思丑稷禹。"这种具有政治意味的学术风气，在权力荷尔蒙的刺激下，立刻引发了海内知识分子普遍的效仿。从曹操一步步掌握实权、汉代名存实亡开始，知识分子无论在肉身存在，还是在精神层面的价值观上都发生了双重危机。在肉身上，战争和政治派系对峙所产生的屠戮，让这些知识分子时刻感到命悬一线。在精神上，传统的名教儒学已不适应现实，它所维护的君君臣臣父父子子体系，其道统尊严早已荡然无存。在改朝换代的刀光剑影中，那些试图参与政治的知识分子，往往都成为政治祭坛上的牺牲品。比如孔融、祢衡之于曹操，嵇康、阮籍之于司马氏。曹魏政权代汉的劣迹，在那些忠于汉室的知识分子心中尚未擦拭干净，也就是说，曹魏政权的道德危机还没有完全过去，司马氏代魏的阴影又再次袭来。如何保命避祸，是这一时期士人最为关心的一个问题。而老庄"贵无"的思想，则成为他们远离政治的思想基础。

林语堂说："魏晋清谈之风，读书人不得谈国事，只好走入乐天主义以放肆狂背相效率……这是人权被剥夺时社会必有的反应，古今同然。"林语堂说的读书人，其实就那么几个人，但却影响巨大。这时的魏晋时代，经过占田制的经济制度和察举制的建设，已经形成了一个上层开放、下层却被严格禁锢的寡头型社会组织体系——整个国家只是少数几个人的游戏，他们之间的博弈，直接关乎社稷的安危。在这样的背景下，各路名士如张学友、刘德华、郭富城、黎明及周杰伦一样粉墨登场。他们或如当代的经济学家一样抛头露面，呼风唤雨，风光无限。但中国历史的残酷性表明，任何知识分子想要出人头地，都必须依附于政治权力，他们的学识、道德和智慧，不过是寄生于权力游戏的泡沫，结局也必然是一地鸡毛。

二

嵇康、阮籍和山涛，是竹林七贤中的三个关键人物。竹林七贤最具悲剧性的人，当属嵇康。对这个"风誉扇于海内"的人物，《三国志》在《王粲传》中只有二十七个字的记载，《晋书·嵇康传》中只有些空泛的内容。嵇康原姓奚，从浙江会稽迁到安徽谯县，并非高门郡望，其家族的仕途之路大概始于父辈。嵇康幼年丧父，由母亲和哥哥抚养成人。齐王曹芳在位的正始元年，嵇康十七岁。

阮籍，陈留尉氏县（今河南开封）人，父亲阮瑀是建安七子之一，为曹氏所重。阮籍父亲早逝，家境贫寒。阮氏家族一部分人住在街南，一部分住在街北。住在街北的上风上水，自然是富人，而阮籍和阮咸都是住在南院的穷人。史书记载："籍容貌瑰杰，志气宏放，傲然独得，任性不羁，而喜怒不形于色。或闭户视书，累月不出，或登临山水，经日忘归。博览群籍，尤好《庄》《老》。嗜酒能啸，善弹琴。当其得意，忽忘形骸。时人多谓之痴。"正始年间，阮籍已经四十岁，名闻四海。

山涛，河内（今河南焦作武陟）人。史书记载，"涛早孤，居贫，少有器量，介然不群"。他年近四十才做了地方小吏。不过山涛却异常乐观，对妻子说："忍饥寒，我后当做三公，但不知卿堪公夫人不耳！"

加上后面四位，这七个人共同的特点就是家境不甚了了。就是以最殷实的王氏家族王戎来说，也只是那里的庶出，政治地位不高。这就引出了一个非常重要的问题："为什么是这七个人？"

主流文献中曾有两种观点，一说这七人是曹魏集团和司马集团之间的路线斗争产物，另一说是知识分子逃避黑暗政治、保全自身的结果。在我看来，这两种观点都矛盾百出。例如竹林七贤七个人中，嵇康勉强可以属于曹魏集团，阮籍长期在司马氏手下做官，山涛、向秀、王戎后面都是相当积极地投靠司马集团，连最"无赖"的刘伶也做了不用打仗的参军。他们各个时期的文学和哲学著述表明，他们从未与政治脱离过干系。

表面上看，七贤的结合似乎杂乱无章，但实质上是个人志趣的聚合。和正始名士相比，他们又是寒门士族的代表。魏晋时代，寒门士族和高门大族之间的矛盾已是冰冻三尺。俗话说，富不过三代，贵不过一世。自秦始皇始，就出于对丧失权力的恐惧，中国最高统治者营建出了一个庞大、流动的官僚体系。在这个体系里，所有的官员竞相博取皇帝的恩宠，在凶险的宫廷里上演一幕幕烟云富贵。不过，当时的豪门士族获取了一项特殊的权力，使得他们的财富和声望得以延续。汉代的人才选拔主要有两种方式，一是地方察举，一是中央指名征召。不管是地方还是中央，被察举或征召的人物必须取得当地高级知识分子"贤人"的评价。这些人才所获得的评价，就成为其日后进入统治集团的资本。由于垄断了文化和为中央政权品评人物的话语权，豪门士族拥有操纵整个国家命运的能力。两汉的清议传统，造就了以豪门贵族出身为主体的知识分子这个群体特有的品格和心态。

出身豪门贵族的知识分子，自幼锦衣玉食，在各类群体中最有可能将人类好逸恶劳的本能发挥到极致，他们最擅长的，不是耗费心智的研究行为，而是见心见性的自我挥洒。他们先天的身份地位，是他们鄙视社会道德品性、践踏主流社会价值的依傍。这种风气，集中体现在正始玄风的开启。这些轻薄公子的言谈举止，特别是他们对玄学中"贵无派"的阐发，不仅意味着对当时门阀士族特权的怂恿，对世家大族利益无限膨胀的推波助澜，而且也对中央政权的道德合法性构成了威胁。所以顾炎武痛恨这群浮华之士，"视其主之颠危，若路人然"。

竹林七贤和正始名士之间的差异，表面上如出一辙，实质上相差万里。这七个人虽然和正始名士一样谈论玄学，但其根基和逻辑却完全不同。竹林七贤的根基，始终都是外玄内儒，即玄学中的"贵有派"。这才是被称为七贤的根源。嵇康反对名教礼法，是出了名的。我们不妨以态度更为中庸的阮籍为例，解剖一下这七个寒门高士的内心真面目。

《阮籍本传》中记载，嫂子回娘家，他去告别，有人讥笑，他说，礼教是为我设的吗？邻家少妇貌美，以沽酒为业，他去喝酒，喝醉了，躺在她身边就睡。有个军人的女儿，没有嫁人就死了，阮籍并不认识她的父兄，跑到灵堂前吊唁痛哭，哭够了就回家。他清高自负，极端蔑视当朝权贵，发出"时无英雄，遂使竖子成名"的广武之叹。他时常任由独驾，肆意游走，作穷途之哭。他以"裈中虱"形容那些利禄之徒，认为一切都无意义，一切都无必要，只有酒能帮他达到"天地解兮六合开，星辰陨兮日月颓，我腾而上将何怀"的美妙境界。但是，阮籍诗歌中最优秀的篇章《咏怀诗》表明，在他畅游太虚、醉生梦死的外表下，却掩饰着一幅哀伤而绝望的精神图景。

"夜中不能寐，起坐弹鸣琴。薄帷鉴明月，清风吹我襟。孤鸿号外野，翔鸟鸣北林。徘徊何所见，忧思独伤心。"

"嘉树下成蹊，东园桃与李。秋风吹飞藿，零落从此始。繁华有憔悴，堂上生荆杞。驱马舍之去，去上西山趾。一身不自保，何况恋妻子？凝霜被野草，碎木亦云已。"

"终日屡薄冰，谁知我心焦"，让阮籍伤心不寐的原因不言自明。阮籍的父亲阮瑀为建安七子之一，与曹丕交往甚密。父子两人，一人为曹氏的篡逆费尽心机，一人对司马氏的篡逆屈从俯就。这种不堪，对家风清正、世代尊奉儒学的阮籍而言，其内心的纠结、悲苦、愤懑难以言表。在风流韵裁、放荡不羁的内心世界，那些"临难不顾生，身死魂飞扬"和"忠为百世荣，义使令名彰"的人物，才是他真心向往的对象。尽管他可以装醉六十日来拒绝司马昭的提亲，不过对司马氏开展的系统夺权活动，阮籍没有勇气站出来反抗。这种亏损的气节，已经为那个时代知识分子软弱的人格盖棺论定。他们不敢真正挺身而出反抗一个虚伪的政权，只能将矛头指向那个虚伪的名教。在司马氏与曹魏集团的斗争中，司马懿始终是以维护魏国正统面目进行夺权活动的，因此将这种虚伪的时代延续得格外漫长，这一代知识分子的痛苦也无以复加。

竹林，是包裹着七贤故事的淡墨风景。在古代中国北方，竹子是主要救灾物资。洪水暴虐时，可以砍竹为桩，以桩为墙。冷兵器时代，竹子还是重要的战备物资，扎竹筏，造云梯，制作陷阱里的尖竹桩。而作为救灾与战备的主要物资，京畿附近一定要备有竹林。河内山阳（今焦作武陟）距京师洛阳一百余公里，竹林面积广大茂盛，史载"浩瀚如海"。曹魏政权时期，战事频繁，河内竹林进一步受到重视，设置了司竹都监和司竹监两个专门管理竹林的官职，类似于当今的林业部部长和国防科工委主任。

不过，陈寅恪先生认为七位名士并非聚于当时的河内竹林，所游竹林是假托佛教名词"VELU"或"VELUVANA"（释迦牟尼说法处），进而断言竹林七贤是东晋士人受佛学波及，取释迦牟尼说法处"竹林精舍"之名和《论语》"作者七人"穿凿而成。这桩学术公案究竟真相如何，对普通大众来说，并不重要。因为那一片碧绿的竹林，寄托着中国后世士人无尽的向往。不过，即使此说为真又如何，竹林七贤的故事，经过千百年演绎，已经如《新约》《旧约》一般，成为士人心中的精神文化史，成了不容改造的"真相"。

河内山阳，万顷竹海，溪水流觞。当时的曹魏士大夫有着浓重的"河内山阳"情结。这里风景秀丽，洛阳的达官贵人最喜欢北上河内饮酒清谈。更为重要的是，这里距离京师不远，既可以满足修身养性、博取清名的目的，又可以随时观测京师动向，窥测王气。企图在政治上有所作为的志士都把这里作为暂时安身的理想所在，以为到了河内竹林，差不多找到了终南捷径，河内竹林成为当时高雅士人的聚集之地。

在河内地区交游谈论玄学的所谓名士，一般分为三类：第一类是依附河内名门望族司马懿（焦作温县）的士人。他们聚集在河内竹林，寻找进退时机。第二类是暂时观望曹魏与司马氏斗争的士人。周武王在这里勤兵伐纣，春秋五霸晋文公始设南郡，光武帝刘秀在河内重振汉室，东汉最后一个帝王汉献帝禅位后，贬居此地。因此，河内之地有很强的文化象征意义。第三类，才是极少数试图得道成仙的"真人"。

那一年，嵇康十七岁，他和所有的普通士子一样，怀抱着出人头地的憧憬，一个人从家乡谯郡来到了山阳。他在宅所两旁种满竹子，"左右筼筜列植，冬夏不变贞萋"。和那些富贵的正始名士不同，这些寒微之士还必须自己谋生。于是嵇康在竹林之下，开了间打铁的铺子。很快，嵇康有了一位志趣相投的向秀，为他拉风箱。向秀还在山南开荒种菜，换些买酒食之钱。当然他们并没有忘记自己的主业，白日打铁灌园，夜间清议谈玄。当时《老子》《庄子》《周易》三部书最为流行，总称"三玄"，是清谈家们的主要依据。

和当时所有追求功名的读书人一样，嵇康的打铁灌园谈玄很快有了好回报。嵇康的《声无哀乐论》甫出，就成为天下士林争相传阅的好文章，使之正式登上名士的舞台。正始三年（242），阮籍完成了《通易论》和《乐论》，成为在士林中出类拔萃的青年才俊。太尉蒋济立即征召他为尚书郎。阮籍不敢得罪蒋济，以才干平平身体孱弱婉言谢绝，但是很快又害怕得罪权贵而入蒋济帷帐。阮籍的软弱性格，在这一次被迫入世的过程中得到充分显现。

就在同一年，竹林七贤中的一个关键人物——山涛也粉墨登场。山涛有名士器量，"见巨源如登山临下，悠然深远"，比山涛年少近三十岁的王戎也看"山巨源如璞玉浑金，人皆钦其宝，莫能名其器"。这位大器晚成的高官显贵，四十方举孝廉，长期贫困的生活只令他对功名利禄有更加强烈的向往，这和那些依靠门第轻易就得到常人一生难以企及的高位的正始名士完全不是一类。与如日中天、浮华聪慧的正始名士相比，这些寒门名士来源复杂，但却有一个共同的动机，就是对政治的不能忘怀、对才华的自珍自怜。

和当时的正始名士相比，竹林七贤虽然声名鹊起，但此时还是二三线人物，远远没有达到人生的巅峰。正因如此，他们才可以尽情地放浪形骸，在竹林里寄情山水，亭下清谈，酣饮高歌，筝弦挑拨，寻仙求道，思老问庄。

竹影婆娑，琴音悠扬。日子慢悠悠地过了四年，嵇康的铁铺名气越来越大，慕名而来的同道也越来越多。终于，历史上最蕴藉风流的一次聚会发生了。公元244年，另一位名士阮籍带了三位好友来到了嵇康居住的山阳铁铺，一位是他的侄子阮咸，一位是忘年小友王戎，还有一位是路上偶遇的酒友刘伶。这时，嵇康依然赤裸着上身在竹林打铁，向秀还在不紧不慢地拉着风箱。这时候，罢官归隐的山涛也驾着牛车，来到嵇康家。新朋旧友，相从竹林之游。至此，竹林七贤盛大聚首。

阮咸，竹林华章里一段特殊的旋律。阮咸是阮籍的侄子，少年时以"未能免俗"的故事震惊士林，自然他的叔叔阮籍对他青眼有加。在竹林七贤中，阮咸仅小于王戎。但是如果竹林中没有阮咸，七贤的意趣将大为减色。《晋书》如此记载：

"七月七日，北阮盛晒衣服，皆锦绮粲目，咸以竿挂大布犊鼻于庭。人或怪之，答曰：'未能免俗，聊复尔耳！'历仕散骑侍郎。山涛举咸典选，曰：'阮咸贞素寡欲，深识清浊，万物不能移。若在官人之职，必绝于时。'武帝以咸耽酒浮虚，遂不用。太原郭奕高爽有识量，知名于时，少所推先，见咸心醉，不觉叹焉。而居母丧，纵情越礼。素幸姑之婢，姑当归于夫家，初云留婢，既而自从去。时方有客，咸闻之，遽借客马追婢，既及，与婢累骑而还，论者甚非之。"

后来那些长安交游的寒门士子，在名利场的孤寒困苦中，最能从历史得到现实的安慰的，非阮咸莫属。他轻轻地以一条内裤，就挑开了众多寒素学子辛苦维持的体面。他为了美丽的姑娘，不惜破坏森严的礼教，这在平民主义倾向的当代，即使不能成为千千万万当代青年的偶像，也将是崔健式的摇滚教父级人物。但他最让人心瞩的，是那一把万千销魂的长颈琵琶。这种琵琶和西域龟兹的琵琶不同，结构是直柄木制圆形共鸣箱，四弦十二柱，琴师竖抱用手弹奏。唐时琵琶是军中传令之器，所以"葡萄美酒夜光杯，欲饮琵琶马上催"才显得合乎情理。七人聚首，琴瑟为伴，纵酒赋诗，披发裸衣，吟啸山阿，该是如何让人神往的场景啊！

这次任性放诞的雅集，大概只有一百年后的会稽山兰亭之会才能与之媲美。茂林修竹之中，一代书圣王羲之挥毫写下了《兰亭集序》，留下了千古墨香。此时此景，谁能说不是一百年前醉酒鼓瑟、才华横溢的竹林七贤奠定了魏晋风度的基本格调呢？

良辰美景易逝，竹林七贤的黄金时代在狂欢的高潮中即将死亡。正始十年，司马懿伪装风瘫，率三千死士发动高平陵政变，给予曹爽及其党羽致命打击，司马氏成功夺权。曹氏集团虽然完败，但也伺机反扑，政治风云变幻莫测。在这种形势下，佯装癫狂放达，是每一个稍微有点脑子的士子都心照不宣的游戏。由于正始名士的意外死亡，竹林七贤一跃成为天下一顶一的玄学泰斗。他们在攀登上人生高峰的同时，面临着前所未有的忧祸。

嵇康、阮籍、山涛等，都对时局采取了观望回避态度。嵇康养素全真，阮籍在正始末年拒绝曹爽征召，以避清路，山涛在曹爽死后，遂隐身不交事务，并居山阳。此时的嵇康已经写了《养生论》，提出了要"慎众险于未兆"，即在险象还未露出苗头时，便要慎重对待。可偏偏在这种时候，他却坐进了曹氏那艘即将倾覆的漏船。

正始九年，二十六岁的嵇康成了长乐公主的夫婿。他为什么会选择这段婚姻，如今已无从考证，但至少可以推断，寒门的书生和高门的联姻，对他有巨大的诱惑力，这种诱惑成为他走向悲剧的第一步。但事实上，骨气奇高的嵇康未必想要参与这场权力的游戏，也许他只是在放达的仙人境界之外，想实现一下平民的梦想，也许他是个性情中人，慨然应许长乐公主对这位天下才子的爱慕，但无论如何，在司马懿的眼中，他是曹家的女婿，已经清楚地贴上了曹魏的政治标签。

作为一个道法自然的信奉者，嵇康同情曹魏政权，但并不想直接卷入政治。在曹魏政权被司马懿父子逐渐蚕食篡夺的过程中，嵇康能做的，就是保持坚决的不合作态度。司马昭派钟会去探视嵇康，嵇康不予理睬，钟会无趣要走，嵇康说："何所闻而来？何所见而去？"但是，专制政权的野蛮性，难以容忍嵇康的不合作态度，他们需要知识分子，尤其是嵇康这样的知识分子彻底地臣服。如果不臣服，上断头台就是必须付出的代价。

公元249年，高平陵政变后，曹爽被诛，何晏、桓范满门抄斩，王弼忧惧而死，正始名士几乎一网打尽。这一年的正月，魏改元嘉平。从此，大局已定的朝纲开始逼迫天下文人进行站队表态。老谋深算的山涛看清了方向，重新步入司马集团，成为朝廷重臣。为了保住自己性命，软弱的阮籍不得不出任司马集团的大司马从事中郎、散骑常侍、东平侯，四十七岁那年做了步兵校尉。伴随着司马王朝越来越近的脚步声，竹林七贤的分裂开始了。

公元254年，也就是嘉平六年，魏帝曹芳任命太傅司马懿为丞相，食邑两万户，不久又加九锡之礼，朝会不拜，由此登上了朝臣人生辉煌的极致。在某种程度上，九锡之礼就是改朝换代的象征。尽管司马懿固辞不受，但曹魏江山已日薄西山，名存实亡。

败局已定的曹魏政权开始了最后的挣扎。这一年，忠于曹魏政权的中书令李丰密谋失败，导致包括李丰、夏侯玄、许允在内的大批名士被杀，造成了"同日杀戮，名士减半"的惨剧。在位十五年的傀儡曹芳也被司马氏废黜。为了挽救摇摇欲坠的曹魏政权，镇东大将军毌丘俭造反，被司马师迅速平定。毌丘俭兵败后，嵇康写下了名篇《管蔡论》，讥讽司马氏。《汉魏别解》说："周公摄政，管蔡流言，司马氏执权，淮南三叛，其事正对。叔夜盛称管蔡，所以讥切司马氏也。"在曹魏政权即将沉没的前夜，嵇康终于选择了反抗。他一直在逃避政治，却又始终无法忘怀政治，这种在政治和文学间徘徊，以生命的狂放来表达无声抗议的行为艺术，是他被诛杀的性格根源。

嵇康愤懑到了极点，面对政治的黑暗，他再不是那个逍遥自在的隐士了，他要反抗，他要寻找内心的正义与光明。当山涛推荐嵇康做官时，这一善意之举，终于点燃了嵇康胸中块垒的临界点。一封名垂千古的《与山巨源绝交书》，让嵇康在太学的声望近乎沸腾，同时也将自己推向了极度危险的边缘。嵇康在《与山巨源绝交书》中，表示他决不向当权者妥协。在这封信里有两句话，因为金庸《射雕英雄传》而广为流传，那就是"越名教而任自然"，特别是"非汤武而薄周孔"，直接刺痛了假借礼法、图谋篡夺曹魏政权的司马昭。

　　鲁迅先生说："汤武以武力平定天下的，周公是辅佐成王的，而孔子崇尚尧舜，尧舜时期是禅让制。这些都不好，那司马昭篡位该如何是好？嵇康都说不好，那么，教司马氏篡位的时候，怎么办才是好呢？没有办法。在这一点上，嵇康于司马氏的办事上有了直接的影响，因此就非死不可了。"

　　经过血腥的清洗，名士凋零殆尽。投降，或者被消灭，二者必居其一。名士，已成为可有可无的装饰品。司马氏杀掉那么多的名士，再杀一个嵇康不足为奇。司马政权对嵇康忌恨已久，不过慑于嵇康在天下士人中的名望，司马昭在耐心地等待着最佳的捕杀时机。

　　吕安事件发生了。吕安也是当时的才俊，是嵇康在竹林打铁时的至交。吕安妻美，其兄吕巽把他的妻子灌醉后奸污了。吕安之妻遭此羞辱，自缢身亡。吕安念同胞之情隐忍未发，仅将此事告诉了好友嵇康。恶人先告状，吕巽向司马昭诬告吕安对母亲不孝。在以孝治天下的司马时代，不孝的罪名可以处死。刚强疾恶的个性，让嵇康无法坐视朋友受难，上书为吕安申诉。曾经被嵇康冷落的钟会借机罗织罪名，说："嵇康和吕安之流，言论放荡，非议朝纲，为帝王者所不能容。"司马昭一向以善待文士的面目昭示天下，此时有些犹豫不决。钟会又对司马昭说出了一句最为恶毒的话："嵇康好比一条卧龙，不可忽视。"结果，非但没能救出吕安，嵇康自己反而以替"不孝"辩护的罪名被送进了死牢。

消息传出，京师洛阳的太学生三千余人上书，以"请嵇康为师教授《广陵散》"为由，请求赦免嵇康；许多豪俊之士要求陪着嵇康蹲大狱，想以此来解救嵇康。但这反而加重了司马昭的猜疑，坚定了司马昭剪除异己的决心。

那一天的洛阳东市，秋高气爽，嵇康端坐于高台之上，那张古琴放在膝上，左手抑扬，右手徘徊，神情肃穆地弹奏了起来。一曲方罢，嵇康长叹道："袁孝尼一直求我教他弹奏此曲，我坚持没有教他。如今，《广陵散》要成为绝唱了！"

夕阳西下，人们静静地目送着这位名士远去，连同《广陵散》缭绕的余音。

景元四年（263），蜀汉灭亡后，司马昭由傀偬皇帝曹奂下令晋封晋公，位相国，加九锡。接下去的例行公事，便是司马昭推辞谦让，再由公卿大臣集体劝进。这个拟劝进表的重任就落到了日日买醉的阮籍手上。他一次次地饮酒买醉，进行短暂的精神逃亡。阮籍"日日忘作"，最后期限到来时，阮籍已经大醉一天，第二天使者来时，阮籍依旧在桌子上睡觉。使者推醒他索要文章。他当即取笔，一气呵成，"辞甚清壮，为时所重"。一直在佯狂逃避的阮籍，终于被司马昭的登基大典逼上了绝路。两个月后，阮籍吐血病死。这距嵇康之死，不过一年。

阮籍第一次吐血，是他母亲去世时，他与人喝酒玩乐而置若罔闻，回到家中，外表的放纵终于抵不过亲情的打击，吐血数升，卧床数日不起。

与在抵抗中从容赴死的嵇康相比，阮籍的死更代表了多数中国文人忧愤坎坷的命运。对一个清高孤傲的知识分子来说，他被玷污了的生命，如同一块抹布，藏污纳垢，已经没有了生存的价值。他无法继续承受专制暴力对知识分子灵魂的一次次凌辱。唯有死亡，他的灵魂才能解脱。

同年，司马炎逼魏帝曹奂禅让退位，建立晋朝，经过三代努力，司马氏终于在铁与血的道路上成功登上帝王宝座。剩下的竹林五贤昔为魏官，今为晋臣，改朝换代，只是依稀瞬间。在这条血淋淋的家族成功道路上，倒下的是知识分子的累累尸骨。史书记载："属汉魏之际，天下多故，名士少有全者。"

也是在那一年，当年嵇康在打铁的时候"为之佐"，"相对欣然，旁若无人"的向秀也终于不敢隐居，去京都洛阳任职。路过竹林的时候，向秀幽怨不已，写下了那首欲言又止、愁肠百转的《思旧赋》：

"余与嵇康、吕安居止接近，其人并有不羁之才。然嵇志远而疏，吕心旷而放，其后各以事见法。嵇博综技艺，于丝竹特妙。临当就命，顾视日影，索琴而弹之。余逝将西迈，经其旧庐。于时日薄虞渊，寒冰凄然。邻人有吹笛者，发音寥亮。追思曩昔游宴之好，感音而叹。"

昔日的山阳旧侣，终敌不过人生几度秋凉，山里的竹叶，一片片随风远逝，只留那依稀带着酒香的竹风，述说着曾经的悲欢。

咸熙二年（265），酒鬼刘伶也归附司马政权，担任建威参军，后因主张践行无为而治被晋武帝罢免。刘伶愈加痛饮狂歌，以身体的绝望来抗拒一个时代的黑暗。出行时总是吩咐仆人带上锄头，如果他死在路上，可以就地将尸体埋掉。

出身富家子弟的王戎，这七贤中的"俗物"，看尽了官场的冷暖沉浮，自然懂得生存之道。晋武帝时，历任吏部黄门郎、散骑常侍、河东太守、荆州刺史，晋爵安丰县侯。后迁光禄勋、吏部尚书等职。和其他竹林七贤不同，他最大的人生快乐，就是挣钱。他家里的李子，饱满味甜，畅销无比，但是为了防止他人偷种，王戎总是要将李子核刺穿。我们可以想见，他们夫妻二人在灯下挑灯夜刺、数钱为乐的猥琐场景，但这何尝不是一种"以入俗而超俗"的反抗方式，又何尝不是一种惨烈的灵魂的自我杀戮呢！

阮咸，这位少时"未能免俗"的脱俗少年，在司马王朝里做着郁郁不得志的小官。

还有一个重要的人物，就是嵇康临死前将子女托付的人，他主动绝交的山涛山巨源。山涛虽然一度因崇尚老庄思想加入竹林七贤，本质上他却不是一个浪漫的文学家，而是一个拘守世俗礼法的君子。他们有着生命的交叉点，却无法最终走上同一条道路。但是，这种分歧并不妨碍他们成为挚友。其实，《与山巨源绝交书》也是为了保护自己的好朋友，有了这封绝交书，就不会因为自己不配合专制王朝的态度而连累到好朋友。所以后来嵇康被杀害，临死前把自己的儿女托付给山涛，留言："巨源在，汝不孤矣。"

竹林七贤的烟火，就此消散。

三

名士们就此凋零，西晋政权似乎能够稳稳当当地走下去了。不过，当政权的逻辑终于可以喘口气回归到忠孝二字时，以占田制为核心的经济制度，必然会孕育政治、经济和军事一体化的割据势力，挑战空心的中央政权，从而崛起为新一轮的分离力量。从西晋统一开始，中原人民始终生活在短暂的和平与持久的战乱当中。以正始名士、竹林七贤为代表的知识分子，无一例外地被不可抗拒的历史车轮碾过，成为令人欷歔的过往。

竹林七贤，他们的世俗生活是放诞的，但他们的精神世界却是严肃的。他们的诞生、生长和衰落看似偶然，但在一个屠杀和暴力主导的时代，有追求的知识分子的命运又是必然的。他们以反知识分子的面目出现，但他们一直在寻找和坚持知识分子真正的精神归宿。他们的行为从个体看似乎是不可理解的，但从整体来看却又有一个完整的道德逻辑。这种撞击虽然注定失败，但他们却用自身的实践，为后世活在政治权力阴影下的知识分子，挖掘出一道通向心灵自由的微光。这，也许就是他们不似贤人，却被称为贤人的根本原因。

李泽厚先生在其名作《美的历程》中如是写道：

"1961年，南京的南朝墓室中，出土了《竹林七贤与荣启期》画像砖。图中的荣启期是春秋时代的名士，他与七贤有共同之处，故被画在一起。画像由两百多块墓砖组成，人物形象皆作线雕而凸现在画面上。画家抓刀如笔，准确生动，南壁为嵇、阮、山、王四人，北壁为向、刘、阮、荣四人。'竹林七贤'出现在墓室的砖画上，非圣无法、大遭物议并被杀头的人物竟然嵌进了地下庙堂的画壁，而这些人物既无显赫的功勋，又不具无边的法力，更无可称道的节操，只是以其个体人格本身，居然可以成为人们的理想和榜样。"

李泽厚先生显然给出了一个有说服力的答案。这个答案就是，人的觉醒：以魏晋风度为开端的儒道互补的士大夫精神，从根本上奠定了中国知识分子的人格基础和人格范式。

不过，经过审美的过滤，我们已略去了太多悲剧性的芜杂。只有当我们拿显微镜时，才能真正看到中国文人与政治现实惨烈的抗争，才能看到一千七百多年前，名士们挣脱囚笼、追求人性自由的血染风采。

竹林七贤，终身徘徊于政治与文学之间，有的被杀戮，有的自残灵魂，有的难得糊涂，有的走向堕落……

竹林七人，便是天下万千人。

风骨与气节，叛逆与回归，彷徨与呐喊，悲情时代，悲剧命运，无疑是光照中国知识分子生存状态的一个绝好写照。

原载《十月》2011年第4期

春秋那棵繁茂的树

王剑冰

一

两千五百年前的一个秋天，子产死了。

一棵大树的叶子开始下落，像一场庄严的降雪。

整个郑国哭成了一团。"我有子弟，子产诲之。我有田畴，子产殖之。子产而死，其谁嗣之？"

远远的还有一个人，哭得声泪俱下："子产，古之遗爱也。"

孔子一哭，树叶子就全落了。

二

子产执郑国政务那么多年，死的时候，儿子连安葬的费用都拿不出。郑国人自发捐献，男男女女，甚至有的解下身上的首饰。子产的儿子坚决不收，父亲在世时清廉，死后不能为他抹黑。

人们为子产所感，纷纷把金钱财物扔到了河里，变成纪念子产的另一种形式。河后来叫作了金水河。

现在这条河流经了郑州的主要市区。没有多少人知道名字的由来。

子产病危嘱托儿子，生不占民财，死不占民地。人们踏着厚厚的叶子，把子产葬于高高的陉山，山上可以看到很远。墓没有使用山上美丽的石头，是人们从洧水边带的卵石砌成。

红红黄黄的叶子纷扬着，旋起的风有些冷。

子产是那么热爱大自然。郑国遭旱，子产按"桑林求雨"的风俗，令屠击、祝款和竖柎三位大夫到桑山祭祀求雨。三位官僚没祈到雨，却砍伐树木，毁坏了山林。子产很生气："祭祀山神，应当培育保护山林，如何能这样毁坏。"遂将三人撤职。郑国后来到处林木葱茏。

一枚叶子在眼前晃，心内有一种晚来的悲伤。登上高高的陉山，那里的树该是好高好高了吧。

找寻了许久才看到一块子产待的地方。四处正在开山采石。子产睡的地方没有苍松翠柏，甚至没有一棵大树。一轮夕阳，苍然于山。

子产寂寞了许多年。

三

郑国所在就是现在的新郑，有水有田的好地方，小麦和大枣都很养人。周围的齐、晋、秦、楚谁不觊觎？诸侯争霸，使郑国兵连祸结。而国内争权夺利，相互倾轧，陷入可怕的困境。多年的停滞和衰败后，子产应运而生，支撑危局。

那时候，百姓开发的耕地，总是被人仗着权势掠走。子产先从整顿田制入手。多占者没收，不足者补足，确定各家的土地所有权。而后改革军赋制度，增加税收，充实军饷，增强国力。接着将一系列法令刻铸于钟鼎，开创公布成文法的先例。

改革没有一帆风顺的，子产为政，也有人骂，唱着词编排他。子产只当是落了一身秋风，落多了就抖抖身子。

子产主张国政宽厚仁慈，恩威并施。既以法治国，又施善于民。子产还重视教育，尊重人才。对于晋、楚强权外交，子产毫不惧让，维护郑国利益和独立的尊严。

司马迁在《史记》中这样说，子产为国相，执政一年，浪荡子不再轻浮嬉戏，老年人不必手提负重，儿童也不用下田耕种。二年之后，市场上买卖公平。三年过去，人们夜不闭户，路不拾遗。四年后，农民收工不需把农具带回家。五年后，男子不必都要服兵役。

有这样的一位国理，且执政了二十六年，可见百姓和国家得到了多么大的实惠。

子产就是一棵蓊郁的大树，让人感到了他的阴凉。

四

我想沿着一枚叶子的纹路走到子产的内心去。苍远的岁月，他只活了六十来岁。我觉得他活得很充实，他不需要看谁的脸色，端正了一颗良心，什么都不怕。

子产是受郑国的上卿子皮推荐执掌国政的。子产应该感恩呢，子产感恩的方式就是好好工作，克己奉公。子皮找子产来了，他想让儿子尹何当个邑卿什么的，子产热情地接待了，但很认真地认为，尹何还年轻，缺乏经验，恐怕难以胜任，答应了就等于毁了国家利益，也毁了尹何。

看到这里，我有些为子产担心，按现在的话说是不识时务。这时我们该感慨子皮了，子皮听了反而感动了，认为是子产开导了自己，心内忏悔不说，还从这件事看到了子产对国家的忠诚和责任感，就放心地让子产执掌全国政务。这件事好让人一阵思索。那个时代，不仅遇到了子产，也可以说还遇到了子皮。

我想找找那个乡校，应该在哪一片地方呢？小的时候知道子产，是因为那篇著名的文章。

初开始还以为是子产对教育的爱护，读完才知道是比教育更大的事情。在乡间，每个村子都有一片地方，不是场院就是大树下，人们总是有事没事在那里聚集，说些有用没用的话。当然会有些议论，甚至发些牢骚。有人讨厌这地方，要求关闭。子产搞的是民主政治，不毁掉公共场地，听从人们的心声。

不毁乡校成了子产的名策，所以《子产不毁乡校》代代流传。那个乡校要是留着，肯定成了重点保护单位。

想到了鱼。一个朋友给子产送礼物，说是上等的好鱼，十分鲜嫩。子产非常感激，乐呵呵收下，但又不忍杀掉无辜，活蹦乱跳的生命呀，子产便叫人将鱼放进了池中。虽然这鱼被下属偷偷下肚了，但鱼的族类还是为子产的善举狂欢劲舞。

一片秋叶掉进了池水，鱼们喁喁而围，发出喋喋的声响，池水中一片碎金乱银。

五

一大片的莲叶摇晃着微风。溱洧河还是那么清且涟漪。

子产曾在溱洧河边走，那时的水比现在的还大还清。

后来的人就在溱洧河边修了祠堂，纪念这位人们爱戴的圣贤。圣贤不是我说的，古人就说"郑国的子产是不世出的圣贤"。

岁月流逝，子产祠建了毁，毁了建，一直持续了多少朝代，溱洧河水总有那祠堂的倒影。

人们到河边游玩，采莲浣衣，总要经过子产祠，不忘去缅怀祭拜，那是一个风景呢。子产祠现在也看不到了，真想到祠中上一炷香啊。有我这种想法的人许是很多呢。在溱洧河边，只能咏诵那些诗篇了，一代代写的诗篇何其多。

漆洧河边子产祠，
郑侯城下黍离离。
惠人懿范应难见，
君子高风何处追。
尘世几更山色在，
英雄如梦鸟声悲。
行人马上空回首，
落日荒郊不尽思。

这诗有些悲情，一匹马，一个人，一袭黄昏，一片庄稼地，当然还有一条河。

这些构成了"不尽思"的苍然画面。最后，我们看到了那个"回首"的特写。

诗人一定记住了子产的话："苟利社稷，死生以之。"那是影响中国的十三句名言之一，是后世众多名臣的座右铭。王安石改革时就说过类似的话。林则徐则有诗："苟利国家生死以，岂因祸福避趋之？"

以前对子产了解得不够。自然也是宣传得不够。但古人可都知道，且崇敬无比。孔子先前这样评价子产："其行己也恭，其事上也敬。其养民也惠，其使民也义。"还有人说："子产之德过于管仲，即使是诸葛亮，也不过是以管仲、乐毅自况，不敢比拟子产。"更有人将子产奉为"春秋第一人"，这可是至高赞誉了。

六

子产又字子美，这让我想起另一个叫子美的人。他或许也是因为崇尚子产而起的名字吧。

仰天看一棵树，就看到了子产那个清癯的形象。

子产有点像杜甫，一点也不高大魁梧，倒有些善和忧怅。但这样让人感到真切，也感到亲切。

子产没有传下多少文字。

子产不需要文字的托举了，他本身就是一篇最好的文章。

原载《海燕》2012年第6期

边地所城

熊育群

一

千户是明朝的官衔，属于军队中一个领导一千人马的低级军官。六百多年前，一个名不见经传的千户，没被时间抹去，藏在一个狭小范围的文字里，与今天的人相遇。这也算得上一个奇迹。

尽管我望向时间深处的目光恍惚得虚无，但这个人是真实的。他名叫张斌。他劳动的成果、他生活的场景仍在眼前呈现着，一眼望去，六百年前的一桩事情仿佛刚刚过去，转身的背影在某个清早的晨雾里淡去，脚步的寂静，喊声的空洞，大地上无形的疲倦……都在一座旧城里隐匿。

张斌干的事情就是领着一队人马建起一座城池，谁也想不到，这座城池保存至今。

相遇旧城，我开始了对张斌的寻觅。各种纸面记载，网络虚拟世界里的信息海洋，关于他的消息却只是干巴巴的几句。

然而，通过张斌，一项巨大的令人意想不到的事件浮现出来了——当发现这一秘密时，我不能不震惊——在南方，一个数万人甚至几十万人参与的伟大工程，同时在一千里的荒无人烟的海岸线上展开！南蛮绝地，却轻易地将这一壮举遗忘了！

　　站在大鹏所城城墙前，心里念着张斌这个名字，感觉区隔、窖藏世间一切事物的时间，突然变得像现代的黏合剂，朝代的裂隙被黏合了——历史像是一个人的回忆。这个叫张斌的人并没远去。

　　明朝洪武二十七年，也许是八月的一天，火辣辣的阳光，照得天地亮晃晃，酷热难当。张斌就是这样的时刻带着一队人马，从南头乌石渡启程去大鹏岭。如果从海上乘船，要走两天，走陆路则时间更长，须经过大梅沙尖、小梅沙尖、九顿岭等高山峻岭，沿路古木参天，那些疯长的榕树、芭蕉、木棉，阻挡着去路。威猛的食肉动物吼声从远远的山坡传来，而沉默的动物如蟒蛇则只在密集的树木后，死死盯着你。南海亚热带边地，你尽可以想象遮天蔽日的林木张狂地挤压着空间，原始的植被绿得森然、凄然。

　　张斌在某一个高地望见了大海，他也许并不在意。海是身边的事物，甚至是被迫接受的事物。想象一下他的面庞、表情，甚至他的身高，对一个几百年前的人也许并无意义，不如一个千户的官职来得具体和重要。甚至他的性情，也如荒凉的野草一样无关这个世界的痛痒。物质世界，生生灭灭，忽为人形，忽作尘埃，生命如大地之梦。只有面前的海岸线是恒定的绵长。只有前去做的这桩事情，穿越了时空，呈现了某种永恒的品质。

　　那时，一个新政权刚推翻了一个旧政权，广东是南方最后归降的地区。然而，海上并不安宁。南海奸宄出没，那些被追捕的海上疍户，附居海岛，遇到官军追捕，则诡称是捕鱼的，遇到倭贼就加入他们的行列，像台风一样向着陆地的某个地方袭击。他们以海为家，流动不居，飘忽无常。倭寇到这个地区已经有十四年了。那些南北朝混战中失败的日本武士，纠结土豪、奸商、流氓、海盗，来中国海岸走私，烧杀劫掠。这片荒凉绝地就是这些倭寇的藏身之所。

张斌望向大海的目光并不因辽阔而舒坦，有一丝惊疑阴翳般闪过。他走在南中国的海岸线上，他正要做的就是明朝开国皇帝朱元璋的一项春秋大业——也许连朱皇帝自己也没想到，从这时开始，他在实施一项前无古人的围困自己的计划——修建长城，而这长城首先是从海上开始的。张斌与数以万计的军士和百姓加入到了这海上长城的修筑。

广东境内沿着曲折的海岸，朱元璋设置了广州卫、潮州卫、南海卫、碣石卫等九卫二十九所。在张斌上路的同时，这条还算平直的海岸线上，许多像他这样级别的武官也在上路，民工们浩浩荡荡向着海边聚集，他们的任务就是修建海滨城堡与烟墩——平海所城、东莞所城、青蓝所城、惠州所城、双鱼所城、海丰所城、宁川所城、甲子门所城、捷径所城、河源所城、南山所城、大鹏所城——它们都在1394年同时动工。张斌领命修筑的是大鹏所城。

赤贫出身的皇帝，梦想着"鸡犬之声相闻，老死不相往来"的简朴农业社会，他甚至想废除货币和商品交易：明朝每户人家要承担实物税和徭役。这徭役很可能就是从千里之外押运征收的几百块城砖或几千张纸，从水路或是陆路运抵南京。建南京城墙时，每一块城砖都是从全国各地烧制好后运来的。轮到这一任务的家庭，只能与当年的朱元璋一样陷入赤贫。军队也是如此，实行卫所制，官兵在驻地自耕自食，亦农亦兵。

梦想不过是人的妄念，然而一旦付诸现实，美好往往走向它的反面。皇帝的权柄转动，海禁就是"鸡犬之声相闻，老死不相往来"最好的注脚，这一法令从南京迅速传遍了中国的漫长海岸线。倭寇本已成患，与一个物资贫乏的岛国日本断绝了贸易，他们的刁民盗贼便更加疯狂地赶到中国沿海烧杀劫掠。

这段路车马难行，如天气晴好，最快八天到达。张斌在这溽热天气里，走得大汗淋漓，越往前人烟越稀疏，不时从腥咸的风中飘来大海的涛声，也显得这样的寂寥。

一到大鹏半岛，张斌就忙着勘察地形，最初选址在大鹏半岛最南端的南澳镇西涌海边。于是，一队队兵丁开始在这里安营扎寨，被动员来的百姓也纷纷伐木搭棚。难见人烟的半岛上，升起了滚滚浓烟，那些砖瓦窑前，红泥一地，堆满了山上砍来的树枝，红色黏土做的砖瓦一排排如列队的军士，熊熊火焰从一条条窄长的门洞透出橘红色光芒，映亮了官兵百姓们黧黑的脸庞。

三个月，城墙开始从大地上站立起来。这时，寇盗骚动起来了，像海潮一样袭来，官兵们不得不停下砌刀，拿起刀枪，投入一场场围剿的血战。

窑火再度生起来时，一切又都重来。张斌也许犯了一个选址不当的错误，城堡不得不在另一个地方重建。当一座占地十一万平方米的城池在大鹏山麓建起来时，它的规模是那样宏伟：平面呈方形布局，城墙由麻石和青砖砌成，墙基宽五米、墙宽二米、高六米，城墙总长约一千二百米，城墙上有雉堞六百五十四个，并辟有马道，有东西南北四个城门，每个城门上有一座敌楼，两边设四个警铺。城外东南西三面环绕着一条深三米、宽五米的护城河。而城内建起了南门街、东门街和正街三条主要街道。

张斌的任务完成得十分出色。

二

一座军事化的城堡出现了街道，这是不寻常的。城墙是一种战争行为，街道却是生活的场地，两者奇妙的结合，在空间上呈现了明朝特殊的军队制度——卫所制。

"卫""所"是基层军事单位，军队军官世袭，称"世官"，军士也世袭。他们兵农合一，既当兵又种田。军士和家属有特殊的社会身份，有专门的军籍，由五军都督府直接管理。

刚刚建立的明朝，改朝换代的战争打得国家千疮百孔，朱元璋无力筹措庞大军队的粮饷，于是，边军三分守城，七分屯田，国家供给土地、耕牛、种子、农具。军粮、官兵俸禄就靠田里的收入了。城堡既是军事堡垒，也是一座生活之城。正是这样，有的卫所如威海卫、天津卫、海参卫，后来慢慢演变成了一座座生活的城市。

大鹏所城四周地势险要，临海处又设置了十一处烟墩。这些烟墩就是北方长城的烽火台，圆台形砖土结构，台底直径十米，上部有一直径二米多的圆坑，西北向一米的缺口作为风门。发现敌情，白天以烟传讯，夜晚以火光报警。大坑烟墩至今保存完好，它南临大亚湾海滨，东北为大亚湾核电站。墩台筑于高约百米的山冈上，可观察整个龙歧澳。

城堡、烟墩沿岭南海岸线一路北上，直到北方的灵山卫、威海卫、天津卫、海参卫……海上"长城"就这样一座连一座建成了。

海上似乎可以太平了。经过与元朝几次大的战役，元朝的兵马被赶到了大漠深处。这时，朱元璋想到了北面的长城。这是他桃源梦的重要部分，他决心重新修建它。

从海上长城的山海关开始，朱元璋把长城修到了居庸关。他的子孙则用了将近二百年的时间，一直把长城修到了嘉峪关，长度达到一万三千多里。甚至，在湘西苗族人的崇山峻岭中，明朝也建起了南方长城。一道城墙，把苗人分为"生苗"与"熟苗"。

农民出身的朱元璋，管理国家就像一个土地主，他把地主看家护院的心理表现到了极致：一道连着一道的城墙，把一个庞大的帝国圈起来了。他居住在宫殿的中央，像一个十足的守财奴。他再也不愿去分清倭寇与那些被海禁断了生计而当上海盗的渔民。防御倭寇也许就是他实行海禁的一个绝好的借口吧。

三

张斌踏着明朝的时间而来，做着看家护院的差事。旧的阳光，在六百年前的岁月里照耀着，这阳光属于南蛮绝地，与寂寞与杀戮一样，也属于张斌。在这海边只闻涛声的寂寞时光里，张斌做梦也不会去想，有朝一日，这样的边地，也可以繁华如京都，那曲折起伏的小道会变成高速公路，箭一样穿透这一空间。现在，他死去，尸骨化作了尘泥。但六百年前的阳光下，我们也死去了——因为那个世界没有我们，我们在尘土中安宁如磐。张斌建的城池，来到了现在的世界，他又走进了我们的生活与记忆。

建在深圳龙岗区的大鹏所城被保护起来了，来这里参观的人越来越多。红男绿女，开着宝马、凌志、雅阁，轻轻一踩油门就到了。他们戴着太阳帽、墨镜，挎着数码相机，指指点点，带着现代人的优越。

朱元璋把贸易视作洪水猛兽，而今天正是这猛兽一样的贸易带来了洪水般的财富。一个商业的社会，一个以市场经济为标记的年代，把大鹏所城之地作为特区，只用三十年的时间就建成了一座影响世界的大都市。它再用这座六百年古城的名字，称作鹏城，想要嫁接历史。

取名者也许没想到他具有反讽的才能，同一个名字两座城池，一个是明朝为闭关锁国而建的，一座却是为打开国门，为开放而建的。面对南海，朱元璋以片板不得下海的禁令，让波涛翻腾不息的大海变成一片死海。而深圳，却让这片大海运载来了滚滚财富。六百年，中国人真正看到了大海！

这期间，郑和七下西洋，他的船队就从这座古城不远的海面驶过并停泊过，他看到了海洋的辽阔、伟大，但沿岸一座座兵营城堡里，这些农民的子弟，把刀枪指向海洋，就已经注定了他船队的短命。

大海又沉寂了一百多年，从地球另一面的大洋驶来了一支葡萄牙人的船队，他们在屯门试探性登陆时，遭到了中国军队的打击。大鹏所城的军士参加了第一次对西方人的战斗。葡萄牙人于是改变策略，在澳门半岛悄悄登陆，借口贡物打湿需要上岸翻晒，租借海岛一用。

南蛮绝地，谁也不在意之中，一座魔术一般繁华的城市澳门建起来了。

大鹏所城的军士们仍然住在自己的城堡里面，白天外出种地，夜里持刀枪巡逻。当然，远在天边的船只还是有的，那些装着丝绸、瓷器的商船，偶尔驶过，白帆一点，羽毛一片，于浪尖风口上行走。许多时候，这些飘扬的风帆是由官方控制的贸易。作为国策，海洋是被封锁的。一条海上丝绸之路，在大陆目光难企的大海中，白帆一闪就被波浪抹去了航行的踪迹。

又是二百多年过去，与大鹏所城相距只有几十里的尖沙咀，英国人的舰队出现了。这一次，来者不善，海上的战争无可避免，东西方第一次海战在此打响。

带头反击入侵的一位将军赖恩爵，是大鹏所城人，军人的后代。赖氏满门英雄，三代出了五位将军。九龙海战，恶战五个小时，他竟然靠智慧打退了英国的洋船洋炮，逼使殖民者狼狈逃窜。

1997年7月1日香港回归，赖氏后人燃放炮竹时，喜极而泣，跪在祖堂前，喃喃告慰先人。

大鹏所城历经了如此之多的世界性大事，它仍然在大地上矗立。

四

张斌搬动过的青砖与麻石在这里沉默了六个世纪。张斌站在六米高的城墙上张眼望向大海，这个令人兴奋的高度还在，只是他的目光没有了，换上了我的目光。我感觉到我在重复他眺望的动作，就像我代替他活在这个世上。他那个时候这么年轻，血气方刚，皮肤下血管暴凸，血液喧腾，劳动起来健步如飞。他不会想自己也会成为先人。谁年轻的时候也不会想祖先与自己有什么关系？张斌仿佛一瞬之间就成了遥远的祖先。洪荒世界，六百年也仅是瞬息即逝。

古城在，这个朝代就在，大地上留下了它的空间。进入这个空间，就进入了我们身体内的明朝。

我爬上北面的一座山头，远远地打量着古城，南风习习，大地葱茏，时间又回到了从前。城墙山下矗立，我看到一个封闭的空间：对外，它用大门打开自己，与东南西北荒野连通并以自己的气势制约着周边的连绵山岭、浩荡海洋；对内，它的城墙之后是街墙，街墙之后是院墙，院墙之后是门墙，密密麻麻，一步一步走向私密的空间，甚至没有窗户，它们都开向了院内。没有人面桃花的惊喜，甚至也没有红杏出墙的绯闻，生活的秩序由建筑规范着，井然之中显现的是宗法的肃然，无人敢于挑战。人面对旷野而起的野心，在这个局促的小小空间里消失殆尽。每个人看到的只是自己的生活，集体的困顿、枯燥转变成个人的处境。怀念、梦想、欲望和不甘也在这小小空间里回旋。城堡与居所，犹如大国与寡民，是一种空间生态，也是一种政治生态。

白天，一道一道大门在吱呀声中打开，一个个军士走出家门，进入公共的空间，成为一支队伍，成为城堡里面生发出来的气与势。晚上，一道一道大门又在吱呀声中关闭，一队队巡逻的军士分散开来，走到一扇扇门后，进入他们私密的空间。这空间里有爱情、亲情，有柴米油盐，有苦乐年华。关闭城门的城堡就是一只睡去的巨兽，像泄了气的皮球，软绵绵卧在大地上。

门的启合有着自己的时间节律。时间在古城是能够倾听的，它是城堡向山河海洋发出的声音——钟与鼓。鼓如果是私人的时间，它在城楼之上，那么钟就是公共的时间，它在寺庙里面。皇帝当过小沙弥，他自然热衷于建寺院，城堡也不能例外。城堡里缭绕的香火常常与南方的雾混在了一起。大鹏所城现在还保存了侯王庙、天后宫、赵公祠。从寺庙里传出来的钟声总是阳光一样悦耳，新一天的开始是充满锐气的，是沉厚的。鲜红如血的霞光正在东方喷薄。钟声嘹亮、震荡，充满朝露一样的清新、喜悦，也充满了人间烟火味。

而城楼上，当那轮由白转红的太阳欲向茫茫大海沉落，总有一双有力的手臂攥紧了桃木的鼓槌，一下一下抡起，鼓点就在这一起一落间响起，像撕裂了沉默，又像绷紧的心弦在刹那间放下。在鼓声掀动的空气里，那黑压压密麻麻的瓦屋顶掠过一片灰色的暗影，那是天地进入沉寂的前奏。而当更鼓一次次响起，人们知道那是在为他们打开一个又一个梦的通道。夜的安谧、恬静全在那不疾不缓的鼓点里，尘土一样沉沉落下，恍如时间的迟滞。

大鹏所城却是寂寞的，位于半岛边地，经常的访客只有风。最激越的时候就是从海上恶魔一样飘来的战争。大海上来的风，既有温柔轻快的，又有狂暴猛烈的。咸腥的气息总带来海的体味，某个清晨或者黄昏刺人鼻息，某个时刻又让人与不祥相连。海在中国人的集体记忆里总是充满了恐惧，它与西部大漠一样，是大陆中央的人想极力遗忘的部分。小农经济，农耕文明，养成了中国人强烈的家园意识，对大海、大漠波动不安、飘忽不定的环境，是那么陌生与抗拒。

高耸的城堡，代表的就是大陆与海洋的一种对峙。

风做了城堡与大海沟通的使者。它让城堡内的房屋建得低矮，体量一点一点缩小。这些来自江南与北方的军士，学会了如何让瓦片紧紧连接，砖与砖重重叠叠压，让墙壁与窗户的比例调整到恰当的尺度。

窄街小巷，小门小窗小院，挤的不仅是身体，也让语言与语言挤在一起，天南地北的人，南腔北调，都在这窄街小巷里彼此调适，于是一种属于沿海所城特有的语言——军话——生长出来了。城墙就像一个瓦罐，盛着这语言的水，传递过时间的门槛，不外溢，也不灌入，海一样不枯不盈。

城墙内外的榕树、木棉、杨柳……它们或高高升向天空，或左右横生，四季里都在绿着、生长着。这让习惯了北方冬季的军士很不习惯，常常梦见凛冽的寒风与光秃秃的枝条，以及春天来临时那最早吐出新绿的惊喜。这些看似孤立的事物，地底之下早已根系相连。它们得紧紧抓住大地，才不会被狂暴的台风连根拔起。军士们的命运与树木也是一样的。在猖獗的倭寇面前，城墙就是他们与大地相连的根，只有伸展出又长又高的墙壁，才不会被海上来的盗寇当作树木一样拔掉。

五

大鹏所城终究没有被海盗倭寇所灭，也没有被时间抹去。岭南沿海的城堡在岁月中一座一座败去时，大鹏所城却不败。它不败的原因不是城墙而是精神，这是时间开放出的花束，是穿越朝代的永不衰竭的力量。

明朝军士世袭制，已经内化成古城人的一种精神，世袭制犹如滚动的车轮，别人无法进入，自己也难以出来，恰如血脉、传统，当兵成了天职，代代相传，跨越了朝代，直至今天。

另一座留存下来的城堡平海所城，离它两百里，它悄悄融入了四方客商，成为一座商城。它因商而留存，就如山东烟台市，以前不过是一座烽火台。这些是一座城市生存最隐秘的血液。

四月，暴雨说来就来，连天雨水倾盆而下，水的响声盈溢天地，瀑布在所有高耸的平面上悬挂，海面上白茫茫一片，陆地上也茫茫然如纱如烟。这是来自南海的雨水。

春天，总是在这样的雨水中上路，心事茫茫，汪洋一片都不见，知向谁边?

　　大亚湾核电站宾馆只在转身间就隐没于雨帘,一条柏油路在山边林间穿行,只有轮下的路是黑色的。海在猛然间出现又消失,像突然的念头一个又一个。大鹏所城在暴雨中出现时,我侧脸注视着它,它就像一场雨里出现的事物,以朦胧又暗重的面目与我道别,洞开的城门,像一个时间的缺口,引诱我散乱无绪的联想。

　　小车奔跑着,像在水中泅渡。

原载《人民文学》2012年第3期

秋瑾：襟抱谁识？

耿 立

一

2011年的第一天，人生第一次路过杭州，中间有四个钟点的停顿，什么都没看过，什么都是第一次。从岳庙出来的沉重，暗合了灵隐的香烟。下午的阳光很好，没有游览图，只是在西湖边游荡，就忽然撞见了苏小小的墓，就忽然撞见了秋瑾的墓。苏小小距离秋瑾只隔一座石桥，千年的苍茫只在这对望里；就在辛亥百年到来的第一天，猝不及防，我和这高贵的灵魂撞见了，是冥冥中命运之掌的拨弄，还是文字是有灵性与生命的？

我知晓，作为一女子，秋瑾命运何其周折，不只生前颠簸，毁誉无算，殁后也不得灵魂的安宁，忠骨一次次反复折腾，曾被来来回回从绍兴到杭州，从杭州到绍兴，然后到湖南，最后落脚西湖，埋葬达十次之多。我看到一帧老照片，那上面有英文的介绍："摄于光绪三十三年十二月二十二日，时值被不公正地杀害的女教师秋瑾的棺柩从山阴运往杭州，经过苏堤第六桥。当时下午一点，灵柩下葬于西泠桥左侧墓地。吴芝瑛料理此事。"

从这幅留有沧桑的黑白照片上可以清晰看到四位脚夫抬着灵柩，与一前一后两位男子肃立于西泠桥上。桥塊的桑树叶尽落，嶙峋骨立，一片肃杀冬景。

不能不感慨这冬日里温热的友情，有一句话：在冬日里取暖的最好方式是友情的棉衣。作为秋瑾知己的吴芝瑛为死后的朋友践诺，在铁幕和罗网的鳞隙中，把秋瑾归骨于西泠。

一诺千金，曾在我们民族的血液里昼夜喧哗过，那是一种大义，在人们心目中然诺常存在于须眉男子间，而吴芝瑛、徐自华这样的巾帼女子的作为更令后人心热敬仰。历史上重然诺的荆轲的标杆是大家所熟知的，但我更看重的却是被司马迁不惜浓墨重彩，能在《史记》中占有一段的高渐离先生。

我想把秋瑾和吴芝瑛、徐自华的友情看成晚清的荆轲与高渐离，虽然时光的流逝早已模糊了《史记》里荆轲、高渐离的形象，但那种为友情护持的血气却不会褪色。在危难的关头，那红尘的世间，友情仍会给堕落的人们以警醒，如一块蒙尘的玉，在关键的节点闪出她们的惊艳的光泽。

荆轲是孤独的，就如秋瑾。荆轲在战国时代与文人交而口不能说书，与武士交而言不能论剑。那时的生存曾把他逼得性情怪僻，赌博嗜酒，只有到市井的角落来寻找温暖。于是荆轲就和流落市井的艺人高渐离终日唱和，相乐相泣。

图穷匕首见，荆轲死掉了。剩下的高渐离更显孤独，他带着到今天我们早已看不到的乐器——筑，独自靠近嬴政始皇帝。他被始皇帝认出是荆轲党人，就残忍地被剜去眼球，令其阶下奏筑以供朝廷逸乐。但谁知高渐离暗中在筑中灌铅，乐器充兵器，拼掉性命再一次实施生命的轰然的攻击。

高渐离击筑而攒击始皇帝的行动，早已和燕太子丹托付荆轲的事没有了关联。高渐离只是为友情负责，在始皇帝面前张扬的是一种义气的高度与纯度，一种对友情剖心的维护，一种不容丝毫玷污友谊的大美，所谓的权势所谓的武力所谓的鹰犬当道，即使你烈焰万丈，即使我玉碎，即使我碎为齑粉也在所不辞的高贵。这是一种对政权的蔑视，是以一人之力，背靠友谊的出击。这种历史不多见的传承，我们在秋瑾死后，又看到了我们民族不死的精魂，好像这精魂又回来了，这种蹈励的激情多么令人感动。所谓的民气，所谓民族的脊椎，正是此之谓也。

《史记》里司马迁特意记载了高渐离以筑送别荆轲时的演奏："至易水之上，高渐离击筑，荆轲和而歌，为变徵之声，士皆垂泪涕泣。"

虽然如今人们不再击筑，筑声也在历史的深处缥缈难闻，但那种精魂却在我们这片土地沉淀下来，一有合适的机缘，那友谊的筑声又如黄钟大吕般飘荡了。

今天的西湖早已不知"变徵"之声的韵味，此时的西湖也少了风苦水寒。我想到，也是在光绪三十三丁未年的正月间，秋瑾与女友徐自华一起，在冬日的杭州，两人登临凤凰山吊南宋故宫遗址，登高送目，正故国的冬日，那时的西湖肃杀，正如当时的国运。

在寒冷中挺风而立的才三十二岁的奇女子，如一枝寒冬的梅，横斜在冬日，不是疏影黄昏，而是如瘦铁的枝干，在顽强对抗着孤冷。我知道秋瑾是喜爱梅花的，她笔下的"孤山林下三千树，耐得寒霜是此枝"，抑或就是她的影写，秋姿态，梅精神。《徐自华女士传》中有这次凭吊的细节：

你是否希望死后也埋葬在西湖边？徐问。

如果我死后真能埋骨于此，那可是福分太大了啊！秋答。

如你死在我前，我一定为你葬在这里；但如果我先死，你也能为我葬在这里吗？徐又问。

这就得看我们谁先得到这个便宜了！秋再答。

还不到一年，当时一语成谶。但我以为这也许是对岳飞的承诺，是一种对岳飞的追随。即使秋瑾想到在乱世随时有必死的可能，她也许不会想到死亡来得如此匆匆，也许她当时和女友只是随口一说，因为头颅是不可随便轻掷的。况且，秋瑾说埋骨在岳飞墓旁，伴着湖水何尝不是一种福分。

二

先初，我接触到秋瑾被捕时的文字，是说用枪激烈抵抗的，但后来知道血写的历史上根本就不存在墨写的秋瑾持枪拒捕的事实。所谓秋瑾指挥学生武装英勇杀敌，击毙清兵若干人等，最后，因寡不敌众被捕的成说只是美丽的谎言。而秋瑾却在某些戏剧、曲艺、电影乃至绘画、连环画中得到了更加夸大更加幻化凌空的描绘，变成了女神的模样。历史，多少人假汝之名加入自己的私货，以瞒和骗来达到别样的目的。有的人抽空，有的人阉割，有的人毁弃，历史成了溺器，成了棍棒，所谓的历史规律成了某些人合法性的铁律。我知道徐锡麟被捕后，在他的行囊中抄检到秋瑾于1902年深秋，在绍兴狭猱湖上送徐锡麟去安庆，临行写的一首《金缕曲》，当时两江总督端方就以此作为株连秋瑾的一个佐证。原词是：

凄唱阳关叠，最伤心愁城风雨，禹陵柳色。正喜斋中酬酢事，同凭阑干伫月，更订了同心盟牒。笑从龙山联袂处，问天涯共印几多迹？几时料，匆匆别。　青衫洒渍凝红血，算者番离情恨绪，重重堆积。月满西楼谁解我？只有箫声咽噎；恐梦里山河犹隔，事到无聊频转念，悔当初何苦与君识，万种情，一支笔！

就是这首词后来被人为地扭曲得不成样子，词中的语句如川剧变脸的油彩换来换去，坊间出现了几多的版本，让人不辨真假。甚至题目也换作了"送季芝女兄赴粤"，把徐锡麟变成了女性，成了另外的人，"斋中"成"闺中"，"盟牒"成"兰牒"了。这本是真情的告白，决绝和纯粹，却被某些人把这情愫看作是与革命不容相背的东西，好事者把徐锡麟和秋瑾说成是表兄妹，真是不知革命的目的是让人活得好还是别的？我觉得正因为是爱得真，才使秋瑾在徐死难后下了决心要拼到底的。陶成章《浙案纪略》回忆，得知安庆事后，执报纸坐泣于内室的秋瑾"不食亦不语"，"有劝之走者，不问其为谁何，皆大诟之"。此后杭州女师同学劝其避难，秋瑾的最后回答是：我不入地狱，谁入地狱。

　　清军到大通学堂前门时，学生仍劝秋瑾从后门乘船渡河，"瑾不应"，而是不走不避，决心殉难。其时以身相殉的秋瑾，一袭白衫，坐在楼上，静等着那最后时刻的到来。

　　被捕后的秋瑾，被关在山阴监狱，绍兴知府贵福要知县李钟岳严刑拷问，希望获得有用的一二线索。

　　第二天的午后，雨脚如麻，虽是夏日却有种凄风苦雨的味道，雨落在青藤的胡同，雨落在人去楼空的大通学堂；雨落在闹市轩亭口，雨落在乌篷船，雨落在岸旁的乌桕树上。这一切都在雨中有了凄迷，有了不祥。

　　李钟岳是在花厅审讯秋瑾的，还破例为他心目中的英雄设座。这不是一般的审讯者和被审讯者，而是一种雨声中的一个知县和一个嫌犯的对谈。李钟岳恪守着自己的良知和底线，没有动刑，没有逼供，只是让秋瑾自己写供词，秋瑾提笔仅写一"秋"字，如指顶大。李钟岳令再写，秋瑾沉思片时，你好像看到储存在天际的云和雨，越来越凝聚，越来越饱满，突然一声长啸，那氤氲就跃下云层，独立纸上：

秋风秋雨愁煞人

　　而后，掷笔，蓦然抬首，凝目花厅窗棂外檐滴下如瀑如麻的雨滴。是胸臆还是自然的雨水成就了这浓于墨的"秋风秋雨愁煞人"七字？虽然这七字并非秋瑾自作，而是从诗人陶澹如《秋暮遣怀》中"秋雨秋风愁煞人，寒宵独坐心如捣"借用的，但我以为这和秋瑾斯时斯地的心境相契。虽然她就死时正是农历的六月初六，天气溽热，但秋风秋雨的丰饶的诗意却让她感到的是满目的肃杀。在这个国度，无时无地不是秋的凋零，那"颐和园共宫前路，活剥民脂供彼身"，歌舞升平里有百姓的血，那"若有不忍微言者，捉将菜市便施刑"是志士的悲抑；"志士杀了多多少，尽是同胞做汉魂"。一部近代史，在秋瑾的心里是比南宋史更令人心寒的时段，大清时的秋风是风波亭的秋风复制，有过之无不及，天地为之一寒的节气更要的是人的气节。我曾看到过秋瑾的一幅手迹，是秋瑾古轩口就义五天前，寄徐自华妹妹徐小淑的信，当时徐小淑拆开来，缄内别无他简，只是这绝命的笔墨：

痛同胞之醉梦犹昏，悲祖国之陆沉谁挽？

日暮穷途，徒下新亭之泪；

残山剩水，谁招志士之魂？

不须三尺孤坟，中国已无干净土；

好持一杯鲁酒，他年共唱摆仑歌。

虽死犹生，牺牲尽我责任；

即此永别，风潮取彼头颅。

壮志犹虚，雄心未渝，中原回首肠堪断！

这绝命词，犹如《楚辞》句式、七言四言杂言，血泪、悲愤、责任、故国交集，是诗非诗，是文非文，亦诗亦文，亦文亦诗，随心所欲，纵意挥洒；日暮穷途……残山剩水……无干净土；是那晚清，是那祖先的血地，但仍要"虽死犹生，牺牲尽我责任；即此永别，风潮取彼头颅"；那秋瑾的手迹另行最后的文字是——壮志犹虚，雄心未渝，中原回首肠堪断！

读到这决绝的文字，我看到了一种了结，为这三千年的故国，若是自己的死能唤起那沉睡的土地和知识分子，这死是值得的。若是自己的死，使那些知识分子还是看客还是混在看客的群里拼抢人血馒头，那秋瑾的死真的是白死掉了。

秋瑾被下狱后，满人贵福怀疑汉人李钟岳偏袒秋瑾，有替秋瑾开脱的嫌疑。就在得到浙江巡抚张曾扬同意"将秋瑾先行正法"的复电后，即刻召见李钟岳，令他执行。但李钟岳却争辩说："供、证两无，安能杀人？"贵福厉声呵斥："此系抚宪之命，孰敢不遵？今日之事，杀，在君；宥，亦在君。请好自为之，毋令后世诮君为德不卒也。"李钟岳知大局已定，只得意兴阑珊返回县署，枯坐案头，苦无两全之策。

有史料说，"既而斩决秋女士，竭力阻拒，几至冲突"。在秋瑾的事上，李钟岳恪守着良知的底线是尽力了，然而他只是一小小的七品县令，在转蓬的官场中，七品县令如同草芥，上司看待下属就是家奴。清朝官场，最流行的自我称呼，就是奴才。小民是官吏的奴才，小官是大官的奴才，清廷是爱新觉罗家族自己的财产，爱新觉罗之外皆奴才。李钟岳在官场，如不随官场起舞，只有被淘下去。官场自有规则，人微就言轻，没谁以你的是非为是非，你的建言只是上司轻蔑的谈资。

在秋瑾的事上，贵福本是存有私心，借刀于李，因其"雅不欲冒杀士之名"，故假手李氏，"以济其恶"。明天就是六月初六了，到了子时，李钟岳提审秋瑾。这时的李钟岳的内心，如虫子在啮咬，他感到了无力，感到有点对不起秋瑾，他向秋瑾惭愧地说："事已至此，余位卑言轻，愧无力成全。然汝死非我意，幸谅之也。"

说完，李钟岳的内心如翻腾的湖海，"泪随声堕"，压抑的啜泣声随着老泪纵横青衫，旁边的吏役也都"相顾恻然"，使原本的清廷爪牙机器转换成了对清廷政治倒行逆施的唾弃，对扼杀人性的不平与控诉。死就死耳，徐锡麟不远，隐约可见那些早死志士的背影，"同凭阑干伫月，更订了同心盟牒"。秋瑾知道最后的时刻到了，她向李钟岳提出了三个要求："（一）准许写家书诀别；（二）不要枭首；（三）不要剥去衣服。李钟岳答应了二、三两个要求。在那个黑暗的年代，杀人要砍头，如果是女子，还要剥去衣服，似乎都成了习惯。秋瑾并不畏惧死亡，但她不堪受辱，一是国家的耻辱，再就是不要在被杀之后把躯体暴露在大庭广众之下，让她难以忍受的是一堆拥挤的看客肮脏的眼睛。

时间到了，有兵士欲拽秋瑾前行，秋瑾怒目而斥："吾固能行，何掖为?"及至轩亭口，秋瑾立定，对刽子手淡然一笑："且住，容我一望，有无亲友来别我?"乃张目四顾，复闭目曰："可矣。"遂就义。在不远处，李钟岳监斩，当刀起下落，李钟岳再也无法控制自己的情绪，在肩舆中痛哭以归，路人为之泣下。

当秋瑾系狱，亲属恐遭株连，逃避进深山。当秋瑾轩亭而殉，秋家就无人收尸，而遗骨由绍兴同善局草草成殓，槁葬绍兴府城卧龙山西北麓。

秋瑾的尸骨不得入土为安，作为胞兄，秋誉章心怀不安："聂政乃有姐，秋瑾独无兄。"时间流逝，两月过去，江浙一带的舆论对秋瑾案哗声四起，清朝政府对秋案的势头也有点低落。这时秋誉章就秘密雇人，在1907年10月，将秋瑾遗体挖出放入棺木迁往绍兴常禧门外严家潭殡舍暂放。可是不久，殡舍主人得知这是"女匪"秋瑾的棺木，便令秋誉章迁走。

此时的秋誉章只好将棺木移至附近一荒地，以草苫盖其上掩遮日晒雨淋。秋瑾秋瑾，那时只有野草能认出你的极致的美烈性的美，也只有野草才陪伴你极致的美烈性的美吗？

我不知道鲁迅先生当时在哪里。他是熟知古轩亭口的，那时先生是在日本吧？同是绍兴的子弟，他一定胸里堵噎如块垒。先生没有归国，但先生也有血荐轩辕的冲动。鲁迅的《铸剑》，写了一个怪异的复仇的形象"眉间尺"，还有黑衣人。在鲁迅的描写中，眉间尺和那个突然出现的黑衣战友断颈舍身，在滚滚的沸水中追咬着仇敌的头，直至自己的头和敌人的头在烹煮之中都变成了白骨骷髅，无法辨认，同归于尽……我有个隐约的判断，鲁迅复仇的心理可能起源于秋瑾的被杀，也许，在文字里，鲁迅偿还一种债务，为不能回国的亏欠。

秋瑾死后三日，李钟岳即被撤职。李钟岳志在救人，但力有不逮，对此心怀耿耿，终至衷怀纠结、缠绕盘桓，遂乘家人不备之际，自缢于旁舍，享年五十三岁。一个老年的小小县令，为秋瑾死在自己的手下而感到重负，然后背负着沉重的重压，最终仆倒了。

三

在1992年2月，我知道柏林墙倒塌两年后，东德守墙的卫兵因格·亨里奇受到了审判。在柏林墙轰然倒塌前，二十七岁的他曾射杀了一位企图翻墙而过的二十岁青年克里斯·格夫洛伊，从1960年到1990年的短短三十年间，只有空气飞鸟可以穿越的"隔离人民的墙"的柏林墙下，先后有三百位东德欲越墙逃亡者被无情的子弹射杀，成为墙下的冤魂。

仅仅是为执行上峰的命令吗？亨里奇的律师辩称这些卫兵的天职就是服从，罪当不在卫兵个人。然而，法官西奥多·赛德尔却在一种人性的高度断然反驳："作为警察，不执行上级命令是有罪的，但打不准是无罪的。作为一个心智健全的人，此时此刻，你有把枪口抬高一厘米的主权，这是你应主动承担的良心义务。这个世界，在法律之外还有良知。当法律和良知冲突之时，良知是最高的行为准则，而不是法律。尊重生命，是一个放之四海而皆准的原则。"

是啊，李钟岳也是活在体制内的清朝官员，但他守住了自己的良知，他没有把体制的命令上司的命令当作作恶的借口。李钟岳知道自己放在首位的是一个人，然后才是当朝的知县。虽然李钟岳背负体制的重压，但李钟岳也有自己的选择，以自杀来抗击恶政，来说明良知的正当性。李钟岳死了，他的牌位曾被人们放到秋瑾的纪念堂配享，就是人们和历史对他的最好认可和公允的评价。李钟岳也是"抬高一厘米"的人，在面对恶政时不忘抵抗与自救，是"人类良知的一刹那"，这一厘米是高于人顶的一厘米，是长在体制之上的一厘米，也是见证人类良知的一厘米。

你问，李钟岳比晚清的那些官吏多出些什么？我说，只多出一厘米！

而对于秋瑾来说，秋瑾比晚清的知识分子多出了些什么？我说，她比女人多出了男人气，比男人多出了英雄气。我知道当求仁得仁的机会到来的时候，秋瑾不能不死，无论对革命党，无论对清廷，秋瑾必须死。我想到了鲁迅先生，其实在乌篷船欸乃的绍兴，在有师爷传统的绍兴，秋瑾的家和鲁迅、徐锡麟的家只是隔了几条胡同，几条水，物理的距离很近，又有着留日的背景且重叠，也可称作同学的。但秋瑾和鲁迅的性格却是两样，一是赤裸的火的赤焰，一是冰裹着的冰与火的赤焰。鲁迅对战士和革命家的名号一向是警惕的，1927年，鲁迅到广州中山大学任教，热血的青年开欢迎会，鲁迅却兜头泼了冷水，"我知道不妙，所以首先第一回演说，就声明我不是什么'战士''革命家'"。鲁迅的思想深处，对一些空头的名号是警惕的，无论空头的文学家革命家，还是所谓的战士。这和秋瑾不同："我只好咬着牙关，背了'战士'招牌走进房里去，想到敝同乡秋瑾姑娘，就是被这种噼噼啪啪的拍手拍死的。我莫非也非'阵亡'不可吗？"

也许是鲁迅看到过过多的死和血，看到过过多的瞒和骗，鲁迅的心是悲凉的，他看出是革命党内部对勇于牺牲者的热烈掌声将秋瑾送上烈士的刑台，秋姑娘是被同志捧杀的，死是秋姑娘的必然。在秋瑾死去的十二年后，鲁迅的《药》，再次以人血馒头让人记起秋瑾，但革命者的血，却被愚弱者当成了医治痨病的稀奇药引，这是怎样一种无尽的哀凉：志士们躯体里沸涌的血，被一大群铁屋子里懵懂的人鸭子一样引颈觊觎。若是命运玩笑，革命者忽地不死，那群愚昧的看客的表情究竟何如？他们也许会化成豺虎，群扑上前，撕噬志士的喉咙，渴饮那鲜血吗？……

在鲁迅冷眼下，他看透了天上的深渊，他看透了承诺黄金国的虚妄，他知道狂热的背后，是不尽的苍凉；当许广平去游行的时候，鲁迅也是极不赞成、不鼓励作无谓的牺牲的。但是另一方面，人们都是沉默的羔羊，无疑也会使刽子手的猖狂张目和放纵。

也是鲁迅说过：沉默呵，沉默呵！不在沉默中爆发，就在沉默中灭亡。但陈天华虽然选择了热血的蹈海，让这古老的土地上绽开了血之花，陈天华的遗书却是出奇的冷静，也许冷静的血就接通了鲁迅最内在的心理；有大志的人不在一城一地的得失，激情不一定就是过激，不一定就是蛮力。

1905 年 12 月 8 日，陈天华因抗议日本颁布"清国留学生取缔规则"而蹈海自杀。翌日，留学生们公推秋瑾为召集人，在留学生会馆之锦辉馆召开陈天华追悼会。会上，秋瑾宣布判处反对集体回国的鲁迅和许寿裳等人"死刑"，还拔出随身携带的日本刀大声喝道："投降满虏，卖友求荣。欺压汉人，吃我一刀。"

　　这个细节，原先是为一些人所避讳的，当我在日本学者永田圭介《秋瑾——竞雄女侠传》读到这个细节时，我也是吃惊异常。

　　1905年是秋瑾在日本留学的第二年，当时鲁迅已经在日本待了两年。在这个时间里鲁迅也经受了幻灯片的刺激，看到自己的同胞被日本人砍头，旁边的看客也是中国人，鲁迅的心是隐痛的。也就是在此时，留日学生遇到了一件大事，日本政府与清政府勾结，为限制留学生反清政治活动颁布了"清国留学生取缔规则"（应该注意，取缔一语在日语中主要意为"管束、管理"）。规则一公布立刻在留学生中卷起了洪波巨澜。当时的秋瑾再也坐不住了，热血沸腾，樱花的国度再也不能放下一张安静的书桌了。此时的日本报纸《朝日新闻》发表社论，更是烈火烹油，嘲笑中国人"放纵卑劣，团结薄弱"。

　　一向自尊的陈天华感到自尊的伤害已经到了临界点，他决计以性命反驳蔑视，于是选择投海自杀。

　　陈天华在《绝命书》中说，中国受列强之侮，因为中国自身有灭亡之理。某者之灭，乃自己欲灭。只是中国之灭亡若最少需时十年的话，则与其死于十年之后，不如死于今日。若如此能促诸君有所警动，去绝非行，共讲爱国，更卧薪尝胆，刻苦求学以养实力，则国家兴隆亦未可知，中国不灭亦未可知。

　　弱国是没尊严的，弱国的子民是没有尊严的。读到陈天华愤而投海的史实，我总是悲愤难抑。他的死，也许唤取了警醒，也许只是水中荡起的涟漪，最后归于虚无。陈天华死了，活着的还在争吵。去和留，拯救与逍遥，面对着纠缠如麻的留日同学，秋瑾忽地抽出了短刀，以刀击案，怒喝包括鲁迅在内的留日学生，说出那句"吃我一刀！"的话。也许，你可能想象曾缠足的秋瑾暴烈起来，犹如持刀挟持人质的恐怖分子。但秋瑾拔刀的目的和最大的正义恰是消弭恐怖，革命最大的正义就是让弱小者免于恐怖而前行的。

瘦小的鲁迅，显然是不入秋瑾的襟抱的，虽然越东自古是慷慨悲歌卧薪尝胆之地，也许她觉得鲁迅们身上多的是阴柔或者是柔韧，少的是爆发是血气的蒸腾。在晚清的年代里，秋瑾身上的男子气概是超于一般女性的，阿伦特曾说"红色罗莎"卢森堡身上散发着一种"男子气概"（manliness），在历史的进程中是空前绝后的。但我想阿伦特不知道秋瑾，如果她知道秋瑾，会改变自己的看法的。我想仅有男子气概也可能只是粗野的强蛮的专横的。卢森堡说："我这个人太柔弱了，比我自己想象的还要柔弱。"正由于有了柔弱的人性作底子，有人道主义作质地，革命的刀与火才是可为人间所接受的。其实秋瑾身上何尝没有柔弱，正因为她不忍看到故国那些弱小者的涕泪而走向了侠义，走向了拯救，走向了血与火。

　　法国诗人雨果有一首赞颂巴黎公社的女英雄、诗人米雪尔的诗，题目是《比男人伟大》。面对秋瑾这样的有奇行的女性，我们除了沿用诗人雨果的话，还能有什么更恰切的词语去描写秋瑾吗？"比男人伟大！"秋瑾自己也说"英雄也有雌"！我知道在1903年的中秋节，丈夫王廷钧叫秋瑾准备晚宴要请客吃饭，谁知他自己却在晚宴前被人拉走去吃酒了。中秋之夜，秋瑾独自一人面对一桌酒菜，天上一轮明月，只有对影三人，于是，她换上男装，带一个仆人，毅然到一个戏园去看戏。这是秋瑾第一次着男装。待看罢戏回家，时间已过午夜，正巧丈夫也刚刚吃完酒回来。当他得知秋瑾身着男装去戏园看戏，不禁勃然大怒，竟然动手打了秋瑾。秋瑾自小学过武，真要动起手来，王廷钧怕不是对手。

　　拳脚侮辱、所谓的家法和夫权已使这位比男人伟大的女子忍无可忍，如娜拉一样走出家门。于是在朋友吴芝瑛纱帽胡同的宅邸里，就诞生了和岳武穆相媲美的《满江红》词章：

　　小住京华，早又是中秋佳节。为篱下黄花开遍，秋容如拭。四面歌残终破楚，八年风味徒思浙。苦将侬强派作蛾眉，殊未屑！

身不得，男儿列，心却比，男儿烈。算平生肝胆，不因人热。俗子胸襟谁识我？英雄末路当磨折。莽红尘何处觅知音？青衫湿！

在这平平仄仄的文字里，我们看到了秋瑾的雄强和反抗与不平，只因你是女性，所以你格外不幸。秋瑾在致大哥秋誉章信中几次提到自己在夫家的位置和境遇，"直奴仆不如"，尊严无论男性，平等无论男女，或者说人性，这是秋瑾内心的支撑，她看到了遭受了来自各方面惨不忍睹的暴力和人性的扭曲，但她采取了抵抗，对传统"虽千万人吾往矣"的决绝的抵抗。无论传统的夫权还是清朝的统治，她在信中有"以国士待我，以国士报之；以常人待我，以常人报之"之辞。面对着奴役，纵然是夫妻间，秋瑾也是采取了不苟且，俗语说的"士为知己者死，女为悦己者容"，虽然是口上的常谈，但内在的精神还在熠熠闪光。传统，纵然是千年，只要是虚伪和不道德，只要是不把人当作人，纵然是父母夫妻和儿女带来的，也要举剑奋力一击。我相信每个人的腔子里都有一股子沸腾的血，特别是处于奴役和怀才未有彰显的时候。而这时，如果能遇到一真心以国士待你的人，你满腔子的血就会涌顶而出。

敏感如鲁迅先生，白眼和侮辱未必少于陈天华和秋瑾，但鲁迅并没有拔剑起舞，热血相向，而是走向了另一个更加充满荆棘和坎坷的路途，但这个路途难免有看客的尴尬折磨着他、提示着他。

我想鲁迅先生后来的文字是洗刷自己作为看客而苟活的心理的，是秋瑾的死，是徐锡麟的悲壮，这些邻家同学的血酿成了鲁迅心底的苦涩文字的苦涩，也酿成了后来他的"为了忘却的纪念"，那样金石质地的文字。

鲁迅是选择了留下来，在留下来的人中，有秋瑾的同学王时泽。秋瑾在私下，曾和王时泽就归与留进行过交流，那是在秋瑾归国行前，对

"归否?"一问。王的回答是:"甲午之耻未雪,又订辛丑和约。我们来到这里,原为忍辱学……不必愤激于一时。"

秋瑾不再说话,几天后即束装就道,归国而去。

归国后的秋瑾拟了一封《致王时泽书》,以文字和理性表明了自己的立身处和志向。信文虽不长,却见毅然和断然,大英雄做即做矣,何须缠绵?

吾与君志相若也,而今则君与予异,何始同而终相背乎?虽然,其异也,适其所以同也。盖君之志则在于忍辱以成其学,而吾则义不受辱以贻我祖国之羞;然诸君诚能忍辱以成其学者,则辱也甚暂,而不辱其常矣。吾素负气,不能如君等所为,然吾甚望诸君之无忘国耻也。吾归国后,亦当尽力筹划,以期光复旧物,与君相见于中原。成败虽未可知,然苟留此未死之余生,则吾志不敢一日息也。吾自庚子以来,已置吾生命于不顾,即不成功而死,亦吾所不悔也。且光复之事,不可一日缓,而男子之死于谋光复者,则自唐才常以后,若沈荩、史坚如、吴樾诸君子,不乏其人,而女子则无闻焉,亦吾女界之羞也。愿与君交勉之。

走,有走的依据,秋瑾的信坦直地倾泻出自己走的理由,归的目的,大义在肩,她不能不走。再就是作为女子的一份尊荣,她要维护一个女子的尊严。

其实我看重的是信中的这两句话:君我之异,虽表面为负气,内里却有大义存焉,一己的长远之学业与一国的眼前之荣辱,秋瑾无法作长远的利益之选,她的热血无法泼洒到窗明几净的学问里去,她必须和这些学问中人划下一道鸿沟,一道楚河汉界,一边是井水,一边是河水;不成功而死亦吾所不悔的这句话,如果对比正月间与徐自华在西湖边的对答，已经是一决绝一轻松。此时的秋瑾已经历了许多血和死，9月吴樾弹炸五大臣血殉燕市，11月陈天华的高歌蹈海。我们读到的是秋瑾救世的热肠"如许伤心家国恨，那堪客里度春风"。

此时的秋瑾正如一把宝剑或者是一把短刀，十年磨成的一剑，还未曾试过如霜的锋芒呢。这剑与刀开始跃跃欲试地鸣叫，在墙壁在匣中也在秋瑾的靴筒里，但这刀从靴筒里抽出了，出鞘的刀怎能回返？秋瑾的这一幕，也是鲁迅目睹的一幕，刀插讲台上；我想也许正是此景此情在十年后的发酵，才有了鲁迅的《铸剑》里的热血的文字。那不是冷冰的文字，是叫人热血沸腾的血和号叫，是秋瑾遥远的回响。

秋瑾被砍头枭首的血，也溅到了李钟岳的良知里，让我们还原赋闲的李钟岳，他整日整夜地念叨着"我虽不杀伯仁，伯仁由我而死"两句话，独自一人，有时就将密藏的秋瑾遗墨"秋风秋雨愁煞人"展出来"注视默诵"，这时随默诵而下的是纵横沟壑的老泪。这样的场景一日三五次、以至七八次。秋瑾的血成了威压，李钟岳在良心的自责下，觉得秋瑾死在自己的任内，是自己的耻辱，最后他的投缳解脱离秋瑾被害尚不到百天。"身后萧条，几不能棺殓。"

一个县官，其清也如此，其穷也如此，似水似冰。环视当时的中国，不能不说这是一个有人格底线的县令，是个有耻感的县令。他的投缳，一是愧对秋瑾，再是对清朝之绝望使然。作为一个山东人，李钟岳是受孔孟濡染较深的，从骨髓到肌肤，他有自己的耻辱感和人格底线，死就死了，不愿受辱，但他却赢得了历史的荣耀。

对比李钟岳，那些在晚清官场奔竞，没有底线是非，以皇家的是非为是非的人，却被钉在耻辱柱上。

杀害秋瑾、为大清王朝扑灭星火的功臣张曾扬，非但出人意料地未能加官晋爵，反而无法在浙江巡抚的现职安身；改任江苏，也被当地绅民拒斥。迁就民意的清廷万般无奈，只好再发上谕，将张氏转调山西。

其离杭起程时，自知民间结怨已深，恐有风潮，故乘火车赴埠。及由八旗会馆至清泰门外车站，有军队拥护而行。"然沿途之人焚烧锭帛、倒粪道中者，均骂声不绝"。

秋瑾被杀后，当时的舆论界是有道德感是非感的，他们并没有找一替罪羊晚清政府而放水，而是对张曾扬、贵福们进行口诛笔伐的追讨，不依不饶将二人永远涂抹在历史的汗青上。我想到以色列人，也没有简单地把所有的屠犹罪行找一个替罪羊希特勒而偃旗息鼓，而是对所有证据确凿的纳粹凶犯一个也不放过，哪怕只是一个下级官兵也穷追不舍。

我想到了张志新和林昭，那些手上沾满这些女性鲜血的人，有几个怀着自责而自杀？

秋瑾的死和血，烙痛了一些有良知的人，她激怒了这民族久已蛰伏的良知，一个女人的死使一个民族的男子蒙羞，秋瑾给麻木以惊醒，给踉跄以力气，给无情以热血，给铁石以恻隐；为冥作光，为旱作润，为良知作愤慨。

四

秋瑾死后，荣辱的变换，使我们不能不怀疑某些所谓的正义和良知，怀疑秋瑾何辜，被折腾再三，所谓的死者为大的民间的高义，却被当作了腐朽，烈士的血和历史一样在某些人的眼里再没有了敬畏，历史成了戏弄和戏法，烈士的血渐渐凝固成了虚无。

令人不能接受的是，秋瑾死后受辱的是她的尸骨多次被掘出，被辗转，在晚清的末年有过，在"文革"时也有过。秋瑾第一次被清廷从西湖逼迁，与秋瑾墓"文革"被毁，本质上有什么区别吗？抬高一厘米，把枪抬高一厘米，但皇权显然还是为人伦、人性留下了一定的空间，或者说百年前专制的严酷中显然还容许有某种程度的弹性，秋瑾才能得以全尸全服棺殓并得以屡迁。但"文革"的荒唐呢?

在2011年元旦的下午,阳光下徘徊秋瑾墓,怆然而起的是青山有幸,此土何辜?一抔尸骨竟三次被权势逼离西湖,1908年遭清廷严令平毁,1964年被借口"美化人民的西湖"而迁,第三次是在劫难逃的"史无前例"了。秋瑾死后她尸骨所受的屈辱,何曾少于生前?

第一次归骨西湖的秋瑾,有乡绅为之棺殓,有兄长为之护灵,有闺中密友风雪渡江践约移灵西泠。其实最动我心者,莫过于风雪渡江的场景。

风雪渡江,那是怎样的场景?在晚清进入黄昏的冬天,雪意酣畅,整个钱塘江静静地卧在苍茫的天穹下,大雪在覆盖,隐蔽,或者是为秋女士天地一白地尽哀吗?冒着百里齐奏的白雪哀乐,作为友人的徐自华,是在寻找和护持着什么呢?这是一种祭奠?还是一种朝拜?

那浙东的山水和灰瓦白墙的民居,那蓑衣和乌篷船,在雪下有一种异样的感觉,也许这在平日是一种水墨的写意,但秋瑾的棺木和船头的徐自华予人的却是沧桑,是冷凝,是冰中的温慰。白了风帽,白了船头,天地一白啊,那时的历史肯定是为这般的举动疑惑非常,风雪渡江,风雪茫茫!大道默默,苍穹不语!

大道默默,苍穹不语而风雪渡江,也许是上苍的安排,老天为归骨西湖的秋瑾安排雪的梵音。虽然它是那么茫茫苍苍蕴蓄着大的沉默,这沉默正是一种终极的为秋女士独绝的无言之美吧。

苍茫的江上,一叶扁舟,一具棺木,有自己的友人相护相持,在风雪的西子湖头有岳武穆在等待。虽然我知道那苏小小不会穿越历史在雪中迎出,用纤细的手拂去秋女士肩胛额际的雪片,但她会感佩风雪渡江的高于顶的友谊。

风雪渡江,一种道义在肩的精神在流贯。多年以后,已经成年的秋瑾的弟弟秋宗章,仍记得他仅十二岁时徐自华冬日来越中的情景,那是风雪弥望的冬日，"一主一婢，间关西度，勾留三日，一舸赴杭"。

辛亥百年后的元日晚上，和友人从杭州乘火车穿行绍兴，那时的绍兴早已是灯火隐隐，看不见秋瑾被砍头的古轩亭口，也看不到鲁迅的旧园，火车的铿锵越过了钱塘。现在也仍是冬日，我感到一种风雪渡江的苍茫。

原载《北京文学》2012 年第 2 期

残　局

祝　勇

一

段祺瑞喜欢下棋，他下棋时安静的表情，让人几乎看不出他是个在战场上杀人如麻的屠夫。他生活简朴，既不敛财，也不收藏女人，甚至饮食，都异常节俭，尽管他并不戒荤，但除了米饭馒头，通常只吃一碟雪里蕻外加一点辣椒，对于山珍海味，看都不看一眼。仅从个人道德角度上讲，他几乎是一个无可挑剔的人。方正的棋盘，似乎概括了他对生活的全部需求。在他的生命中，不知有多少个危难时刻，是守着一盘残局度过的，只要他的棋子一息尚存，现实中的他就能绝处逢生。

当芮恩施拜访这位后袁世凯时代的内阁总理的时候，出现在他面前的，是一个身穿朴素长袍的文弱的中年人——在大部分时间里，段祺瑞是不穿军服的。这是因为他对政局的兴趣似乎远远不及他对棋局的兴趣，而下棋，是不需要全副武装的。

二

黎元洪不属于北洋系，所以黎元洪是否曾与段祺瑞下过棋，现在已很难考证。留在历史中的，是两个人在现实中的搏斗厮杀。段祺瑞不与黎元洪下棋似乎还包含着这样一层意思：在他眼里，黎元洪连个对手都算不上——他只是一具没有思想的木偶。

对于段轻视黎的原因，陶菊隐曾经做出如下总结："第一，前清时期，他自己做过统制（师长）、军统（军长）和提督，署理过湖广总督，而黎不过是一个协统（旅长）；第二，袁世凯当权时期，他是北洋派首屈一指的大将，而黎不过是一个无权无勇的政治俘虏；第三，目前黎的总统地位是他一手'提拔'起来的。因此，他认为对黎没有假以辞色的必要。"（陶菊隐《北洋军阀统治时期史话》，第2卷，第151、152页，海南出版社，2006年版）

正因如此，在黎元洪这个中华民国副总统与段祺瑞这个内阁总理兼陆军部长之间，几乎是老死不相往来的。甚至袁世凯死后，段祺瑞在他的老朋友张国淦的陪同下，前往北京东厂胡同黎元洪宅邸向黎副总统报丧，两人也只打了个照面，连一句话也没有说。

那一天，宾主面无表情地各自落座，会谈气氛一点也不亲切友好——段祺瑞一言不发，黎元洪也保持沉默，空气突然间凝固了。这场哑剧持续了大约四十分钟，双方似乎都坚持不下去了，段突然站起来，向黎元洪半鞠了一个躬，表示告退，黎元洪也如释重负，站起来送客。段祺瑞临走时向张国淦交代："副总统方面的事，请你招呼！"张国淦问："国务院方面的事呢？"段祺瑞回答："有我。"说完，扭身跨入汽车。

实际上，黎元洪这个憨态可掬的大玩偶，已经得知了袁世凯过世的消息。但是，这个1913年12月被段祺瑞从湖北强行拉上前往北京的火车的黎副总统，在袁世凯的监视下，除了看书、写字、散步以外，没有任何事情可做。刀刃下的生活，练就了他的谨小慎微，所以，当袁世凯的死讯传来的时刻，素来谨慎的黎元洪是不敢轻信的。于是派女儿黎绍芬前往中南海打探消息，当黎绍芬说，她在中南海怀仁堂，看见尚未入殓的袁世凯尸体上盖上黄缎子的陀罗经被以后，黎元洪才相信，自己的出头之日，来了。

1916 年 6 月 7 日，黎元洪在北京东厂胡同自己家中宣誓就任中华民国第二任总统，像他的前任一样，在誓词中信誓旦旦，至于履约的可能性，似乎丝毫无须考虑。黎就职当天，段祺瑞身边的北洋系军官就聚集在段祺瑞的总理办公室，对于那个来路不明的人继任总统表达强烈不满，要求段祺瑞或者徐世昌就任总统。段祺瑞的回答不温不火——总统是谁并不重要，重要的是要实行责任内阁制，削弱总统权力。

所有人都知道黎元洪是一颗死棋，动弹不得，只有远在南方的孙中山，从黎的继任中看到了一点希望。至少，黎元洪也算得上一个半路出家的革命党。黎就职两天后，孙中山致电黎元洪，促请迅即"规复约法，尊重国会……与国民从事建设"（上海《国民日报》，1916 年 6 月 11 日）。

南方革命党在制订《临时约法》时，试图通过责任内阁制来限制作为总统的袁世凯的权力，此时，内阁制却成为北洋系用以限制倾向共和的黎元洪的制胜秘笈，这种因果关系的转换，仿佛历史的一场玩笑。

段祺瑞摆好了棋子，丝毫没有理会身边那些聒噪的军人。只要棋子落定，他就进入一种临战的兴奋中，而将所有的忠告都抛在脑后了。

三

1916 年 6 月 28 日，袁世凯出殡时，黎元洪表现出十足的冷漠。当灵柩运出新华门时，他才姗姗而至，向那具沉重的棺材匆匆行了一个礼，就转身回到他的办公室上班去了，整个过程，一言未发。本应由这位新任总统主持的公祭仪式，也由段总理代表了。

黎元洪对自己的处境了如指掌，此时，他这颗孤子，已陷入北洋系的重重围困中，随时可能被吃掉。为了结束自己的玩偶生涯，他开始落子了。他走出的第一步棋，是邀请南方护国军政府的人士北上入阁，他物色的人选，包括唐绍仪、孙洪伊等。只要恢复了约法和议会，响应孙中山关于拟按美国模式实行地方分治的倡议，中国的"问题"就会迎刃而解——这便是黎元洪当年的科学幻想。他开始为自己解围，一系列政策中，包括1912年12月26日任命蔡元培为北大校长，至于这纸任命在20世纪历史中所产生的深刻影响，黎元洪不会有足够的估计，当时任何一个人也不会充分地意识到。

芮恩施穿越东厂胡同黎宅的内院和一个明媚的花园，在第一时间拜访了黎元洪。那天，在陈设简单的书房里，黎元洪十分乐观地对芮恩施说："我已经找到了获得各派合作的办法。我将宣布1912年的临时宪法生效并召开旧国会，但国会议员应该减少一半，因为它太庞大了。"（参见［美］保罗·S.芮恩施《一个美国外交官使华记》，第183页，文化艺术出版社，2010年版）

此时，由于袁世凯已死，黎元洪已继任总统，南方独立各省已陆续放弃独立。黎元洪于是果断地落下他手里的棋子，在1916年10月10日，袁世凯去世后的第一个"双十节"，授予孙中山大勋位，以表明国家已经统一，南北隔阂不复存在。其他革命领袖，如黄兴、蔡锷、唐继尧、陆荣廷等，也被授予不同的勋位。黎元洪经常与孙中山、黄兴、岑春煊、唐绍仪等文电往来，段对此大为不满："来这些反对我的人都是你的好朋友！"（陶菊隐《北洋军阀统治时期史话》，第2卷，第152页，海南出版社，2006年版）

此时的孙中山，再次萌生了从事实业建设的念头。面对西南革命政府，段祺瑞认为只有一个对策，那就是武力统一。段祺瑞手里有兵，还有政权，可以凭政府信用向外国人借钱，这些都是孙中山手里没有的。

在一个善变的时代中，很少有人再笃信什么。因为人们深知，越是对什么确信无疑，就越要为它付出沉重的代价。然而，段祺瑞却从不讳言对武力的崇拜，在小站练兵时期就拜在袁世凯麾下的段祺瑞，认定强军是复兴国家的唯一方法，所谓先军政治，不是段祺瑞一人的天真和固执，而是他的盟友与敌人们的共识。尽管他们并不知道，仅仅依靠枪炮与枷锁，是否足以驯服失控的时代，自己将因此被戴上荆棘的桂冠，还是被时代的烈焰无情吞噬。

对于黎元洪与孙中山之间的藕断丝连，段祺瑞还是不慌不忙地还了一着：在黎元洪力主的授勋名单中，加上了为数可观的北洋人物——北洋"三杰"段祺瑞、王士珍、冯国璋都得到一等大绶宝光嘉禾章，甚至清室的要人，也一个都不能少——世续得到勋一位，载涛得到一等文虎章，绍英得到二等宝光嘉禾章……这次授勋，由于光怪陆离、包罗万象，而被时人称为"勋章雨"，这是一种不杀之杀，将黎元洪授勋的法力在无形中消解。它在形式上制造了国家和谐的表象，但它的背后，是总统府与国务院"府院"之间无法掩饰的断裂。

10月31日和11月8日两天，刚刚得到勋章的黄兴和蔡锷相继去世，前者享年四十二岁，后者只有三十五岁。北京政府下令褒扬他们再造共和的功绩，并分别给予治丧费二万元。

为了表示与黎元洪政府的合作，孙中山于1917年1月，在上海环龙路（今南昌路）寓所举行了授勋仪式。

不知段祺瑞是从什么时候开始正视黎元洪这个对手的。总之政局并没有按照他预想的路径发展。两个人不动声色地绞杀，已使手下的棋局一片狼藉，民国的政局更是一地鸡毛。段祺瑞终于动怒了，他甚至大吼道："我是叫他来签字盖印的，不是叫他压在我的头上的！"

在总统府与国务院胶着的对抗中，段祺瑞决定走出关键性的一步棋——提名自己的亲信徐树铮任国务院秘书长。让总统府秘书长张国淦向黎元洪转告这一决定。黎元洪这个滚刀肉，终于表现出他刀枪不入的内功，面对来自段祺瑞的施压，他不温不火地对张国淦说："请你告诉总理，一万件事我都依从他，只有这一件办不到。"（陶菊隐《北洋军阀统治时期史话》，第2卷，第152、153页，海南出版社，2006年版）

黎元洪的下一步棋是提出一个交换条件，即以后院秘书长因公到总统府，必须与总统府秘书长偕同来见。但这步棋使他陷入被动。徐树铮到职不久，专断态度立刻显露无遗。根据陶菊隐的记载：一天，因发表福建三个厅长的命令到公府办理盖印，黎偶然问到这三个人的出身和历史，徐树铮很不耐心地说："总统不必多问，请快点盖印，我的事情很忙。"他走出总统府后，黎元洪气愤地对手下人说："我本来不要做总统，而他们也就公然目无总统！"（陶菊隐《北洋军阀统治时期史话》，第2卷，第152、153页，海南出版社，2006年版）

随着徐树铮这颗棋子的落定，段祺瑞的心情安稳了许多，至少，他可以更加安心地下棋了。芮恩施说："虽然段氏在政府中有着极重要的影响，但他却把一切具体的事情交给他的助手曹汝霖先生和徐树铮将军处理。他宁愿下象棋，然而他始终愿意对部下所做的事承担责任。往往当他棋兴正浓、把全部思想都集中在那变化无穷的玩意儿上的时候，徐将军走到他身旁向他报告事情，这位总理只是不大在意地听着，随即会回答说：'好，好。'但当像这样采取的行动没有取得好的结果，这位总理要求做出解释时，人们才提醒他那是他亲自批准这样做的。"（参见［美］保罗·S.芮恩施《一个美国外交官使华记》，第219页，文化艺术出版社，2010年版）他从来不让为自己卖命的部下承担责任。

当黎元洪将他拟请张勋进京、为自己撑腰的决定透露给芮恩施时，芮恩施陷入一种无言的沉默。那天，黎元洪在与芮恩施午餐时对他说：

"张勋将军会帮助我。"芮恩施的表情凝住了，不知该如何回答。在芮恩施看来，张勋是一个地地道道的土匪，他的脑袋里根本就没有代议制这个东西，不可能支持黎元洪重新建立议会政治的理想。面对芮恩施的满脸疑惑，黎元洪又重复了一遍："真的，你可以相信我。我能够依靠张勋将军。"（参见〔美〕保罗·S.芮恩施《一个美国外交官使华记》，第237页，文化艺术出版社，2010年版）他没有想到，正是这一着昏棋，导致了他的满盘皆输，张勋率领他的五千辫子军进京后，连黎元洪自己都险些成为他的俘虏，最终在外国人的帮助下，才逃出纷乱的北京。

四

当溥仪在养心殿聆听张勋奏请他重登皇位的唠叨时，段祺瑞已经作为一介布衣，隐身津门。随着黎元洪签署了一道打发段祺瑞回家的命令，第一次府院之争告一段落，双方似乎各得其所——黎元洪获得了他想象中的总统权力，而段祺瑞则可以在家安心下棋了。

中国的掌权者，从来不乏华屋巨宅，从阿房宫到紫禁城，建筑的宏伟已经成为对于权力欲望的直观表达。而对于段祺瑞来说，向来不聚私财的结果，却是连个落脚的地方都没有。段祺瑞的清廉，似乎与他北洋军阀首领的头衔对不上号。他在北京的第一所宅院，是袁世凯在受载沣排挤、开缺回籍时送给他的；而他在天津的落脚处——一座精美的米色欧式建筑，也是他部下的产业，暂且借给他用。

似乎再也没有什么人能够打扰段祺瑞下棋的心情了。被公众和各派政治人物所瞩目的那个段祺瑞消失了，阡陌纵横的棋盘仿佛一张网，将他罩起来。他乐于自投罗网，因为只有这张网，才能躲避现实的网。在当时的政治版图中，军阀政府占了北方，革命政府占了南方，外国人占了租界，而每个势力的内部，又可以细分、再细分，分成若干个细胞似的利益集团，每一个小集团，都有自己的山头、自己的手段，而更加广大的民间社会则更加成分复杂，有左翼，有右翼；有激进派，有保守派、温和派，如再细分，还有极左、极右、中间偏左、中间偏右，等等等等。所有的细胞，杂乱无章地运动，不能组成一个有机的肌体，相反，它们互相排斥、互相抵制、互相消解，而权力顶峰的人，必将成为众矢之的，成为所有人共同抨击的对象，这也是实力雄厚的段祺瑞对总统宝座望而却步的主要原因，后来他以大执政的名义坐上去时，果然身败名裂。作为一颗棋子，他不知该将自己落在何处，只有落在自己寓所的棋盘上。他累了，不屑再去蹚民国的浑水了，只有那个命运交错的棋盘，让他乐此不疲。今天我们很难想象，像段祺瑞这样的政治强人，也会生出避世的念头，他不是以退为进的袁世凯，而是当年躲进金石书画里再也不想出头的端方。

但6月里，他落子的时候，心绪还是有点纷乱，总是举棋不定。果然，军车的声音由远而近，带着一声尖利的刹车声突然停在他的门口，一个不速之客，来了。他，就是张勋。张勋率领他的辫子军于1917年6月7日，自徐州一路北上，8日，抵达天津，黎元洪派专使、总统府秘书长夏寿康前往迎接。但张勋没有忘记专门下车拜访段祺瑞。看着客厅里的张勋，段祺瑞没留情面地对他说："你若复辟，我一定打你！"这句忠告果然应验了——张勋复辟了，段祺瑞把他打得屁滚尿流。

6月里，芮恩施的家人照例到北戴河度假去了，芮恩施和刚刚抵达北京的同事F.L.贝林先生留在原来的寓所。7月1日是星期天，早晨天气阴凉，芮恩施睡了一个懒觉，很晚才起床。但当刚刚起来，就从他的男仆那里听到一个令他震惊的消息：

"皇帝又回来了！"（参见［美］保罗·S.芮恩施《一个美国外交官使华记》，第183页，文化艺术出版社，2010年版）

天亮时，警察开始挨家挨户地督促悬挂龙旗，假辫发和红顶花翎又成了市场上畅销商品，中华门又被改为"大清门"，到夜晚6时，整个北京城已经变成一片龙旗的海，只有总统府，依然飘扬着一面孤独的五色国旗。

黎元洪悔之晚矣。无论府院之争怎样惨烈，毕竟是在民国的体制下，而此时，国家已经倒退到革命前的帝王时代。现实又给"鹬蚌相争，渔翁得利"这句古语提供了一个生动的注解。现在，黎元洪的全家都成了张勋部队的阶下囚，身家性命早已控制在别人手里。后来，在法国驻北京使馆三等秘书圣一琼·佩斯的帮助下，黎元洪全家才得到解救。当"皇帝"的"谕旨"像雪片一样四处下发的时候，黎元洪拟定了重新启用段祺瑞的任命书，命令他率军讨逆，并发出了命冯国璋在南京代理总统职权的电报，因为危难之际，他想起来的，仍然是段祺瑞这个把持武力的救命稻草。电报发出后，黎元洪悄然出逃。

7月2日凌晨两点，段祺瑞正在棋桌上与朋友激战不止，在这座借来的官邸里，突然响起刺耳的电话铃声。紧接着，一位不速之客来到他的门口，这个人就是梁启超。此时，梁启超的师傅康有为，正陷于复辟成功的狂喜之中，三天前，康有为就抵达北京，参与复辟的密谋，连张勋为皇帝准备的复辟上谕，都是康有为起草的。自戊戌年的君宪梦破碎以来，只有这天晚上，康有为睡了一个好觉。而他的学生梁启超，则与他渐行渐远，随着复辟的发生，二人更反目成仇。梁启超来找段祺瑞的目的只有一个：兴师讨贼。

7月6日，孙中山率领驻上海海军、部分国会议员，偕同章太炎、廖仲恺、朱执信、陈炯明等乘军舰南下广州，决定武力讨伐张勋，捍卫约法。

在梁启超看来，能打败张勋的只有段祺瑞。尽管身为一介布衣，他手里没有一兵一卒，是一个地地道道的光杆司令，但他的影响力一刻未减，只要他把手一挥，北洋的力量就会在他麾下重新集结。面对梁启超的苦口婆心，段祺瑞一直沉默着，目光紧紧锁定了眼前的棋盘，终于，他哗的一声，推开了他面前的棋盘，站起身，说了一声："走!"

守着棋盘的轻闲岁月是他的梦，但是没有了权力的保证，他的梦将像这个国家里所有人的梦一样不堪一击。从这个意义上说，只有他在后来的执政府里下棋，才是最惬意的。但即使如此，混乱的现实仍会将他的梦分割成一堆碎片——连最高掌权者都是如此，普通国民的处境，可想而知。在形势的逼迫下，他最终顶着骂名，永远退出政坛。

后来著名的"三一八惨案"发生的当时，已经成为中华民国实际的国家元首的大执政段祺瑞，照例还在吉兆胡同的宅邸里下围棋。他对属下的绝对信任终于害了他。那天，除了著名的刘和珍等人以外，还包括陈毅、林语堂、朱自清等北京师生的游行队伍到达段执政府大门时，段祺瑞把"维持北京治安"的任务交给北京卫戍队李鸣钟后就不管了。当卫队旅少校王子江看到学生快要冲进执政府时，突然对附近的士兵说："开枪吧!"枪响的声音，令段祺瑞心头一惊。他立即赶到现场，面对满地的尸体，他当场长跪不起，自言自语道："一世清名，毁于一旦。"（《段祺瑞有没有下过开枪令?》，原载《北京晚报》，2011年5月27日）从此决定"终身食素"。1936年，他因多吃了几片西瓜而导致腹泻，医生劝他开荤以增强体质，他回答说："人可死，荤绝不能开。"终于不治而死。

很多年后，当苏联档案解密，"三一八"的真相才大白于天下：整个事件，都是由苏联人操纵的，苏联人的策动，无论是运动的支持者李大钊、鲁迅，还是被鲁迅痛骂的段执政、章士钊，居然都毫不知情！（详见《冯玉祥与国民军》，中国社会科学出版社，1982年版）

段祺瑞在天津市以南的马厂誓师，率领北洋军进京讨逆，通电复任国务总理。那段时间，北京的市民时常被黎明的炮声和步枪声惊醒。流弹不断打在城墙上，发出非常尖锐的声响。不到一周，张勋的辫子军就扛不住了。7月12日上午10时，聚集在天坛的张勋的部队就挂起了中华民国的国旗，投降了。这一天，北京城又恢复成了五色旗的海洋，段祺瑞"三造共和"的事业，至此功德圆满。被匆匆剪掉的辫子满地狼藉。

1924年3月，北京大学为了纪念成立二十五周年举行了一次民意测验，根据得票多少，北大学生选出的"民国大人物"依次为：孙中山、陈独秀、蔡元培、段祺瑞、胡适、梁启超、吴佩孚、李大钊、章太炎。其中，段祺瑞名列第四。在这份名单中，文化人十占其七，表明了当时青年学生的价值取向。此时，距离段祺瑞在"三一八惨案"中身败名裂，还有两年。

厌倦了府院之争的段祺瑞决定以代总统冯国璋取代黎元洪的总统之职。由于黎元洪是根据"约法"继任的总统，孙中山发表护法通电，下令"通缉乱国盗贼首逆段祺瑞"。护法军与北洋军之间展开激战，护法战争开始。

而冯国璋并没有走进段祺瑞为他铺设好的政治轨道，黎元洪的继任者，也继承了府院间的矛盾。他们都习惯于在"约法"这块蛋糕上为自己分出最大的一块，何况手下有兵的冯国璋，远比黎元洪这个政治玩偶更加强势。由于缺乏一个成熟的、具有可操作性的政治体制，在对抗帝制这个共同目标消失以后，他们再度成为彼此的敌人。民国这盘棋，已成不可收拾的残局。

如同与黎元洪的争执一样，这对亲兄热弟分道扬镳的原因，并非仅是权力之争，而是有着深刻的政治分歧：段祺瑞依然执着于武力统一中国，而冯国璋则继承了黎元洪的衣钵，主张和平统一，西南方面的实力派如陆荣廷等，也向冯国璋频频示好，南北和平统一在民国旗帜下的可能性大增，所以，尽管他们表露出的合作愿望不失真诚，但在府院这个政治泥潭里，两个人鲜血凝成的战斗友谊不出半年就走到了尽头。当冯国璋终于意识到自己不过是段祺瑞的棋盘上一个棋子的时候，内心升起了一股寒意。他决定出走。1918年元旦刚过，冯国璋就突然对段祺瑞说，他同意对南方军队进行武力征伐，又说，自己要亲自南下督军。当冯国璋踏上开往南京的火车时，段祺瑞才恍然大悟，命令倪嗣冲将这条即将脱网的大鱼捉回来。当年袁世凯派段祺瑞"护送"黎元洪的一幕重演了，冯国璋从此成为段祺瑞的政治玩偶，直到1919年病死。

直到1920年吴佩孚打到北京，段祺瑞才第二次下野。当"三一八"以后段祺瑞第三次下野，完成他政治生涯中的三起三落，他才真正地隐遁津门，可以安静地下棋了，从此闭门不出，与政治再无瓜葛。连后来权倾中国、曾是他北伐中的对手蒋介石前来探望他从前的段老师，都在门外受到冷落。他每天清晨绕着院子里的大草坪散步，然后回到佛堂，面对释迦牟尼像虔诚地诵经，忆及血淋淋的往事，不知他是否会幡然悔悟。放下屠刀，立地成佛，或已成他今生的最大愿望。除此，他还有一个世俗的愿望，那就是每天等待一个小孩儿前来与他下棋，那个小孩儿后来成为围棋大师，他的名字叫：吴清源。

原载《随笔》2012年第2期

吴越春秋事

李敬泽

鱼与剑

有白鱼在长江太湖，天下至味也。

白鱼至鲜，最宜清蒸。在下晋人，本不甚喜吃鱼，但酒席上来了清蒸白鱼，必得再要一份，眼前的这份自己吃，再来的那份大家吃，人皆嘲我，而我独乐。

读袁枚《随园食单》，说到白鱼，曰："白鱼肉最细"，这当然不错，但细则薄，而白鱼之细胜在深厚丰腴，所以也宜糟。袁枚又说："用糟鲥鱼同蒸之，最佳。或冬日微腌，加酒酿糟二日，亦佳。余在江中得网起活者，用酒蒸食，美不可言"——不可言不可言，唯有馋涎。

总之，清蒸好，浅糟亦佳，至少到清代，这已是白鱼的通行吃法。

还有一种吃法，随园老人听了，必定大叹罪过可惜。那便是——

烧烤。

苏州吴县胥口乡有桥名炙鱼，两千五百多年前，此地的烧烤摊连成一片，烤什么？不是羊肉串，当然是烤鱼。那时的太湖，水是干净的，无蓝藻之患，鱼与渔夫与烧烤摊主与食客同乐。那时的吴人也远没有后来和现在这么精致，都是糙人，该出手时就出手，打架杀人等闲事，吃鱼不吐骨头。清蒸，那是雅吃，烧烤，恶做恶吃，方显吴越英雄本色。

这一日，摊上来一客，相貌奇伟：碓颡而深目，虎膺而熊背。"碓颡"解释起来颇费口舌，不多说了，反正中学课本里北京猿人的塑像应该还没删，差不多就是那样。该猿人坐下就吃，吃完了不走，干什么？要学烤鱼。

问：他有什么嗜好？
答：好吃。
问：他最爱吃什么？
答：烤鱼。

现在，谈剑。春秋晚期，吴越之剑名震天下。据专家猜，上次谈到的太伯、仲雍两兄弟，从岐山周原一路逃到吴地，占山为王，同时带来了铜匠。彼时的铜匠是顶级战略性人才，价值不下于钱学森。几个陕西师傅扎根于边远吴越，几百年下来，肠胃由吃面改成了吃鱼，吴越也成了特种钢——准确说是特种铜——工业中心。欧冶子公司、干将莫邪夫妻店都是著名的铸剑企业，所铸之剑，"肉试则断牛马，金试则截盘匜"，盘匜，就是铜盘子铜水盆儿，剑下如西瓜，一切两半儿。

当时的铸剑工艺，现在恐怕是说不清了。大致是，起个窑，安上风箱，点火之后倒矿石，再倒炭，再倒矿石，再倒炭，最后铜水凝于窑底，便可出炉、煅剑。

实际当然没那么简单，否则大炼钢铁也不至于白炼。矿石倒下去炼出精金，或者，铜盘子铜盆扔下去炼出废渣，办法一样，结果不同，这就叫运用之妙，存乎一心。那时不必写论文评职称，也没有专利费可收，心里的事古代的工匠死也不说。但古时大众偏就想知道，想啊想，中国式的想象终究离不了此具肉身，所以，据说，是炼剑师放进了头发、指甲，乃至自己跳进炉子去，当然，跳下去的最好是舒淇一样的美女才算过瘾。——据说有一出讴歌景德镇瓷器的大戏就是这么编的，真不知道他们还想不想卖餐具了。

我家菜刀，宝刀也。灯下观之，霜刃之上冰晶之纹闪烁，正是传说中的"龟文漫理""龙藻虹波"。倒推两千五百年，便是一刀出江湖，惊破英雄胆！春秋之剑，登峰造极之作，刃上皆有此类花纹隐现，"如芙蓉始出，如列星之行，如水之溢于塘"。我家菜刀上的花是怎么来的，我不知道，但专家知道，春秋剑上花是怎么开的，专家也不知道。

有周纬先生，专治古兵器史，逝于1949年，博雅大痴之士，不复再有。他老人家从印度的大马士革刀说到马来半岛的克力士刀，都是花纹刀，也都探明了工艺，而且据他推测，克力士刀的技术很可能是古吴越工匠所传。但说到底，大马士革刀和克力士刀乃钢刀铁刀，春秋之剑却是铜剑，所以，还是不知道。

人心不可窥，天意或可参。一日，有相剑者名薛烛，秦国人，远游至越，有幸观摩欧冶子出品之剑，其中一柄名鱼肠，顾名思义，剑刃之上，纹如鱼肠。

薛烛一见此剑，神色大变："夫宝剑者，金精从理，至本不逆。今鱼肠倒本从末，逆理之剑也。佩此剑者，臣弑其君，子杀其父！"

该评论家像如今的学院评论家一样，论证是不要人懂的，但结论我们都听清楚了：

鱼肠，大凶之器也。

命里注定，它是鱼肠，它等待着君王之血。

吴王僚在位已经十三年，即位时他应已成年，那么他现在至少也该三十岁了。这一天，三十岁的吴王僚来找妈妈：

"妈妈妈妈，堂哥请我到他家吃饭。"

妈妈说："堂哥不是好人啊，小心点小心点。"

吴王僚可以不去的，可不知道为什么，他竟去了。也许他不愿让他的堂哥看出他的恐惧，可是，他同时又在盛大夸张地表演他的恐惧：他穿上三层进口高级铠甲，全副武装的卫兵从他的宫门口一直夹道站到他堂哥家门口。进了大堂，正中落座，前后站十七八个武士，寒光闪闪的长戟在头顶搭成一个帐篷。

摆下如此强大的阵势，仅仅是为了防守，真不知他是怎么想的，也许，一个弱点损伤了他的判断力：他爱吃鱼，爱吃烤鱼。他一定听说了，堂哥家里来了一位技艺高超的烤鱼师傅。

然后，那位北京猿人出现了，他端着铜盘走来，铜盘里是烤鱼，香气扑鼻。他站住，突然——

那是一刹那的事：他撕开烤鱼，扑向吴王僚，武士们警觉的戟同时劈刺下来，他从胸到腹豁然而开，肠子流了一地。

然而，晚了，吴王僚注视着自己的胸口，一柄短剑，胸口只余剑柄，剑尖呢，在他背后冒了出来。

鱼中有鱼肠，臣弑其君。

吴王僚此时是在心疼那盘烤鱼，还是在大骂进口防弹衣的质量问题？

刺客名专诸，主谋公子光，后者登上王位，改号阖闾。

专诸是先秦恐怖分子中最为特殊的一例。他没有任何个人的和政治的动机，他与吴王僚无冤无仇，他和公子光无恩无义，他的日子并非过不下去，严格来说，他是楚人，谁当吴王跟他也没什么关系。

他图什么呀，从《左传》到《史记》都说不清楚。东汉赵晔的《吴越春秋》中杜撰了一段八卦，小说家言，于史无证，我以为却正好道出专诸的动机：

后来辅佐阖闾称雄天下的伍子胥，有一次碰见专诸跟人打架，"其怒有万人之气，甚不可当"，可是，后方一声喊：还不给我死回去！疯虎立时变了乖猫，跟着老婆回家转。事后二人结识，伍子胥笑问：英雄也怕老婆乎？专诸一瞪眼：俗了吧俗了吧，大丈夫"屈一人之下，必伸万人之上"！

他必伸万人之上，他也必屈一人之下。他一直在寻找那个出了家门之后的"一人"。未来的吴王阖闾使伍子胥这样的绝世英雄拜倒于脚下，他注定就是专诸要找的那人。

人为什么抛头颅、洒热血，为名，为利，为某种理念某种信仰，但也可能仅仅因为，人需要服从，绝对的服从，需要找到一个对象，怀着狂喜为之牺牲。

夏虫不可语冰。春秋之人太复杂，今人不复能解。

桑树战争

风云突变，两个娘们儿开了战。

主题是，哪个烂肠子下作小娼妇偷采了我的桑叶，让她家的蚕死光、生孩子没屁眼！

云云，云云。

天不变，道亦不变。有些事像头上顶着天一样，现在如此，两千年前亦如此。比如，女人打架的方式。所以，这一战的战术不必细表，总之是言词迅速升级为肢体，揪头发、挠脸、抓奶子、张嘴咬，等等。

那棵桑树沉默着，它是战争的根由，是它挑起了人类永恒的愤怒和激情。它当然只是一棵桑树，可是它长得不是地方，它正好就站在吴国和楚国的边界线上。问题是，边界线也并不是一条线，它与其说是画在大地上，不如说是画在人心里，而人心，你知道，古今都一样，这棵满是鲜美桑叶的树立在那儿，对于两千五百年前勤于桑蚕事业的吴妇女和楚妇女来说，那就是一口油井！于是，那条线原本是怎样，吴楚有了完全不同的说法，而那棵树归吴或归楚，就成了必须用牙和指甲解决的问题。

总之，在某个清晨，吴妇女或楚妇女赫然发现，那棵树上的叶子竟然都被采光了！谁干的？当然是卑鄙的楚国人或吴国人干的！

女人之间的战争只是序幕，女人真正的杀伤性武器是她们的男人，孩子他爹啊，你个死鬼啊，我怎么就嫁了这么个软蛋啊。

软蛋不得不硬起来，拳头和锄头齐出，到当天日落时分，楚方大胜，灭了吴方满门。

这也不是什么新鲜事，两千多年间，中国民间为了争夺生存资源，甚至为了赵家狗看了我一眼，宗族械斗打得鸡飞狗跳可说是无日无之。但现在，问题不是张家和李家、东村和西村，问题是，吴国和楚国。

于是，问题不可能不了了之，事态迅速升级，那时没有电报没有手机，那时的干部也没有事事请示的习惯，吴国地方官二话不说，发兵越界，把对方一个村屠得鸡犬不留。

这就叫边境冲突，在此之前，这件事和历史无关，等于没有，在此之后，再不来看热闹还算什么史学家！史家之笔嗜血，他们对人类事务重要性的判断基本上是以出血量为准，司马迁眼看着血流漂杵，直写得大珠小珠落玉盘：

卑梁大夫怒，发邑兵攻钟离。楚王闻之怒，发国兵灭卑梁。吴王闻之大怒，亦发兵，使公子光因建母家攻楚，灭钟离、居巢。楚乃恐而城郢。

这段文字见《史记·楚世家》，有兴趣的自己找来看，在下就不讲解了，总之，桑树之战演变成了吴楚之间的大规模战争，而吴方占了上风。

太史公这寥寥一段文字堪称寸铁杀人，胜过在下两千字，胜过张召忠、马鼎盛半个月的口水。"怒""怒""大怒"，战争不断升级不过源于怒气不断高涨。而最后一个"恐"字，辣如后世楚人嗜吃的辣椒，直道出人之轻浮、易变。人之怒有时是出于尊严、豪情，只可惜它差不多像爱情一样不能持久，一转眼，不过失了边境两城，就慌慌张张在首都大修工事，莫非堂堂楚国，都城之外都不打算要了吗？还是大人先生们只想着守住自家的豪宅？

关于桑树之战，《史记》和《左传》说法互异，比照起来看，似乎是太史公只顾了笔下爽利，把前现代的一场战争写成了间不容发的闪电战，其实那时，消息传得慢，又没有高速路，调兵遣将更慢，一场战争如同又臭又长的连续剧，从"怒"到"恐"，怎么也得大半年，这其间还发生了很多事，太史公嫌麻烦，全给省了。比如吴国打钟离，是地方官员自作主张，烧杀抢掠出了气，应是撤兵而还。这边楚王怒了，又去灭卑梁，灭了卑梁就该想到吴王会大怒，但楚王偏偏想不到了，他以为他能摆平，摆平的办法就是，率领舰队，浩浩荡荡，沿着吴国边界巡游，顺便还访问了越国，与越王举行了亲切友好的会谈。

这一套办法，古今也没什么变化，这叫武力威慑，这叫建立战略同盟。很好很给力。但是不管什么时候，总有人说不中听的话、说风凉话，也没人请他上电视，但他就是忍不住要说。比如当日楚国就有这么一个讨厌的，名叫戍。戍先生冷眼看天下，在博客上发了一通议论：

咱们楚国到底是想打呀还是不想打？是想大打还是想小打？真要想打就别这么敲锣打鼓的，你当打仗是唱戏啊？咬人的狗不叫，会叫的狗不咬，摆出个架势来可又没真想打，那就是找打。"吴不动而速之，吴踵楚，而疆场无备，邑，能无亡乎？"

说完了赶紧关闭评论通道，免得被愤怒青年拍死。

许多年后，1886年，李鸿章派四艘铁甲舰，包括亚洲最大的巡洋舰"镇远"和"定远"出访日本；1891年，据说称雄黄海的中国海军再度访日，耀武扬威。然后，1894年，甲午海战。

当日若戌先生在，会怎么说呢？有必要去显摆吗？长达八年的时间里，磨牙吮爪的日本海军可是没来过我天朝一趟，咱们左一趟右一趟地去展示自信，自信得真的信了，这时候有没有一个戌先生悄悄问一下李大人，或者问一下"怒"着的诸君：真的要打了吗？

当然，大家光顾怒着自信着，戌先生的话两千年前就没人听。结果，吴王大怒，大怒是真怒，不是发个帖子洗洗睡，不是严正声明，是深思熟虑的决断，是翻腾血气化为钢铁意志，是豁出去了，全押上了，不要命了！楚王的武装公费旅游即将圆满结束，而就在此时，吴军从后面扑了上来……

讨厌的戌先生又说了：

大王这么一折腾就丢了两座城，咱们楚国经得住几回这样的折腾？"亡郢之始于此在矣！"

是的，一切刚刚开始，从一棵桑树开始，十一年后，吴军攻入楚国都城。

那棵桑树，现在归吴，然而争桑之人死光光，采桑之歌不复闻。

哭秦廷

伍子胥与申包胥相遇于途。

此时之伍为孤魂野鬼，无家无国，无法无天，唯余此身、此心、此剑。此时之申包胥仍是楚国高官，他拦住了他的朋友，这个正被追杀的逃犯。

伍子胥：楚王杀我父、杀我兄。告诉我，我该怎么办？

申包胥长叹：走吧。我无话可说。

申包胥让开了路。伍子胥不动，他要自己回答刚才的问题：

我与楚，不共戴天！必要灭楚报仇！

申包胥：子能亡之，吾能存之；子能危之，吾能安之！

多年前，与影视界的朋友闲谈，忽然想起伍子胥，为什么不拍伍子胥呢？那是中国最具悲剧感的英雄。

那天晚上，喝了很多酒，我们在亢奋的眩晕中描述和想象伍子胥一生中的每个场景，包括他与申包胥的这次相遇，那根本不需要古道夕阳，让张艺谋式的摄影师歇着去，这两个人，站在那里，就是莽莽苍苍，天何高兮地何远兮。

当然，酒醒了，这件事没有了。我至今为此庆幸，至少，伍子胥还留在黑暗中，他不至于被我辈浮浪之人狠狠糟践一遍。

这个时代，怎么会懂伍子胥。

伍与申的相遇，敞开了中国人伦理生活中的一道深渊：家与国与此身，中国人一直对自己说，这是一体的是一回事。但伍子胥发问，现在，不是一回事，怎么办？申包胥也知道那不是一回事了："吾欲教子报楚，则为不忠；教子不报，则为无亲友矣。"我们所信奉的某些根本价值有时会是水火不相容，怎么办呢？大路朝天，"子其行矣"。

就在那一刻，两个朋友都做出了决然的选择，从此不中庸、不平衡、不苟且、不后悔，伍子胥从此成为楚国的死敌，而申包胥，他决心以一己之力从他的朋友手中拯救楚国。

这样的朋友、这样的人，春秋之后不复见。他们把圣人、唐僧、知识分子都逼上了绝境，对这样的人，我们无从判断，无话可说，怎么说都只是露出了小人之心。他们凭着血气冲出了我们的边界，任我们的智慧、我们精致的啰唆兀自空转。

血气，在这个时代是完全不能被理解的东西。正如在电影《赵氏孤儿》中，血气翻腾的复仇已被小知识分子小市民的多愁善感彻底消解，而读一读马克思对普鲁士的分析你就知道，多愁善感和歇斯底里是一个硬币的两面。这枚硬币在网络时代疯狂旋转，但永远不会有意外发生。

血气是危险的，是人类生活中永远被处心积虑地制约和消弭的力量。这血气并非脆弱的歇斯底里，并非匹夫的冲动，并非躲在安全处骂人或发出豪语，而是一个人，依据他内心体认的公正和天理，依据铁一般的自然法做出的决断，从此，他绝不妥协，他决然变成了真正的"一个人"，他不再顾及关于人类生活的任何平衡的法则或智慧，他一定会走向绝对、走到黑。

这样的血气注定会严重危及共同体的秩序，亚里士多德早就深刻地注意到这个问题，他对血气的看法非常犹豫，他不能否认这是一种重要价值，但是，他又审慎地提出，人有必要节制他的血气。而孔子同样告诉我们，血气和欲望都会把我们带向极端，带向悬崖，必须执两用中，牢牢站在稳妥的地方。

是的，我完全同意。但是，我怀疑亚里士多德和孔子能否说服伍子胥，在那条路上，他只能听凭血气的指引，面对庞大的、专横的、不义的、非理性的暴力，他只能做出一个人、一个猛兽必会做出的反应，就是孤独地、以牙还牙地反抗。

写这篇短文时，我正在读朋友转来的我所尊敬的作家的一篇文章，他所谈的是发生在中亚的事，我承认我被他的观点吓住了，但同时，我也想起了伍子胥。

　　但现在要谈的是申包胥。和伍子胥分手后，他一直等待着那一天，他知道，那一天终究要来，他在漫长、恐惧的等待中甚至期待着那一天的到来。

　　这一天终于来了，伍子胥率领着复仇大军攻破了楚国的国都。楚国面临覆亡。

　　然后，在千里之外，秦国的宫殿前，申包胥一瘸一拐地走来，他就是一个乞丐，他张开双手，一无所有，他要的是他的楚国。

　　就这样，他站在宫门的墙边，哭。

　　这是什么样的哭啊，申包胥哭了七天七夜！

　　能让一个人在家门口连哭七天，这家子不是残忍就是迟钝。此时当家的秦哀公爱喝酒、爱美人，当然不爱管门外的事，但是哭到第七天，便是铁石心肠的秦人也禁不住了，把哀公架起来，一五一十备细一说，哀公真是哀了，他感动了，这是模范啊，榜样啊，咱秦国咋就没这样的臣子呢？说得左右全都臊眉耷眼，自恨多事。他再喝一碗酒，一发奋就做了一首气壮山河的诗：

　　岂曰无衣，与子同袍；王于兴师，与子同仇！

　　——别哭了别哭了，大王答应出兵了！

　　哭秦廷，是外交史上的奇迹。正如那句名言所说：不管你信不信，反正我信了。申包胥不竭的泪水，正是源于血气。机巧和计较是无用的，申包胥只是把自己交出去，他只是诉诸基本的天理，就是一个人绝对的忠诚。

　　他果然救了楚国。

　　再无申包胥，因为人越来越聪明。

　　下面举聪明之一例：

　　战国时，楚攻韩，韩向秦求救，派了使者名靳尚，照例说了一篇唇亡齿寒的大道理。此时，秦国当家的是宣太后，该太后想必是年轻守寡，想必是风韵嫣然，听了汇报，召见靳尚，说了一篇话可谓外交史上的经典：

"小女子我伺候先王的时候，那死鬼睡觉不老实，老是把大胖腿压我身上，受不了啊受不了。可是呢，有时候，他全身都压在我身上，我倒不觉得沉了，我舒服我爽，你说说，这是怎么回事？"

靳尚是已婚男子，岂能不知是咋回事？还以为这太后要拿他煞火呢，正扭捏着，太后接着说了：

"因为，少有利焉，有甜头啊。发兵救韩，光军费一天也得花销千金，小女子我当家不易，总得得点甜头吧？"

靳尚知道，哭没用，只好回去，筹款，数钱。

原载《美文》2012年第6期

孔子的最后时刻

李木生

齐鲁的旷野里，北风猎猎地吹着。

病了吗？脚步怎么会如此轻盈？踏在这片生于斯养于斯并将要没于斯的土地上，孔子的心里有了一种从未有过的踏实的感觉。

73年的岁月，正踏出一条没有尽头的道路。他欣慰地看到，是他罄尽生命，在中国的大地上犁出了一片文化的沃野。孔子捋了一下被北风吹得有些凌乱的胡子，将目光洒向空旷的田野，也洒向自己曲折斗转的一生。

雪在翻飞。

孔子望着窗外混沌的世界，有一缕留恋的火苗在胸中蹿起。

他最是难舍自己的学生。

一个一个，3000个学生就在这雪的翻飞中挨个从自己的面前走过。

多想让他们停留一下，好再摸摸他们的脸他们的头他们的手。就是闭上眼，光凭手，也能摸出是颜回还是子贡。多想为他们掸去身上的雪，再为他们端上一碗开水，让他们捧着慢慢地喝，既暖手又暖身还暖心。但是得提前交代那个性急的子路，水烫，要慢慢地喝。不然，肯定会烫着他。多想听听他们读书的声音，那是比天籁、比韶乐都要美妙百倍的音乐啊，那是可以忘生忘死的声音啊！不管是滴水成冰的数九寒天，还是汗流浃背的三伏酷暑，一旦学习起来，大家总会忘掉了寒暑，出神入化于精神的妙境里。更想再与学生们来一番越磨越深、越磋越透的辩论，哪怕受更多的抢白、更多的质疑。那是心灵与心灵的碰撞，有照亮灵魂的火焰燃烧不息。颜回走过来了，我得告诉他，还是要好好保养一下身子。这不是樊须（即樊迟，姓樊名须字子迟，亦名迟）吗？不要走得这样匆忙吧，是不是还对于我骂你的"小人哉，樊须也"有所不满？那次你问种庄稼和种菜的事，我确实是不懂，当时也有些躁，话是说过头了。我现在想起来，学会种田与种菜有什么不好呢？我不是说过"知之为知之，不知为不知，是知也"的话吗？老师也有不知的事情，你问得好，你不想再问问别的什么吗？问吧，问吧，老师真想听你的提问呢！

可是，谁也没有停留，还是一个一个的，从孔子的面前走过，向前走去。

但是，在这雪落中华的时刻，无限留恋的孔子，从学生那浩浩荡荡的队伍里，听到了一个嘹亮的声音，在雪野中回响：仁者爱人，仁者爱人。老师笑了，这是樊迟的声音啊。老师继而哭了，笑着哭了，因为他听到了这整支队伍共同发出的生命的大合唱：仁者爱人，仁者爱人……

"德不孤，必有邻"（《论语·里仁》），有道德的君子从此再也不会孤单了，这一列学子的队伍，还会无限地延长、延长，壮大、壮大。

一种莫大的欢乐与幸福，就这样充盈于孔子苍茫的胸际。

不远的将来，又有一个叫孟子的君子大儒，还在感叹着孔子当年的欢乐与幸福。他告诉世人："得天下英才而育之，一乐也，而王天下不与焉。"这种欢乐与幸福，给个皇帝也不换！岂止不换，简直是不可同日而语的欢乐与幸福。

雪下着。孔子笑着哭了。

他知道母亲在等着他。

那个叫颜徵在的女性，注定要因为孔子而流芳永远。

母亲墓前的树已经长得又大又粗了，而母亲的容颜却越来越清晰如同就在眼前。虽然学无常师，但是母亲当然是自己的第一个老师了。母亲在困境中的从容与果敢，母亲对待生活的乐观与进取，还有母亲一视同仁地照顾抚养身有残疾的哥哥，以及母亲待人接物的得体与大气，都是那样潜移默化地教育着年幼的孔子。那座尼山和尼山上的那个山洞，好多年没有登临了吧？母亲生前可是常常会停下手中的针线活，朝着那个方向走神呢。

尤其是母亲的笑容，美，还带着一种莫名的宽容。身体病着，可是只要一看见儿子，笑容就会自然地浮现在脸上，是那样的温馨。流亡的14年里，母亲的笑容就常常地浮现在自己的眼前，从而给自己艰难的行旅增添力量。她曾为父亲献出过如花的青春，她更无言地为自己的儿子献出了整个的生命。

如果没有年轻时做乘田、委吏的经历，怎会有后来"弃天下如敝屣"的胸怀与气度？

在孔子内心最柔软的地方，除了母亲，还有自己的妻子亓官氏。太苦了她了，在那14年里，她是怎样度过的"守寡"一样的时日呢？其中的艰辛当是一言难尽的。一丝愧疚就在心上浮起了，还有一声轻轻的叹息。

对了，还有那个南子。她也早已不在人世了。但是她的好心她的照抚虽然被世人，包括自己的学生所误解，但是孔子心里是有数的。一种感激总也在记忆的深处藏着。14年的流亡之旅，70多个国君与大夫，没有哪个能够真正理解孔子重用孔子，倒是这个担着好多"风言风语"

的南子，对孔子有着真正的敬重。多少年啦？也不用去计算了，但是那次相见却如昨天一样。还有她在帷幔后面的回拜，和回拜时所披戴的环佩玉器首饰发出的叮当撞击的清脆声响，都历历如新。如果母亲健在并且知道南子对自己儿子的好，肯定也会对南子有着好感与感激的吧？

雪一定会把母亲的墓盖得严严实实的。等着我母亲，儿子就要来了。

黄昏。

点上那盏灯吧。多少个这样的黄昏与多少个夜晚，就是在这盏灯下，孔子让自己整个的身心，投入在这些文化典籍之中。投入其中，犹如鱼在海中鹰在云上。

双腿已经有些麻木与僵直了，只好斜靠在床头的墙上。把那断了牛皮绳子散落了的竹简重新穿好，再打上牢稳的结。手也不听使唤了，一个结就要打好久好久。但是孔子的头脑却空前的清楚，犹如雨后的春晨。

就是闭上眼睛，他也熟悉每一片竹简和竹简上的每一个字。有时，他会觉得，这些竹简比自己的儿子还亲。那些个权贵们是不把这些东西真当回事的，他们没有工夫去想想它们的价值，当然更没有工夫去看上一眼。即使迫于应酬必须要学习，也总是在皮毛间打转，很少能从肌肤深入灵魂中了。

连睁开眼睛都觉得难了。干脆闭上眼，只用手轻轻柔柔地摩挲。

有风从窗子的缝隙中探进来，灯光好似春天的柳条般摇曳着。孔子的身影，也便在墙壁上荡来荡去，是那样庞大，又是那样坚定。

那只一条腿受伤的麟已经死去还是回归了山林？手中的这些竹简，却是比麟更有生命力的生命啊！它们就如这盏灯吧，看似脆弱得很，轻轻地一口气就可以把它吹熄。但是，当它们已经刻在人们尤其是仁人的心上之后，那是再也熄灭不了的啦。人，人的情感与思想，还有烟雾缭绕的历史，都会因为它们而不朽，因为它们而再生。它们就是一盏盏的灯，再黑的夜、再长的夜，也能被它们照亮。一旦把心灵点着，就是点着了一颗颗星辰，那就更是黑夜与大风都无法扑灭的了。

后来有一个叫秦始皇的愚蠢的皇帝，以为把这些手持灯盏的知识分子和正在亮着的灯盏一起扑杀，他的皇帝位置就可以万岁了。但是历史早已证明，"焚书坑儒"只是宣告了一个专制王朝的短命，并将这个专制制度的罪孽永远地钉在了耻辱柱上。是孔子后人的一面小小的鲁壁，护下了这粒文化与文明的火种。那些统治者应当明白，多少知识分子，包括普通百姓的心灵，不都是一面永远站立的"鲁壁"？这是任何焚烧与虐杀都无济于事的。

也许孔子早已看见了这一切？摇曳的灯光里，有微笑正在孔子的胡须间游走。

这个冬日的黄昏听见，有苍凉的咏唱正从这栋屋子的门缝间逸出：天行健，君子以自强不息……

没有一点寒冷。

孔子真切地听见了雪花的脚步，那是尧的脚步舜的脚步禹的脚步周公的脚步吧？"有朋自远方来，不亦乐乎？"（《论语·学而》）知音的接踵而至，真是让孔子喜出望外了。

携手间，已经在飞了。

轻灵的魂魄，也如这纷扬的雪花，翔舞在天地之间。是飞舞在泰山的峰巅间吗？只有醒目的松柏，在这银白的世界里吐着勃郁的绿色。这当是泰山上的君子了，"岁寒，然后知松柏之后凋也"（《论语·子罕》）。

齐鲁莽莽，世界茫茫，壁立万仞的泰山也如这轻灵雪花，在宇宙间飞翔。

从来没有过的解放，从来也没有过的自由，就这样弥漫在孔子的生命间。每一片雪花都是一个音符，共同组成了无边无际、无上无下的和鸣。这是天上的音乐吗，可分明又是在人间，而自己的每个细胞，也都成这个和鸣中的一个不可分割的部分。

一种大安详、大欢乐降临了。

是寒冷的锐利刺痛了孔子？他从梦中醒来。

已经无力翻身了，他看到有银色的东西正侵入在床头上。是雪吗？他艰难地微微侧过脸去。一种喜悦一下子就亮起在这深夜里：雪霁了，这是月亮的吻痕。

孔子没有担心，也没有疑惑。雪花，泰山，知音，他们存在过，就不会丢失。或者，这眼前的月光，就是梦中的雪花变的？

全身也许就只剩下心口窝处还有一点温热，他清醒地意识到死亡的来临。一辈子"不语怪、力、乱、神"（《论语·述而》）的孔子，就要直面死神了。

平静如水的孔子甚至有了一个大胆的念头，要用这心口窝处仅有的一点温热，去温暖那个被人误解的死神。

它是多么美好的一个精灵啊！是它给人以最终的休息与解脱，也是它给人以最终的平等与自由。这种自由，是自由得连躯壳都抛弃了的。

死亡也是这样的美丽。可以是一片树叶飘扬着从树上降下，也可以是一颗星辰燃烧着从天空陨落。可以是山溪渗入于渴念的田野，也可以是黄河跳下万丈的壶口。但是它们，都带着生命的光芒，升华于安详而又欢乐的至境。

寒冷又在慢慢地离去，那颗臻于圆融的灵魂，轻柔得如天鹅的羽毛，飘逸着似天上的白云。

就这样，灵魂飞扬在漫天的月光里。

那就是自己常常驻足的泗水吧？它正在月光里粼粼着玉的光泽。是的，泗水在等着孔子，等得好久了。你从哪里来？又到哪里去？泗水笑了，无言地说着：我从来的地方来，我到去的地方去。孔子笑了，一河的月光泛着澄明也在笑呢。忍不住，孔子掬起一捧河水，啧啧地饮下。啊，连肺腑也被月光照彻了。

天与地，月与河，人与世界，植物与动物，灵与肉，生与死，过去与未来，全都处于一种无始无终、无边无际的和谐中。只是这种和谐不是静止，而是一切的生命都因为大自在大解放而处在欣欣向荣之中。

不是吗？瞧这条泗水，它不是日夜不息地在流吗？一切的生命，一切的时间，不是都如这泗水一样在日夜不息、一去不回地流淌向前的吗？

死亡也是一种流淌啊。

随心所欲、自在安详已经好久了。但是今夜，生命却新生出一种从来也没有过的欢乐与美妙。

好吧，那我就走了。

公元前479年（鲁哀公十六年）夏历二月十一日，73岁的孔子死了。

孔子死了吗？他的生命正化作一条船，载着满船的明月，与泗水一起，正驶向烟波渺沔的远方。

"逝者如斯夫，不舍昼夜。逝者如斯夫，不舍昼夜……"

原载《书屋》2013年第3期

因循疲玩论

——"癸酉之变"与嘉庆帝的反思

卜　键

———————

　　清嘉庆十八年（即癸酉年，1813年）9月15日，天理教在京城聚众起事，教徒200余人攻袭紫禁城，与宫内护军和京营官兵厮杀两天一夜，举朝惊悚。虽说这些教徒和内应最后全都被毙伤捕获，但带给嘉庆帝的震动是巨大的。深深被刺痛的他认为"变起一时，祸积有日"，在罪己诏中指出"因循怠玩""悠忽为政"为官场大弊，要求大小臣工"切勿尸禄保位"。这份诏书一改通常的官话套话，而是语出衷肠，直白痛切，"笔随泪洒"，有着强烈的感情色彩，也有着深切的反思和自省。

　　因循怠玩，在后来又被嘉庆帝修订为"因循疲玩"，实乃国家承平既久之通病，乃长期执政之痼疾。整整200年过去，此四字带给政体和百姓的危害可谓罄竹难书，而在改革开放的今天，仍然有警畏戒惧之必要。

疏于防备的紫禁城门

　　血溅宫门的癸酉之变，策划组织者为天理教"天皇"林清。此时，曾经席卷数省的白莲教虽被扑灭多年，而山东、河南、河北交界之地，其余绪演化为另一种秘密宗教即天理教，在村庄和市井快速蔓延。林清等人主要活动于京郊一带，发展徒众，培植势力，触角渐渐伸向清廷的一些重要机构。依照与滑县李文成等拟定的攻打皇宫日期，林清精选悍勇教徒，由祝现、屈五、陈爽、李五等带领，提前一天便潜入京城，在正阳门外的庆隆戏院（该戏院老板亦天理教徒）聚集，看戏饮酒，养足精神。第二天领取兵器，伪装成小商小贩，络绎相随，朝着紫禁城进发。

当时京师由外向内，分为外城（仅绕南城建成）、内城、皇城和紫禁城，警卫巡察层层布防，规制上极为周详严密：外城各门由巡捕营负责；内城设九门提督，有八旗兵分区驻防；皇城内既有满八旗步军营巡逻，又在紧要地点置重兵守卫；紫禁城外由下五旗护军沿城墙分段警卫，四座城门和内卫则属上三旗护军营。加上宽阔的护城河，朱车栅栏，可谓戒备森严。以一批武器简陋、毫无攻坚经历的蛮汉，想要打进紫禁城，应说是难上加难。

当日午间，天理教徒分为两拨，各约100人，分别攻打东华门和西华门。他们伪装成向宫内送东西的商贩挑夫，三三两两靠近城门。在东华门，教徒与运煤者因争道发生摩擦，推搡时露出藏掖的刀剑，被守门军士看见，慌忙呼喊关门，教徒除少数强行进入，余者被关在外面，只好逃散。冲入城门的十数人直奔协和门而来，负责警卫的护军副统领杨述曾还算忠勇，率身边仅有的几名护军向前截杀，双方互有死伤，教徒大部分被杀死。

西华门一路教众则非常顺利，全部进入城门，大开杀戒，守门护军非死即逃，所执兵器也被缴获。教徒初战告捷，关上城门，杀向大内。就这样，看似固若金汤的紫禁城被轻易攻破，西华门是全伙进场，东华门也杀入了一小批。所谓体制完备的都城警卫、皇城护军乃至紫禁城郎卫，几乎形同虚设。

太监中的内应

应该说，天理教徒不是杀人，而是混入了紫禁城。更准确说，是装扮为送货的接近城门，这才暴起用强，斩门而入。帮助他们伪装蒙骗的是一些宫内太监，是天理教在宫中的教徒。没有这些内监的引领接应，癸酉之变也不可能发生。

参与起事、作为内应的太监（也有个别宫中小吏）多出于河间诸县。这个贫穷的地方，也是奋起抗争的一块热土，有全家入教、整村奉教者。他们在京城和皇宫的子弟亲属也信了教，并为其提供各种信息。这次天理教的攻袭行动，虽说早有策划，但皇帝去热河围猎，众皇子和内外大臣多跟随前往，皇城和紫禁城防御懈怠，当也是内应先期告知，促使林清最后下决心的主要原因。

据事后的审讯得知，共查得七八名太监参与了这次事变。唯有茶房太监杨进忠职务稍高，态度也较坚决，先期就在宣武门外铁市打造了数百把钢刀，供起事时取用。其余大都从事低等杂役，平日里难免受人欺侮，心中愤懑，也是其积极入教的原因。正是这些身着内监服色、悬挂出入宫禁腰牌的内应在城门外迎接，麻痹了守门护卫，增加了夺门的突然性。

值得清廷庆幸的，是这次攻袭行动极不慎重周密。教首林清把宝主要押在几个小太监身上，这些太监则迷信教徒有大法力。庞大的皇宫千门万户，教徒进入后难免有些发蒙，一切仰仗内监引领，而几个小太监脑子里想的，首先是要报素日之仇。东华门一路由内监刘得财带领，当本来就不多的教徒攻打协和门时，他却选了两个强手一直向北，经景运门，穿过苍震门，要去杀负责宫内警卫的太监督领侍常永贵，以解往日之恨。哪知常总管身边有几位大内高手，一番血战，他们的短刀不及侍卫手中长棍，三人被打翻拿下，捆得像粽子一般。东路的进攻也就此消解。

西华门一路顺利进入，且杀死杀伤守门护军，初战告捷，士气正旺，接应的杨进忠却把他们引到偏在一隅的尚衣监，要将里面的人杀掉。原因在于他有一次补衣服不想付钱，遭到拒绝，一直怀恨在心。小小私仇导致了一场无情杀戮，却失去了宝贵战机，待他们一番折腾后赶到隆宗门外，大门早已关上，里面也有了预备。

中看不中用的大内侍卫

隆宗门之内是乾清门广场，大清军机处在焉；进入乾清门便是大内，首先是乾清宫，以及南书房和皇子读书的上书房等；而就在隆宗门北面，便是嘉庆帝常时临御的养心殿。该门设印务参赞、护军参领，有军校30余人，另有内务府值班人员，却无人敢抵抗，只是将大门紧闭。围垣不算太高，贴墙又有低矮值房可供蹬踏攀援，情况很是危急。

此时嘉庆帝尚在返回京师的途中，护军精锐多跟从随扈，大内空虚。所幸当年的"木兰秋狝"为暴雨所阻，皇次子绵宁等已先行还京，正在上书房读书。早班侍读的礼部侍郎宝兴退值出宫时，望见东华门有变，虽不敢上前指挥拦截，倒也跟跄奔回，命侍卫关上景运门，自己跑去向绵宁告急，一脸惶惧之色。时嘉庆帝长子已死，刚过而立的绵宁颇有大气象，闻变从容布置，传令四门戒严，召官兵围捕，并命侍者取来鸟枪和子弹，与刚刚18岁的皇三子绵恺、贝勒绵志赶到养心殿御敌。此时已有五六名教徒跃上西大墙，沿着墙脊两边游动，一旦大批教徒跃入，后果真不堪设想。绵宁自幼随父祖行围，见多了危险局面，夷然自若，举枪将一名执小白旗的教徒击落墙外，接着又轰毙另一名踏墙飞身向北者。这位未来的道光皇帝枪法精准，吓阻了教徒的攻势，也带给身边随从极大鼓舞，棍打刀砍，墙上来敌赶紧退缩。嘉庆帝闻知且喜且惧："若依期行围出哨，又迟十余日，皇子等不能还京。若尚未还京，则踰垣二贼直犯宫廷，孰能击退？"

事实上的确如此，入宫教徒不敢再行翻越，由盛气强攻内宫转为骚扰宫禁，而在京几位王公提兵赶来后，教徒们便只有奔窜躲藏和消极抵抗了。绵宁既果决出手，扭转危局，又临事镇定，指挥部署对进入大内者格杀搜捕，成为平定这场变乱的核心人物。

至于本应承担守卫职责的护军和侍卫，其表现大多一塌糊涂：宫内各门守军十分懈怠，如苍震门只有一人在岗，其余的都去逍遥玩耍；至为紧要的景运门和隆宗门，兵卫无人敢挺身杀敌，只是仓皇把大门紧闭；护军所持刀剑多华而不实，有的锈迹斑斑，有的连刃都未开。皇宫中护军和侍卫远多于来犯之敌，然多数人怯懦避战。记载说明珠后裔那伦闻变赶来参战，有的竟劝他慢慢走，然后看着他被围杀于熙和门，无人上前解救。最过分的是值卫午门的统领策凌，居然率兵逃跑，令此一紧要门户无人守护，若非绵宁派人巡察时发现，要是天理教在外面伏有援军，那可就是另一番景象了。

有多少疑点曾被忽略

就在不久前，天理教已在山东金乡、曹县，河南滑县等多地举事，夺城劫狱，冲州撞府，声势浩大。清廷不得不多方调集兵力镇压，却没有想到京师会出事，在皇帝出猎期间更是一味松懈。

有人要进攻并夺取紫禁城，其实早有风声。闻听者怕是误传，怕担信谣传谣之责，皆隐匿不报。按说，作为秘密宗教的天理教不太注意保密，居住南郊的教首林清交结官府，呼朋引类，平日很是张扬。他们两年前就确定了行动日期，弄得不少教徒都知道。事变前一年的夏天，远在台湾淡水的一个天理教徒被抓获，竟交代出该教次年要攻打紫禁城，时间和首领名字都很准确。淡水同知急忙上报，台湾知府却认为这种话属于胡说八道，将之一刀了账，根本就没有奏报朝廷。

事变前数月，祝现的弟弟祝富庆向豫亲王裕丰举报乃兄谋反之事，裕丰开始时打算上奏，后来想到祝现为自家王府中管事庄头，经其介绍，自己去年还在林清家中住过，思来想去，只有隐匿不报。

事变前数日，早有所闻的步军统领吉伦在西山喝酒吟诗后，以前往白涧迎驾为名，率大队部伍离开京城。属下左营参将拉住马缰，诉说京师潜伏乱党，苦劝他留下来。吉伦佯装大怒，厉声说："近日太平如此，尔乃作此疯语乎？"接着将他推开，领兵浩浩荡荡而去。

事变的前一天，卢沟桥巡检已飞报顺天府尹，说祝现奉林清之命，定于次日午时攻打皇宫，现在党徒已经进入城内。府尹将他好一通训斥，警告他不得冒昧乱讲，也不做任何预备。待到真的出了事，府尹大人手足无措，没有任何应变能力。

因循疲玩，明朝清朝都由此衰亡

风起于青萍之末。然所有相关线索，有的被忽视，有的被惧祸闪避，有的被故意隐藏，最后酿成大变。三年后记述天理教案的《钦定平定教匪纪略》编成，嘉庆帝专为写作《因循疲玩论》，开篇便说："癸酉之变，因循疲玩酿成也。"这是他经过深长反省后的结论，也是他在诏敕批谕中反复申说、严厉告诫的一个关键词。

"因循疲玩"四字，在此前尚未见语例，或出于嘉庆帝痛愤至极时所创用。因循者，保守、疏懒、闲散、拖延之义也。其是一个形容秕政的百搭词，在《清实录》中，就有因循敷衍、因循推诿、因循悠忽、因循怠玩、因循苟且、积习因循、玩愒因循等，多见于历代皇帝责斥臣下的谕旨。这里拈用一个"疲"字，不独指懈怠玩忽，也将社会衰败凋敝、百姓困苦穷乏的境况凸显出来。

究竟为什么引发宫变？究竟是什么使得百姓群起造反？"罪至于谋

叛，刑至于凌迟，无可再加，而民不畏者"，到底是什么原因？嘉庆帝反躬自问，进而指出"百姓困穷为致变之源"，指出州县官员的悠忽度日，不加体恤，"横征暴敛"，是激变之因，要求诸臣知廉耻，有操守，"以实心行实政，以实力保国家"。客观论列，这位天子一向勤勉认真，其反省并无文过饰非，所做结论也有几分深切清醒，但实际效果有限。清王朝经康雍乾三代治理，国家强盛繁荣，至嘉庆则已是盛极而衰，乱象丛杂。癸酉之变四天后，嘉庆帝缓辔入宫，颁《遇变罪己诏》，"众王公大臣集乾清门跪听，皆不禁呜咽失声"，听到皇帝切切自责，又是"众皆呜咽痛哭，叩首请罪"。就中当也有真正愧疚之人，但大多数应属表演，是在演戏给皇上看。这不也是一种"疲玩"形态吗？此类制度性疲玩滋生百弊，也最擅长举重若轻，避重就轻，遇难呈祥，对什么压力都能从容化解。

宫变平复后，对失职官员的清算即告开始。清廷在问责上一向严苛，王公勋旧概莫能外，却也难以改变官场积习。道光帝继位，将他老爹说了几百遍的这四个字接着宣讲，作用也不大。林则徐和薛福成等富有进取心的官员，在奏折中也对疲玩积习表达了愤慨和无奈。鸦片传入中国，因循疲玩再加上吸食鸦片带来的沉迷飘忽，国事愈益不堪。再经过半个多世纪的风雨飘摇，清帝国的大厦轰然倒塌。

中晚期的大清一如前明，引用《红楼梦》中一句话形容，都是"安富尊荣者尽多，运筹谋画者无一……外面架子虽未甚倒，内囊却也尽上来了"。曹雪芹说的是一个家庭，写照的则是整个社会，是对因循疲玩的鲜活注解，也是对所有执政者的形象提示。

原载《中国文物报》2013年4月22日

从胡适拜谒溥仪说起

李国文

民国初年，时为1922年5月17日，在北京的胡适之博士，突然接到爱新觉罗·溥仪的一通电话。一是意外，二是兴奋，三是说不好什么复杂的感情，充塞心胸，故而七颠八倒，手忙脚乱。其实，博士很明白，此时的溥仪，只是被革命政府推翻的逊帝，已非统治大清王朝的真命天子。可京城老百姓有句俗话，别把豆包不当干粮，逊帝也是帝，所以接到溥仪的电话，还是受宠若惊，不知所措。根据民国政府和退位清廷的协议，大清王朝继续统治着时下叫故宫，当时叫紫禁城的一方土地，继续实行封建帝国的世袭制度，每年还要补贴4万光洋，供小朝廷开销。因此，养心殿也拉进电线，新装了电话，时称德律风。溥仪那年16岁，第一好奇，第二好玩，对此新鲜物件，感到兴趣，便翻开电话号码簿，看到胡适的名字，肯定是他的英文老师庄士敦（Reginald Fleming Johnston）对他说过这位博士如何了得，于是就拨通了电话。

"你是胡博士吗?"

"Yes!"

"你知道我是谁吗?"

"I don't know!"

等到终于弄清楚电话对面是逊帝,而且还约他有空到宫里来坐坐时,胡适放下电话,按捺不住亢奋之情,连呼三声"Wonderful"。我估计博士当时,膝盖肯定习惯性地要软一下,不由自主地要产生谢主隆恩的磕头冲动。

有什么办法呢?清朝统治中国300年,在培训国民的奴才化方面,是相当彻底的。博士下意识地摸摸后脑袋,前不久,他还曾是大清王朝拖过辫子的臣民哪!虽然当下的溥仪,已非皇帝,是一介平民,无论如何,曾经御临天下,约他进紫禁城一晤,岂有敬谢不敏之说。他不但去了,事先向庄士敦讨教了一番觐见的程式,事后对媒体还相当张扬了一番。这也是人之常情,谁有粉不往脸上搽呢?终究不是门头沟拉骆驼运煤的小力巴,约他会面;也不是三河县的受人雇用的老妈子,找他谈事。胡适在1922年5月30日的日记里,欣欣然地记道:"今日因与宣统帝约了去见他,故未上课。十二时前,他派了一个太监,来我家接我。我们到了神武门前下车,先在门外一所护兵督察处小坐,他们通电话给里面,说某人到了。"

从鲁迅调侃他的文章里读到,好像有人问过,你见到逊帝,是不是跪下来磕头呢?好像还有人问过,你见到逊帝,是不是向他宣讲杜威主义呢?他笑而不答。这种无声胜似有言的表情,显然对这次逊帝的召见,有点喜出望外,使他血管里流动着的那种文人的御用情结,得到了大满足,大享受。尽管胡适先生如今已被追捧为当代圣人了,与日月同光,与星辰同辉,差点要在孔庙里配享。不过,中国人嘛,既然有中国式的深沉,自然也就会有中国式的浅薄,博士也有难能免俗的凡人一面。可以想象,当他从神武门里走出来时,欣欣然的得意之色,恐怕也是掩不住的。要不然,他后来也不会以"过河卒子"自勉,跟蒋介石走得那么近了。从他屁颠屁颠，跟头把式地，跑去拜谒溥仪，那种说不好是宠召，还是幸会，是高看，还是重用，是偶然，还是必然，是风头，还是身价倍增的甜丝丝、热烘烘的感觉，溢于言表。虽不露声色，但为什么请我进宫而不请你进宫的那隐隐然的牛B神气，还是写在脸上的。这也许就是"伟大"人物也免不了的"伟小"之处了。

说到底，中国文人心灵中的御用情结，用"文革"语言"融化在血液中"形容，最为准确。

清人邹容在其《革命军》一书中，说得明白。"中国人群，向分为士农工商。士为四民之首，曰士子，曰读书人。"士，实际是领导阶级，古汉语的"士"，与"仕"通用，所以，旧时文人，也称为士。士即仕，仕即官，犹如一枚硬币的正反面。因之，士的这个阶层，一部分为当下担任现职的官，一部分为未来将要担任职务的官。所以，文人，学士，才子，儒生，统称为知识分子的读书人，与官员（从最最下层的里长，直到最最高层的帝王）在DNA上，99.9%是相近的。所以，胡适接到溥仪的电话，很高兴地赴约去了，这就叫"心有灵犀一点通"。但若是门头沟的小力巴，三河县的老妈子，怕未必请得动这位博士了。

宋代范仲淹的《岳阳楼记》，有两句名言，给中国文人分了类。一曰"居庙堂之高则忧其民"，一曰"处江湖之远则忧其君"。前者居庙堂之高，衣锦食禄，吃香喝辣，是为在朝文人；后者处江湖之远，放浪形骸，无拘无束，是为在野文人。在朝的有权，有权就有一切；在野的无职，无职也就无一切。在朝和在野，差别可大了去了，凡能混到在朝，有官可当，有车可坐，有赏可得，有福可享，什么都有；而一旦在野，无职无权，无车无房，无钱无势，无门无路，什么都无。过去如此，现在如此，将来也会如此。所以逼得在野的文人，必须千方百计挤进在朝文人的行列中去，而在朝文人，不但想方设法保持长期在朝，还要竭尽全力，使出浑身解数，争取成为御用文人。如果溥仪复辟，我估计胡适被任命为上书房行走，赐四品冠戴，是毫无疑问的。因此，翻开二十四史，从陈胜、吴广起，凡"舍得一身剐，敢把皇帝拉下马"的造反者，多为大字不识几个的农民。而自觉排队，自动靠近，自作多情，自我献媚，甚至自宫自阉，冀求挤进在朝和御用行列之中的，多为饱读诗书、满腹经纶的知识分子。中国文人的DNA，决定了他们绝不造反，绝不革命，只想在朝，只想御用。

于是，中国的士，与其他农、工、商三民，有着本质上的不同。

农民对于皇帝，能忍时，为顺民，不能忍时，努力为良民，到实在无法再忍下去，便成刁民。农民离开土地，绝对无恶不作；文人对于皇帝，小不忍时，敢小闹，大不忍时，也许会大闹，但到真正忍不下去时，皇帝一瞪眼睛，反倒鸦雀无声不闹了。所以，从溥仪在故宫电话邀请，到蒋介石在台湾延揽入阁，博士比较听招呼，比较守规矩，道理很简单，农民不识太多字，喜欢以手代脑，真逼到生不如死的地步，很容易抄起家伙铤而走险；文人智商高，学问大，习惯思考，好动脑筋。转弯抹角一算，收入支出的明细表一摆，利和害，决定他的屁股和立场。中国历代的文人，有几个是傻子？于是，拼命巴结，拼命表现，拼命炒作，拼命兜售自己，拼命攀附权力，拼命贴紧官方。身在书斋，做青云直上之梦；眺望宫阙，做一步登天之想。

然而，一部文学史，从三皇五帝，到宣统逊位，5000年间，真正在朝者，为数不多，直接御用者，少之又少。绝大多数知识分子，也就是"士"的那个阶层，都是踮着脚，抻着脖，连紫禁城的大门都进不去，更甭说想出现在帝王的视觉距离之中了。这些乱拍马屁，乱捧臭脚，乱表忠心，乱唱赞歌，乱喊吾皇万岁万岁万万岁者，无非是想引起注意罢了。说白了，就是幻想着皇帝打来电话，小车开到门外，一张大红请柬，恭请阁下进宫。金殿赐坐，引为上宾，成为经筵的侍讲，成为御用的笔杆；金榜留名，宠幸有加，成为穿黄马褂的作家，成为戴纱帽翅的诗人。从此，引导潮流，所向披靡，主宰文坛，领袖群伦；从此，荧屏露脸，媒体曝光，记者包围，网络追踪；从此，大众情人，风流倜傥，美女如云，追捧对象；从此，官方色彩，身价腾贵，帝王知己，无比荣光。在封建社会里，一个耍笔杆子的，能为帝王倚重，成御用文人，怀揣腰牌，出入宫禁，得睹天颜，得聆圣音，能够与中国天字第一号的领导人物，保持零距离，那可是可爱又可恨，可怜又可嫌的中国文人埋藏在心底里永远的原动力。

从新、旧《唐书》的《刘祎之传》，让我们知道在唐代，一个文人，如何因炒作，由在野而在朝，又如何因投靠，由在朝而御用的三级跳过程：

这个刘祎之可没有胡适那么幸运，"少与孟利贞、高智周、郭正一俱以文藻知名，时人号为刘、孟、高、郭"。看来，出名初期，没少在文坛上拉帮结伙，勾肩搭背，没少在媒体上大肆宣传，吹嘘自己。大大折腾一番以后，头角峥嵘，影响扩大，门路拓展，很快，因其仪表堂堂，得到武则天赏识。"寻与利贞同直昭文馆。上元中，迁左史弘文馆。"昭文馆与弘文馆是一回事，隶属翰林院。然而迁左史，说明他颇得武则天器重。"与著作郎元万顷，左史范履冰、苗楚客，右史周思茂、韩楚宾等皆召入禁中"，从此，一步登天，不可一世。《通鉴总类》也说："乾封以后，始召文士元万顷、范履冰等草诸文辞，常于北门候进止，时人谓之北门学士。"他们作为武则天的枪手，"共撰《列女传》《臣轨》《百僚新诫》《乐书》，凡千余卷"。可以想象，这班新贵是如何为主子大卖力气的了。不过，时人对他们评价不高，在宋祁的《新唐书》中，颇有贬词："元万顷，时谓北门学士，供奉左右或二十余年，万顷敏文辞，然放达不治细检，无儒者风。"又载："凡天子饷会游豫，唯宰相及学士得从……帝有所感，即赋诗，学士皆属和，当时人所歆慕。然皆狎猥佻佞，忘君臣礼法，惟以文华取幸。"为帝王草诏、拟令、布敕、宣麻的文人，通称学士，或直学士，而在武则天手下，他们不仅笔墨待诏，更为甚者，介入高层政治决策。"时又密令参决，以分宰相之权，时人谓之北门学士。"

读宋代叶梦得的《石林燕语》，我们大约得知，长安城中的大明宫，为世界最大的宫殿群。宫殿分前、中、后三区，前区为宰相及政府各部的行政中枢，中区为帝王进行国事活动的场合，紧接着为禁中，也就是帝王后妃的生活区。后区则为直属机构如两省、枢密院、学士院的所在地。叶梦得说："唯学士院有后门，朝退入院，与禁中宣命往来，皆行此门，而正门行者无几。不特取其便事，亦以存故事也。"看来，最初阶段，学士前加北门二字，只是惯例，并无歧义。

但后来，北门学士，御用文人，就蒙上不洁尘污，永远也擦拭不去了。

一是因为他们是为武则天服务的学士，在中国，自有御用文人这个行当以来，不论何朝何代，都不如武则天在位时得到重视，得到重用，因而鼎盛，因而发达，抬爱到从未有过的高度。同时，又是她，将这个行当，彻底污名化，完全颠覆掉，将讨好她的御用文人，作践得与洗脚店，与桑拿房，与歌厅的三陪小姐，毫无差别。唯有以"色"侍人和以"文"侍人的不同罢了。二是因为他们进进出出的北门，还有一个极为特殊的隐情，是武则天规定她御用的男宠得以进入禁中的通道。在大众心目中，刘祎之、元万顷之流，至不济也是文坛领袖，堕落到与武后的情人，尤其那个假和尚、真屁精，同在一门出入。日久天长，难免要点点头，说说话，也许会拉拉手，作作揖，这在正经人眼里，北门学士居然与武后的面首同列，御用文人公然与天后的男姜并行，绝对是不成体统的。

从此以后，北门学士也好，御用文人也好，遂为人不齿，直到今天。虽然所有中国文人，包括胡适拜谒溥仪，包括从在野、到在朝、到御用的三级跳，一个个无不奋勇当先，但在这班人的嘴上，所有已被御用的，未被御用的，想被御用的，都绝对讳言御用，做出一副蔑视御用的清高神气来，这当然就是撇清了。但也有例外，唐代的上官仪，唐初诗歌界的大哥大，似乎不那么装假清高，因为在他那个时代，御用文人的名声，还未顶风臭四十里。从他的诗作题目看，如《奉和过旧宅应制》《早春桂林殿应诏》《奉和秋日即目应制》《咏雪应诏》，颇以御用为荣焉！在初唐诗坛上，他的成就，也是出类拔萃的一位，史称"尤善五言，人多仿之，称'上官体'，一时蔚为风气"。

上官仪（607—664），原籍为陕州陕县（今属河南），后举家移居江都（今江苏扬州）。隋大业末，天下大乱，其父为仇人追杀，上官仪脱逃他乡，私度为僧，遂虔心佛典，留情《三论》。唐贞观初，天下渐定，弃佛家出世之想，走仕途进取之路，遂举进士，得授弘文馆直学士。因为他广涉经史，学问博赡，精通典章，工于文词，受到当局赏识，得到朝廷重用。一顶小轿，抬进宫内，笔墨供奉，待诏陛下，成宫廷文胆。从此，上官仪能在内廷立足，能在禁中出入，能在帝王左右出现，算得上李唐王朝第一支生花妙笔。

御用文人，其实不好当。谁也摸不透陛下什么时候好吃哪一口，如何投他的胃口，很难琢磨；尤其如何长时期地总能投他的胃口，更难琢磨。因此，御用文人很少有终其一生受到帝王宠幸者，短则三五年，长则十来年，就会淘汰出局，打道回府。凡帝王，百分之百，用情不专，后宫粉黛，三千佳丽，也难以长期固宠，挡不住陛下移情别恋。何况一个文人，在帝王眼里，与一块抹布，一把扫帚，无甚区别，用完了，一扔了之，再正常不过。因此之故，你得佩服上官仪这位高手，确非等闲之辈。第一，其讨好巴结之术，无不立马奏效；第二，其吹捧拍马之文，总是恰到好处；三，其摇旗呐喊之嘴，永远投其所好；四，其三寸不烂之舌，简直天花乱坠。竟把太宗李世民、高宗李治，一对父子，两代皇帝，骗得团团转，哄得挺开心。因此，升官发财，指日可待，前程无量，不在话下。

所以，那个窝囊废李治接位时，二话没说，立刻将他提拔为秘书少监，相当于中央政府的秘书长。从《乐书》中的一则记载，可知他在高宗心目中的地位。题为"一戎大定舞"的节目下，特别注明："唐龙朔元年，上召李忠、阿史那、上官仪等宴于城门，观屯营新教之舞名。"能够参加大型团体舞蹈的首演，能够登上观礼台，能够与高宗李治一起检阅，而且，陪同者只有开国元勋等少数几个人列席，可谓殊荣中之殊荣。龙朔二年，更拜西台侍郎，同东西台三品，相当于国家副总理一级。由一个文人，进入最高领导中枢，主持国政，在中国御用文人中间，其官运之好，其级别之高，是少有者。这也是许多读书识字，然而不得志，不发达，不得烟儿抽，热脸老贴冷屁股，一肚怨气，满腹牢骚的中国人，对于御用文人既羡慕又嫉妒，既眼红又生气的原因。其实，他们从来不研究御用文人为什么能将国家最高领导人，侍候到舒坦、舒服、舒心的三舒境地，那也是一种奇门遁甲的独特功夫，你没有这份本事，也没有这份天赋，那么，你也就不用癞蛤蟆想吃天鹅肉。

《全唐诗》称上官仪的诗，承袭梁陈余绪，延续江左风格，这也是初唐诗坛的总格局。而他的作品，"绮错婉媚"，典雅华腴，更出众人之上。多少年后，作为乾隆的御用文人纪昀，还在《四库总目提要》里，向他表示崇敬。"所言影娥池事，唐上官仪用以入诗，时称博洽，后代文人词赋引用尤多，盖以字句妍华，足供采撷，至今未废，良以是耳。"严格地说，这位领衔文坛的诗人，形式上的完善至美，是足够的，内容上的沉重切实，就欠缺了。不过，话说回来，作为御用文学，只要好看，就不怕肤浅，只要好听，就不怕肉麻，只要应景，就不怕扯淡，只要上口，就不怕空洞。一句话，只要主子满意，也就算得上是克尽厥职了。而上官仪要稍高于同辈文人者，他，到底是个有学养，有涵养，有修养，有素养的高级文化人啊！

据史所载，他为人，丰采儒雅，风度优美，声名遐迩，口碑不凡，备受东都士人的尊重；他为文，格调华美，情味绮丽，丰满雅致，旨意超然，大为洛阳黎庶所敬仰。宋人计有功在《唐诗纪事》里，为我们描画这样一个动人场面："高宗承贞观之后，天下无事，仪独持国政，尝凌晨入朝，巡洛水堤，步月徐辔，咏诗曰：'脉脉广川流，驱马入长洲。鹊飞山月曙，蝉噪野风秋。'音韵清亮，群公望之，犹神仙焉。"因此，太宗、高宗两朝，上官仪一直为御用文人的首席写手，成就最大，声望最隆。说实在的，李世民这样一位英主，如此欣赏他，使用他，说明他非庸碌之辈。《全唐诗》特地写到这一点。"太宗每属文，遣仪视稿，私宴未尝不预。"李世民在位时，上官就累迁秘书郎，后转起居郎。秘书郎通常在朝廷办公，起居郎就有资格进入宫禁了，这就表明他与太宗的距离越来越近。"直学士"之"直"，同"值"。即"当值"，或者"值班"，常住内苑，得睹天威，堪称攀龙附凤。果然，史书称他常参与宫中宴集，奉和作诗。后又授权他预修《晋书》，这意味着他的御用文人兼文学泰斗的双重身份。

李治虽是李世民的儿子，但最不像李世民。唐太宗何等英武？可他这个儿子，至少患有神经关节痛、高血压、视网膜脱落、美尼尔氏综合征多种疾患，基本状态是：第一，懦弱；第二，无能；第三，多病；第四，最可怕的，特别惧内。碰上这样一个野心勃勃，残忍凶悍，什么事都敢做，什么事都做得出来的武则天，只好将大唐王朝的最高统治权，拱手相让，由她来统治这个国家了。

但是，至少在中国，在封建社会里，女人染指最高权力，绝对是件可怕而不幸的事情。因为，第一，在中国人的传统观念之中，"牝鸡司晨"，从来被认为是不祥之兆。所以，处于权力巅峰之上的女性，永远生活在这种精神上的被迫害感当中；第二，在满朝文武悉皆须眉的男性世界里，势必要面对这种超强势的性别压力。所以，作为单个的女性最高统治者，永远在这种性心理的不安全感当中。即使一个最善良的女人，放到这个位置上，早晚也会变为一个最恶毒的女人。不管是若干年前的吕雉，或者武则天，还是若干年后的慈禧，或者江青，只要登上权力的珠穆朗玛峰，高处不胜寒，必定在诸多压力之下，要乖戾，要变态，要歇斯底里，要神经质，要恶性膨胀，直到不可救药，直到倒行逆施。

由于武则天的控制欲望，排他念头，疑惧心理，扭曲变态，弄得李治也终于受不了，爆发了他们之间的第一次，也是最后一次的冲突。兔子逼急了也会咬人，可李治，还没张嘴，武则天就把他降服了。这事发生在664年（高宗麟德元年）秋天。"初，武后能屈身忍辱，奉顺上意，故上排群议而立之；及得志，专作威福，上欲有所为，动为后所制，上不胜其忿。有道士郭行真，出入禁中，尝为厌胜之术，宦者王伏胜发之。上大怒，密召西台侍郎、同东西台三品上官仪议之。仪因言：'皇后专恣，海内所不与，请废之。'上意亦以为然，即命仪草诏。"

这个上官仪，作为御用文人，与我们后来理解的御用文人，有相同的地方，还有不同的地方。同的，是这些人被御用的工具作用，不同的是上官仪还保留着更多的非御用的文人性情。第一，他无法拒绝高宗交办的这项案子。第二，上官仪虽御用文人可并不低三下四，虽体贴上意可并不无聊无耻，虽巴结讨好有之，但正直善良更有之。他旗帜鲜明地站在皇帝这一边反对皇后，而不是当骑墙派两边讨好。

上官突然发力，说得干脆利落，陛下，那就把这个婆娘休了。高宗正在火头上，拍着御案说，朕也是这个意思。爱卿啊，你就起草这纸休书，送她回山西文水去。

武则天是何许人，能不布眼线于这个窝囊废的身边吗？李治与上官还未密谋完，小报告早打过去了。"左右奔告于后，后遽诣上自诉。诏书犹在上所，上羞缩不忍，复待之如初；犹恐后怨怒，因绐之曰：'我初无此心，皆上官仪教我。'"

我们这位大唐王朝第一御用文人，无论如何也想不到的，这个怕老婆的家伙，尚未交锋，先竖白旗。尤其卑鄙可耻者，竟然出卖部属。这个废物皇帝背过脸去，厚颜无耻地嫁祸于人，说是这个上官教唆我，我才……我才……出此下策的呀！

武则天能放过这个背后给她下刀子的上官仪吗？"武后于是使许敬宗诬奏仪、伏胜谋大逆。十二月，仪下狱，与其子庭芝（上官婉儿之父）、王伏胜皆死，籍没其家。"

如果没有武则天，如果没有武则天非要嫁给李治，如果没有李治被武则天媚惑到非娶不可，我们这位称得上御用文人之佼佼者，也许就会画上一个圆满的句号。平安降落，享受离职的高干待遇，做一名唐朝作家协会的名誉会长，或者，做一名大唐诗歌学会的终身主席，策马洛水，漫步长堤，或吟诗，或长啸，那该是多么安逸的后半辈子呀！然而，上官仪的悲剧，固然悲剧在身不由己上，悲剧在不知进退上，最悲剧的是他压根儿没弄清楚自己，虽然一时间抖得不得了，但始终不过是一个文人，而且一直是在既可以御用你，也可以不御用你的超级不稳定的状态之下生活，这才是真正的悲哀。

DNA这个东西，没法改变；中国文人，不用招呼，很容易地就蚁附于权力的周围，不用张罗，很迅速地就麇集于长官身边，也是不由分说。但是，得到什么的时候，同时也要付出一些什么的那种灵与肉的交易，乃是人类社会最最简单，也是最最原始的契约关系啊！但遗憾的是，却未必是处于这个过程中的人，能够始终清醒意识到的。

近人陈寅恪有诗云，"自由共道文人笔，最是文人不自由"，此语诚然。

原载《文学自由谈》2014年第1期

居庙堂之高

周树山

————————

　　少年时读范仲淹的《岳阳楼记》，不仅为其飞扬的文采所折服，更为其所倡言的士大夫的理想人格而激动，所以阅读三过，即已成诵。整日把"先天下之忧而忧，后天下之乐而乐"的名句挂在嘴边，不谙世事的乡野少年即俨然成了忧国忧民之士，其幼稚憨傻之态，可笑复可悯矣！后来，读史阅世，身心俱老，方知文章只可当文章去读，有些话是大可不必当真的。所谓"居庙堂之高，则忧其民；处江湖之远，则忧其君"，翻遍二十四史，没见有人能践行之。我从来没有登过"庙堂"，所以没有大人们的体验，高居庙堂之上的大人们是不是在忧民呢？根据我读史的经验是：没有。他们固然也有"忧"，但所忧不在民，而是自己的身家性命。这从汉初开国重臣的命运及君臣关系可见一斑。

　　萧何和刘邦是贫贱之交，后来帮助刘邦打天下，刘邦当了皇帝，他功推第一，官拜相国，真正算得上"居庙堂之高"。刘邦和项羽苦斗之时，多次陷于危境，萧何盘踞关中，给刘邦镇守根据地，不断征集关中子弟为刘邦输送兵员，调查户口，按户征粮催赋，给前线的部队输运粮秣。此时的萧何已是刘邦家天下的大管家，他所忧劳者，并非百姓的死难困苦，而是主子的皇权大业。就是这样，他也有日夜忧心的恐惧，那就是失去主子的信任而带来杀身之祸。汉高祖三年，刘项角力，战争处于相持阶段，刘邦不断派使节慰劳后方的萧何，这种反常的举动使萧何身边的人嗅出了危险的气息，鲍生进言曰：如今汉王在战场上出生入死，受大野风霜之苦，却不断派人慰劳你，是有疑君之心。为君计，不如将宗族中兄弟子孙能打仗的全送到前线去，如此方能使大王更加信任你。萧何从其计，刘邦方释疑。为成就刘邦皇权大业，萧何曾举荐韩信为帅。韩信初不被刘邦所重，离汉而去，萧何将韩信追回。但最后也是萧何献计使吕后把韩信杀掉的。这也足见萧何对刘邦家天下的忠诚。刘邦在外平陈豨之叛，闻韩信被诛，特派使加封萧何为相国，食邑加增五百户，并派五百卫士护卫相府，很多人都来向萧何祝贺。只有一个名叫邵平的人对萧何说："祸自此始矣。皇帝征讨于外，而君守于内，并无什么危险，不但对你加官晋爵，又为你派了如此多的卫士。这种举动难道是正常的吗？况且韩信刚刚谋反于内，加派卫士，并非对你的恩宠，而是有疑你之心。为自保计，应谢绝封赏，捐出家财以充前方军费，方能免祸。"萧何捐出家财，这才讨得刘邦的欢心。这年秋天，黥布造反，刘邦又带兵去征讨。前方的刘邦，对于留守的萧何还是不放心，屡次派人探问相国在干什么。回复说，因为皇帝在军中，相国如征讨陈豨时一样，维护后方的安定，征集资财粮草，以应军需。身边的幕僚对萧何说："君灭族之祸不久矣！君位为相国，臣子中功劳居第一，无以复加。你镇守关中十余年，已得百姓之心，皇帝所以数次探问你的近况，是怕你心怀异志，倾动关中。如今为自保，何不广置房产土地，强征贱买，亦所不惜，让皇帝认为你是一个胸无大志的土财主。如此虽自污自贱，坏了你的名声，但或许可以逃过灭族之祸。"萧何依计而行。刘邦得胜回都，百姓遮道告萧何的状，说他强征贱买百姓田产，萧何迎谒刘邦，刘邦笑将百姓的状子给了萧何，说，你自向百姓谢罪吧！观萧何自保之手段，不外两条：一是不计个人得失，对主子忠心耿耿，恭谨勤劳，关键时不惜献出财产家人以明心迹，表现他忠贞无二的一面；二是放低身段，不怕自污自贱，奴颜婢膝，在人格上卑屈自辱，以表现自己无条件的屈从。

身为相国的萧何，在外人眼里，位高爵显，富贵已极，但他却时刻忧惧自己的身家性命，其内心之煎熬，外人恐怕很难体会。当然，高居庙堂的并非丞相一人，还有众多臣子，那么，皇帝视臣子为何如？刘邦与臣子有一段精彩的对话，窃以为"居庙堂之高"的臣子们是该永铭在心的。汉高祖五年，项羽已灭，刘邦即皇帝位，论功行赏，群臣争功，年余不绝。刘邦认为萧何为他镇守关中的根据地，功劳最高，所以首封萧何为瓒侯，食邑八千户。众臣不服，哄闹说："我们披坚执锐，统兵沙场，为陛下打天下，多者身经百余战，少者亦有数十合，攻城略地，出生入死，如今不见封赏。萧何未有汗马之劳，光指靠文墨议论，从未上过战场，为何功劳却在我等之上？"刘邦说："你们知道打猎的事吗？"众臣答："知道。"刘邦又问："知道猎狗吗？"又答："知道。"刘邦从容道："打猎时，追杀野兽的是猎狗，而发现野兽并指示猎狗追捕野兽的是人。你们冲杀在前，捕获野兽，不过是功狗；而萧何，指示发令，纵狗追捕，乃是功人。"众臣子再不敢作声。萧何何幸，被帝王看作"人"，而别的臣子虽赴汤蹈火，舍生忘死，但在帝王的眼里，不过是"功狗"而已。刘邦虽不读书，但他是个聪明人，一语道破宫廷政治中君臣关系的本质。所谓"狡兔死，走狗烹"。刘邦当皇帝不久，就把三个最大的军头（三条功劳最著的功狗）韩信、彭越、黥布杀掉了。

身为当朝相国，说萧何完全不"忧民"，当然也不公平。正史所载，萧何的确"忧"过一次民，但却给他带来了大祸。刘邦在长安附近圈起大片山泽土地以为猎场，称上林苑。萧何上书，云长安土地狭窄荒瘠，民生穷困，奏请皇帝开放上林，允许百姓入内采集菽麦野果，以维生计，勿弃为野兽所食。刘邦大怒，说萧何受商贾财物，为他们说话，图谋皇家猎苑。于是，立下旨廷尉，将萧何披枷戴锁，关入大牢。数日后，一个臣子陪侍皇帝，问：丞相何罪，竟遭如此暴虐的对待？刘邦回答说："我闻听为相者，凡有善举，皆归于帝王，若有错误差失，应为主上承担责任。如今萧何竟然受商贾贿赂，为他们请求开放我的猎苑，以此讨好百姓，所以把他关入牢里去。"这个臣子敢于说话，说："丞相请求做有利于百姓之事，是他分内之责，陛下因何怀疑他受商贾的贿赂呢？当年陛下与楚征战，后来陈豨、黥布造反，陛下统兵在外，都是相国镇守关中，若关中摇动则关西已不为陛下所有。相国那时不谋利于己，如今反受商贾之金吗？陛下何疑相国之深也？"刘邦无语，当天派人释放了萧何。萧何平素恭敬谨慎，此时已年老，竟然光着脚，入宫磕头谢恩。刘邦倒有一套说辞："相国无须如此，这事就算了吧。相国请求开放上林苑我不许，说明我是桀纣那样的暴君，而相国是天下少有的贤相。我故意把你关入牢中，是用我的罪错彰显你的德行啊！"看，赏赐你是因为怀疑你，惩治你是因为表彰你，帝王有绝对话语权，在这样的庙堂上，自顾尚不暇，何遑忧民乎？

萧何死后，曹参为相。此人也是开国臣，比之萧何，功推第二。此时刘邦已死，太子刘盈即位，曹参完全按照萧何留下的规矩行事，日夜饮酒，丞相职事，不过循例应酬，这就是所谓萧规曹随。新皇帝不满丞相不作为，让曹参的儿子回去问父亲何以荒殆朝政，结果曹参把儿子痛打一顿，斥骂道："赶快滚回去当你的差，天下事哪里有你插嘴的份儿！"到了上朝时，皇帝责问道："是我让你的儿子规谏于你，为何要痛责他？"曹参赶快脱下冠冕，谢罪道："陛下自思可比先帝？"皇帝说："朕安敢与先帝相比！"曹参又问："我和萧何功德才能相比怎样？"皇帝说："君似不及也！"曹参说："陛下所言极是，既然先帝与萧丞相已定天下，法令明具，陛下垂拱而治，我等循例守职，照章办事，不是很好吗？"皇帝只好说："好，既如此，那就这样吧！"曹参依循旧章不作为，当个自在丞相，又何尝不是为了自保？在专制的官场中，做事的人容易出错招过，不做事或者少做事反倒落得清闲自在。无能的庸才不能作为，循吏不想作为，这两种人在官场中常常官运亨通。曹参参透了其中的奥妙，所以死前当了三年逍遥丞相，幸得善终。如此高居庙堂，焉得"忧民"乎！

张良属汉初开国重臣之一，也是"居庙堂之高"的人，应该说，刘邦有天下得张良之计多矣。但是张良所以没有被刘邦猜忌，第一是因为张良知进退，无野心。但这一条并不是护身符，你没有野心，帝王不一定不加害你，很多被整得家破人亡的臣子并非他真的有篡位的野心，乃是因为与帝王间有其他的过节。第二条是张良体弱多病，保命之不暇，对上下左右自然构不成威胁。张良饱读诗书，聪明至极，一旦天下已定，刘邦登基为帝，他就退居边缘，学黄老之术，用道家辟谷法，练气功养身去了。

还有一位陈平，也是刘邦的股肱之臣，应该上汉代名臣录的。他后来也位列丞相，得以善终。陈平魁伟俊朗，是个美男子，他深谙人性的弱点和欲望，故所出计谋，皆能中的。如用重金离间楚君臣，使范增愤而去楚，死于途中；韩信欲求为王，刘邦怒骂，陈平在侧，踢刘邦脚后跟，使刘邦醒悟，暂时满足韩信欲望，以安其心；刘邦被匈奴困围平城，七日不得食，关键时刻，又是他做通了匈奴单于阏氏的工作，使刘邦平安出逃。陈平有何本事，能见到单于的阏氏，且使其阏氏为汉军解围？史书上说"其计秘，世莫得闻"。总之，陈平不是道学先生，他是不按常理出牌的人，他晚年总结自己的人生说："我多阴谋，此道家之所禁。后世子孙不得复起，以我多阴祸也！"这是一个阴谋家的自白和自省之言。阴谋者凛然而惧，自承将祸及后世子孙，其秘计毒谋，当有不为正史所载者。如此为帝王勋业用尽阴谋手段的人，又与民何干也！

最后再说周氏父子。周勃有开国之功，性格敦厚倔强，刘邦临死，认为其可承担重任，所谓"重厚少文，安刘者必勃也"。惠帝六年，以周勃为太尉。诸吕专权，有篡位之谋，吕后死，周勃与臣子们一起将诸吕诛灭，迎立代王刘恒为帝，是为汉文帝。因其拨乱反正，重整江山之功，文帝以周勃为右丞相，赐金五千斤，食邑万户，成为权倾朝野的万户侯。这时，有人进言曰："君既诛诸吕，立代王，威震天下，而君竟心安理得受厚赏，处尊位，祸将及身矣！"周勃听了非常害怕，立刻请求皇帝归还相印。不久，丞相陈平死，皇帝再次起用周勃为相。周勃的性格不会讨主子的欢心，不久，文帝就罢了他的相，把他打发到封地去了。这位曾统率千军万马，有拥立之功的人在庙堂为相时就疑神疑鬼，战战兢兢，生怕惹来杀身之祸，如今处江湖之远，则"忧其君"乎？然。但这话没说完，应是"忧其君生杀己之心"。所以地方官到他封地来，他每次都身穿盔甲，命令家奴手执兵器以见。这哪里是待客？简直就是示威！不久就有人上书告其谋反，马上他就被抓进了大牢。周勃本来就拙于言辞，所以狱吏审问时不知所对，狱吏当然对他不客气，用各种手段折辱他，刑讯逼供，无所不用其极。周勃只好让家人以千金贿赂狱吏。狱吏受贿，暗示他"以公主为证"。原来，周勃的长子乃是汉文帝的女婿，他和皇帝是亲家，周勃当年受重赏时，把赏赐的金银财宝都转送给了皇帝的舅舅薄昭，如今事急，薄昭出手相救，去找自己的太后姐姐。太后对皇帝说："当年周勃为太尉诛诸吕时，统重兵，手握皇帝之玺，那时不反，如今居一小县，难道会谋反吗？"文帝这才把周勃从牢里放了出来。这个曾经叱咤风云的庙堂之臣最后孤寂地死在封地里，他的心理恐惧症应该成为帝王专制制度下一个值得剖析的历史标本。

周勃死后，长子周胜之袭承侯位（周勃被封为绛侯），此人是汉文帝的女婿，但夫妻关系一直不好，公主不待见她的老公。不久，周胜之就因罪被杀。一年后，周勃次子周亚夫被封为条侯。周亚夫有极高的军事才能，汉文帝生前劳军周亚夫驻军的细柳营被传为历史佳话，成为军营整肃军令严明的治军样板。文帝将崩，嘱告太子说："将来事有缓急，可用周亚夫统兵。"景帝即位，吴楚七国诸侯叛乱，周亚夫统兵平叛，稳定了中央政权。平叛归来，周亚夫和乃父一样，官拜太尉，不久，迁为丞相。父子二人，皆有匡扶社稷之功，又都由太尉而丞相，功高盖世而又高居庙堂。其父已如上述，其子又当如何？在平定吴楚之乱中，由于整个战略部署的需要，周亚夫没有对被围困的梁孝王（景帝的小弟弟）派兵施救，得罪了梁孝王，梁孝王每次进京，都要在太后面前对周亚夫进谗言。景帝欲废栗太子（栗姬所生），周亚夫多次谏阻，终使君臣生隙。后来皇后之兄王信欲封侯，买通窦太后为其说话，皇帝征求丞相意见，周亚夫说："高皇帝（刘邦）曾与诸臣有约：非刘氏不得王，非有功不得侯，不如约，天下共击之。王信虽是皇后的哥哥，无功于社稷，如果封侯，是违背高皇帝约定的。"景帝"默然而沮"。从此景帝对周亚夫由信重而疏远。其后又有五个匈奴王降汉，景帝欲封其为列侯而敦勉之，征求丞相意见，周亚夫说："此等人背其主而降陛下，如封其为侯，将来何以责不守节之臣？"景帝已对周亚夫失去了耐心和敬意，断然说："丞相之议不可用。"立将五人全部封为列侯。周亚夫明白，由于自己强直的个性，造成了君臣间的嫌隙，而裂痕的加深，已使其匡扶社稷的功劳化为尘土。他以身体有病为由请辞相位，皇帝立即照准。不久，景帝在宫禁中召亚夫赐食，席上放一大块肉，没有切，也不放筷子。这肉怎么吃呢？难道是有意羞辱自己吗？"亚夫心不平，顾谓尚席取箸。"皇帝冷笑道："看来我没有满足你，是慢待你了！"此嫌恨之言也！亚夫免冠向皇帝谢罪。皇帝只说一字："起。"亚夫离席而去。

皇帝目送他的背影，恨恨道："枲鹜不驯，怏怏而去，此非少主臣也！"这句彻底决绝之言预示了周亚夫悲惨的下场。亚夫老矣，来日无多，儿子们预为乃父筹备后事，依亚夫的爵位，墓葬中要有陪葬之器。亚夫曾为太尉，统兵百万，儿子为其定做了五百副将士的甲盾。此为冥器，当然不是实战的兵器。但此事却被告发，皇帝立刻命有司审理。亚夫强直，默无一言。皇帝怒道，我不用他的口供，直接交廷尉！廷尉者，相当于朝廷的大法官，专办皇帝交下的案子。廷尉直接诘问亚夫：你为什么要造反？一句话，把案子的性质定成了谋反大罪。亚夫驳斥道："臣所买器，乃葬器也，何谓反乎？"廷尉笑道："君纵不反地上，即欲反地下耳！"这才叫欲加之罪，何患无辞！和他的父亲周勃一样，他同样尝到了狱吏的苦头，被不断地拷打折磨。年迈的亚夫在狱中绝食，五日后，呕血而死。

或问曰：那些位高权重的老爷子们既不"忧民"，那他们在庙堂上到底在干什么？答曰：因为庙堂上只有一尊神，争相对这尊神表示效忠是他们的日常功课。他们全心全意、三心二意或者虚心假意地维护着皇帝的家天下，因为那是他们的安身立命之地，是他们的寄生之皮。除此，就是在互相排摈倾轧中维护自己在朝中的地位，站稳脚跟，不被同伙干掉。

西哲有言：政治是一种残酷的游戏。帝王专制的宫廷政治尤其如是。所谓居庙堂之高，乃是居一人之下，万人之上之高位。"万人之上"，固然可以使人有"赫赫师尹，万民具瞻"的气概，"把酒临风，其喜洋洋"的风采，但"一人之下"，则会使你刻刻忧惧，如履薄冰，因其彼虽一人，你的身家性命就握在他的手心里。他决定你的荣辱生死，焉得不忧不惧？所以，在帝王专制的时代，居庙堂之高的人不是在一人之下放弃人格、操守和原则，就是身名俱丧，不得善终。庙堂并非易居之地，因为这是权斗的杀场，所以人性的阴暗暴露无遗，人性的异化也最为凸显。阳奉阴违，结党营私，相互倾覆坑陷，乃是封建庙堂的自然生态。《岳阳楼记》开篇句云："滕子京谪守巴陵郡。"重修岳阳楼的滕某人就是因为得罪了高位者被贬谪到此的。范仲淹一句"忧谗畏讥"，才是刻骨铭心的心里话，道出身在其中者的普遍心态。如此居庙堂之高者，"忧其身"之不暇，安得"忧其民"乎！

原载《随笔》2014年第5期

甲午一百二十年祭

张 飙

甲午战争：中国人心中永远的痛。

1894年的中日甲午战争，中国失败之惨烈、丧权辱国之沉痛，深深扎根在民族的心中。

120年前的那场战争，改变了亚洲格局。120年前，中日两国各自走在自己的十字路口，战争改变了双方的历史。《马关条约》让中国彻底沦为半殖民地半封建国家，把中华民族推到了生死存亡的危急关头；而日本凭借从中国勒索的巨额赔款，迅速扩张军事实力，一跃跻身世界列强。

甲午战争的结果是：中国没落，日本崛起。

前事不忘，后事之师。

120年后的今天，写下本文，权当捧一杯酒、捧一杯泪，祭奠当年为国捐躯的忠魂，祭奠当年被残杀的冤魂，祭奠当年所有为中国奋斗过的人们。

祭奠仇恨，是为仇恨不再新生。

祭奠历史，是为历史不再重演。

祭奠国耻，是为不再蒙受耻辱。

祭奠失败，是为不再被人击败。

一、国耻民辱祭

兵法云，"胜败乃兵家常事"。中国历史上，也多次遭遇侵略，胜败常有。为什么甲午战争带给中华民族的，是这样刻骨铭心的耻辱？

因为，败得实在不合规律，败得实在不合常识，败得实在出人意料；更因为失败带来的巨大后果！

耻之一：大败于小。

1894年的中国，国土疆域东起大海，西至葱岭，南达曾母暗沙，北跨外兴安岭，西北到巴尔喀什湖，东北到库页岛，总面积约1300万平方公里。可以说是名副其实的泱泱大国。而日本的国土面积约38万平方公里，仅仅是中国的三十分之一。

在当时世界的认知上，中国依然是一个大国。现在能够查到的文献中，日、俄、法等国当时称大清为"如此大邦"。而且，清朝当时仍有自己的（至少在名义上）藩属国，如朝鲜、越南、琉球等。

战前，大清对日本充满鄙视。中国士大夫普遍以"天朝"自居，认为"倭不度德量力，敢与上国抗衡，实以螳臂挡车，以中国临之，直如摧枯拉朽"！

然而，"天朝"败了！

耻之二：多败于少。

当时的人口，大清约43610万人，日本约670万人。当时的军队，大清约100万人，日本约24万人。战争中，中国投入的兵力63万多人，是日本的3倍。

两国投入海军的经费：日本政府从1868年到1894年26年间每年投

入海军经费合计白银230万两，相当于同期清政府对海军经费投入的60%。

到1893年，日本拥有军舰55艘，排水量6.1万吨，与中国海军主力北洋舰队相当，但中国还有广东、福建水师。有资料显示，当时日本军舰的总排水量相当于大清的七成。

而且，北洋舰队的装甲数量和质量都超过了日本舰队。北洋舰队的定远、镇远两艘铁甲舰是当时亚洲最令人生畏的铁甲堡式铁甲军舰，在世界也处于领先水平。

然而，"天朝"败了！

耻之三：强败于弱。

据史料记载，1870年，中国的经济总量占世界经济总量的17.2%，仅次于英国，是世界第二。直到甲午开战的第二年1895年，中国经济总量才被美国超过。

当时中国的钢铁、煤、铜、煤油、机器制造的产量都比日本高得多。除了进口量与中国相当外，日本的工业资本、银行资本、年进口额、年出口额和年财政收入都低于中国。

然而，"天朝"败了！

耻之四：师败于生。

曾经，日本对中国文化顶礼膜拜，几乎对中国的一切都处处模仿。无论是社会、文化、文字、礼教乃至生活习惯。中国对日本的影响之大，全世界有目共睹。

怎能设想，这样一个亦步亦趋的学生，敢和老师开战？

然而，"天朝"败了！

耻之大成：《马关条约》。

《马关条约》是近代史上中国人民所受到的极为惨痛的一次宰割，是近代所有不平等条约中最恶毒的一个。巨额战争赔款相当于全国3年的财政收入，清政府只能以海关、税收、财政的管理权作抵押，向英法德俄借高利贷，中国经济陷于崩溃。台湾被日本割占，导致帝国主义国家掀起掠夺瓜分中国的狂潮。战后的几年里，外国纷纷在中国划分势力范围。长城以北属俄，长江流域十省属英，山东属德，云南、两广属法，福建属日。朝鲜沦为日本的殖民地，成为日本对外扩张的跳板，中国东北部的安全受到严重威胁。

《马关条约》带给中国的是：大厦将倾，国家将亡！

一家愁苦一家乐。

日本收获了他们自己在战前都没有想到会这样丰盛的胜利甜果。2.3亿两白银的赔款，加上价值1亿两白银的战利品，相当于日本当时7年的财政收入。日本朝野欢欣鼓舞，外相陆奥宗光兴高采烈地说："在这笔赔款之前，根本没有料到会有这么多。本国全部收入只有8000万日元，一想到现在会有3亿5000万滚滚而来，无论政府和私人都觉得无比的富裕！"

甲午战争后，日本凭借从中国勒索的这笔巨大的赔款完成了军事现代化，一跃跻身世界列强，坚定不移地走上了军国主义道路，同时也为其在20世纪30年代大举侵华创造了条件。

民辱：被打败国家的人民是屈辱悲惨的，特别是被日本这样的国家打败，人民会10倍的屈辱悲惨。当时中国人民的境遇，在这里只举两例：

震惊世界的"旅顺惨案"

国人人人知道"南京大屠杀"。但是有许多人不知道，早在1894年11月，还发生过"旅顺大屠杀"。

1894年11月18日，日军进攻旅顺，3天后旅顺陷落。接着，日军就在旅顺城内进行了4天3夜的抢劫、屠杀和强奸，屠杀中国同胞1.8万余人，只有埋尸的36人幸免于难。

云林大屠杀

《马关条约》把台湾和澎湖列岛割让给日本。为了镇压台湾人民的抗日斗争，1896年6月20日至23日，日军第二旅团集结重兵进攻云林，焚毁村社，屠杀人民，妇女幼儿也在残杀之列。民房被烧4925户，被残杀人数已无法统计确切，各种记载在6000人至3万人之间。

历史是一面镜子。我们从中看到，无法在战场上取胜的国家，就无法保护自己的主权，更无力保证人民不受悲惨的屈辱。

二、将士忠魂祭

中华民族的历史上，从来不缺少奋勇冲锋陷阵、为国慷慨捐躯的猛士。在这一场大败仗中，中国的将士们勇敢战斗，奋不顾身，3万多中华男儿为国捐躯。每一个抗击外来侵略而牺牲的烈士，都不应该被遗忘。

邓世昌："致远"号巡洋舰舰长。

千秋壮言："我立志杀敌报国，今死于海，义也，何求生为！"

1894年9月17日，日本舰队突然袭击中国舰队，史称黄海"大东沟海战"的甲午海战打响。战中，担任指挥的旗舰被击伤，大旗被击落，邓世昌立即下令在自己的舰上升起旗帜，吸引住敌舰。"致远"号前后火炮一齐开火，连连击中日舰。后在日舰围攻下，"致远"多处受伤，全舰燃起大火，船身倾斜。邓世昌鼓励全舰官兵道："吾辈从军卫国，早置生死于度外，今日之事，有死而已！""倭舰专恃吉野，苟沉此舰，足以夺其气而成事。"他毅然驾舰全速撞向日本主力舰"吉野"号右舷，决意与敌同归于尽。日舰官兵集中炮火向"致远"射击，一发炮弹击中"致远"舰的鱼雷发射管，管内鱼雷发生爆炸导致"致远"舰沉没。邓世昌坠落海中，其随从以救生圈相救，被他拒绝，并说："我立志杀敌报国，今死于海，义也，何求生为！"他的爱犬游到他身旁，用嘴衔他的胳膊相救，他毅然按犬首入水，和自己一同沉没于波涛之中。

邓世昌牺牲后举国震动，光绪帝垂泪撰联："此日漫挥天下泪，有公足壮海军威。"

"致远"舰官兵除7人生还，全舰250余人壮烈殉国。

生碎倭敌胆，死称大海雄。至今思致远，满舰尽豪英！

左宝贵：总兵、记名提督，平壤战役指挥者之一。

千秋壮言："若辈惜死可自去，此城为吾冢矣！"

左宝贵是甲午战争中壮烈牺牲的第一位清朝高级将领。

1894年7月25日夜，日本陆军向驻守牙山的清军进攻，战争爆发。清政府急调集左宝贵率军入驻平壤。左宝贵到达平壤后，主张集中优势兵力，各个击破敌人。但主帅叶志超怯弱无能，企图弃城逃跑。左宝贵誓与平壤共存亡，慷慨陈词："若辈惜死可自去，此城为吾冢矣！"

9月15日清晨，日军对平壤发起总攻。左宝贵率部防守城北牡丹台、玄武门一线。日军7000多人分几路强攻牡丹台，左宝贵抱定必死的决心，指挥部下奋力反击。他穿上黄马褂及顶戴，立于城头，亲自督战。部下劝他脱下黄马褂和顶戴，以免引起敌人注意。左宝贵坚定地回答："我穿朝服，就是要让大家知道，我已经决心战死在这里。难道还怕敌人看见吗？"他亲自点燃大炮轰击敌人。部下见主帅临危不惧，均奋力搏战，拼死抗敌，给日军以重大杀伤。战斗从黎明打到午后，持续了十几个钟头。这时，日军调来野炮轰击玄武门城楼。一颗炮弹在左宝贵身边爆炸。左宝贵壮烈牺牲。

林履中："扬威"号巡洋舰舰长。

千秋壮举：登台一望，奋然蹈海。

大东沟海战中，"扬威"舰处于右翼阵脚最外侧。"扬威"是北洋水师中舰龄较老、作战和防卫能力较弱的老舰，海战中和"超勇"舰一起，遭到日本"吉野"等4舰的猛攻。"扬威"中弹起火，正在此时，

"济远"舰竟然转舵逃跑，逃跑中又撞到"扬威"的舵叶，"扬威"航行速度更慢，敌弹射入机舱，舱内弹炸火起。危急时刻，林履中亲率千总三副曾宗巩等发炮攻敌不止。但"扬威"首尾各炮已不能转动，舰身渐沉于海。林履中登台一望，奋然蹈海。大副郑文超和二副郑景清同时落水。当时，左一鱼雷艇驶至，投长绳相援，林履中拒绝救援，沉波殉国。

黄建勋："超勇"号巡洋舰舰长。

千秋壮举：推而不就，随波而没。

大东沟海战中，日本海军以四艘战舰攻击北洋水师"扬威""超勇"两艘弱舰。在黄建勋指挥下，"超勇"全舰官兵誓死作战，但舰龄10余年的老舰，敌不过日本的4艘主力舰，激战中"超勇"舰中弹甚多，特别是一敌弹击穿舱内，引起大火，刹那间"超勇"全舰被黑烟笼罩，最终被烈火焚没。黄建勋落水后，左一鱼雷艇驶近相救，抛长绳援之，黄建勋推而不就，随波而没。

林永升："经远"号巡洋舰舰长。

千秋壮言："尽去船舱木梯，将龙旗悬于桅头。"

战争爆发前，林永升就以大义晓谕部下，闻者都为之感动。大东沟海战开战，林永升下令"尽去船舱木梯""将龙旗悬于桅头"，以示誓死奋战。炮战两小时后，其右侧的"超勇""扬威"中弹焚没，日舰又专力围攻"经远"，并将其逼出阵外。林永升指挥全舰，奋力摧敌，发炮以攻敌，激水以救火，依然井井有条。当他发现一敌舰中弹受伤，便下令"鼓轮追之，欲击使沉"，日舰急发排炮拦阻，林永升不幸突中炮弹，脑裂阵亡。其舰大副、二副亦先后牺牲。"经远"在烈焰中沉没。

林泰曾：左翼总兵兼"镇远"号铁甲舰舰长。

千秋壮言："舰存与存，舰亡与亡。"

大东沟海战临战，林泰曾下令卸除舰上的舢板，以示"舰存与存，舰亡与亡"。海战中，林泰曾指挥"镇远"沉着应战，与旗舰"定远"紧密配合，重创日舰"西京丸"。下午3时左右，"定远"舰中弹起火，并遭受日本4舰的围攻，形势异常危急。林泰曾急指挥"镇远"上前掩护，使"定远"得以扑灭大火，转危为安。9月17日下午3时20分以后，战场上只剩下"定远""镇远"2舰与日本本队5舰厮杀。在日舰炮火的猛烈攻击下，"镇远"致伤上千处，但仍一面救火，一面抗敌。由于"镇远"与"定远"配合默契，最终顶住了5艘日舰的围攻，并将日本旗舰"松岛"击成重伤，完全丧失了指挥和战斗能力。下午5时30分，日本舰队首先撤离战场，海战结束。

10月16日，北洋舰队自旅顺撤往威海，舰队在进入威海港时，"镇远"不慎擦伤。大战之际，巨舰受损，林泰曾极为忧愤，引咎自责，当晚服毒身亡。

杨用霖：继任左翼总兵，代理"镇远"号铁甲舰舰长。

千秋壮言·"时至矣！吾将以死报国。"

大东沟海战打响后，杨用霖对部下说："战不必捷，然此海即余死所！"又说："时至矣！吾将以死报国。"部下激动地说："公死，吾辈何以为生？赴汤蹈火，惟公所命！"海战中，杨用霖协助林泰曾，指挥全舰将士奋力鏖战。在旗舰"定远"中弹起火、烈焰向全舰蔓延的危急关头，杨用霖突转"镇远"之舵，挡在"定远"之前，并向敌舰发起攻击，使"定远"得以及时扑灭大火，从容应敌。

林泰曾自杀后，杨用霖升护理左翼总兵兼署"镇远"管带。当时旅顺已经失陷，"镇远"无法进坞修理，杨用霖带领人员想尽办法，日夜赶修，终于将舰底补好。1895年2月11日，困守刘公岛、拒绝投降的丁汝昌和刘步蟾先后自杀。北洋水师威海营务处提调牛昶昞等投降派，胁迫推举杨用霖出面与日军接洽投降。杨用霖严词拒绝。回舱后，他口吟文天祥"人生自古谁无死，留取丹心照汗青"诗句，用枪从口内自击，壮烈殉国。

张文宣：刘公岛护军统领。

千秋壮言："先用力，后用命。"

1887年，张文宣被调率军驻刘公岛，先后修筑五座炮台、地阱炮一座。同时督率士兵加练新式陆操，使刘公岛居然成为海防重镇。

大东沟海战后，日本海军多次到刘公岛外扰袭，均被张文宣指挥各炮台击退。对于刘公岛上日本奸细的活动，张文宣很警惕，他先后带人斩首7个日本奸细。

1895年1月30日至2月2日，日军占领了威海卫城及南北两帮炮台，刘公岛成为孤岛。张文宣致电登莱青道刘含芳："刘公岛孤悬海中，文宣誓同队勇先用力，后用命。"此后，日本海陆两路猛轰刘公岛，先后发起八次进攻，都被张文宣率部配合北洋水师击退。

在海军部分人鼓噪投降之际，张文宣誓与炮台共存亡，在外无援军、内无粮药的情况下，率领北洋护军将士孤军奋战，坚持阻击日军，身上多处受伤。

丁汝昌自杀后，张文宣知大局已不可挽回，服毒自尽，壮烈殉国。

刘步蟾：右翼总兵兼"定远"号铁甲舰舰长。

千秋壮言："苟丧舰，将自裁。"

中日正式宣战当天，刘步蟾郑重立下了"苟丧舰，将自裁"的誓言。海战初始，"定远"舰的瞭望台被震塌，提督丁汝昌从瞭望台上坠落到甲板上而受伤，刘步蟾立即代行舰队指挥之职，指挥"定远"舰冲在北洋舰队横队的最前面，将日军由6艘军舰组成的本队拦腰截断，予以猛烈炮击。在鏖战中，刘步蟾指挥两舰共同对敌，协同作战。

困守刘公岛后，刘步蟾指挥"定远"舰配合炮台，先后打退了日军的8次进攻。

2月10日，弹尽粮绝、外援无望的北洋舰队，一些官兵逼迫丁汝昌和刘步蟾率军投降。刘步蟾坚辞拒降，但也深感自己无力挽回大局。为免军舰落在日本人手里，他忍痛下令炸沉了由自己在德国监造并一直驾驶的"定远"舰。当天深夜，刘步蟾服毒自杀，实践了他生前"苟丧舰，将自裁"的诺言。

丁汝昌：海军提督，甲午海战总指挥。

千秋壮言："汝等可杀我，我必先死，断不能坐睹此事！"

海战失利，丁汝昌率众困守刘公岛，内无弹药、外无援军，仍率领上下士卒先后击退日军10多次进攻。面对日本人送来的劝降书，丁汝昌说："汝等可杀我，我必先死，断不能坐睹此事！"

1895年2月8日，在牛昶昞等投降派煽动下，岛上军民百姓共近千人到海军公所门前，向丁汝昌求生路。丁汝昌许下诺言，如果等到2月11日还没有援军到来，那时自会给大家一条生路。

据时人回忆，2月10日，丁汝昌望着威海陆地方向，渴盼着援军，眼睛瞪得如同铜铃一样！

2月11日，没有援军来。丁汝昌召集会议，下令尚存各舰一齐出动撞击敌舰，争取突围；突围不成，同归于尽。但投降派不同意。宁死也不愿背叛自己的国家，又不忍心让全岛军兵随自己赴死，在全然看不到希望的情况下，丁汝昌在深夜吞下鸦片，以身殉国。

1895年2月17日下午3时，载着丁汝昌等人灵柩的军舰汽笛长鸣，离开刘公岛码头。当时美国《纽约时报》这样报道："三名中国海军将领，北洋舰队司令丁汝昌将军、右翼总兵兼"定远"舰舰长刘步蟾将军和张（张文宣）将军，在目前的战争中表现出了比他们的同胞更加坚贞的爱国精神和更高尚的民族气节，他们值得中国的人民引为骄傲。他们是通过一种令人哀伤的、悲剧性的方式——自杀，来表现出这种可贵品质的。但是，看来他们也不能找到比这更好的方式来表达情操了。的确，他们被日本人打败了，但他们在战败时不苟且偷生，而是在给上司留下信件后自杀殉国。那些信件无疑非常引人注目，但我们很难指望它们能公之于众。不管这些军官在他们的平时生活中是否像他们离开时表现的那样，但至少他们在展现一个中国人的爱国精神方面做出了贡献，他们向世人展示：在4万万中国人中，至少有3个人认为世界上还有一些别的什么东西要比自己的生命更宝贵。"

有人说，他们的死，并没有挽救国家的失败，他们充其量是悲剧英雄。我说，悲剧英雄同样也是英雄，同样值得我们歌颂。他们没有逃跑，没有投降，在生命的最后关头，他们选择了与自己的军舰一同走向大海。这些英勇献身的烈士，已经化入中华民族的永恒。

失败留给活着的人们，光辉献给为国牺牲的勇士。

三、君臣官民祭

决定战争胜负的因素很多、很复杂。最高决策者、实际战斗者、新闻舆论、国民情绪等，都会对战争结果有影响。本文只在几个"节点"上简单对比和一叙。

明治天皇：一个心愿，开拓万里海疆，布国威于四方。

1868年的明治维新，把近1000年来由幕府掌握着的日本，交还给了天皇。

明治天皇掌权伊始，就颁布了这样的《御笔信》："朕与百官诸侯相誓，意欲继承列祖伟业。不问一身艰难，亲营四方，安抚汝等亿兆。开拓万里海疆，布国威于四方。"

这个掌握着日本至高无上权力的人，用什么来"拓海疆、布国威"呢？1887年7月，明治天皇发布谕令：朕以为在建国事务中，加强海防是一日也不可放松之事。而从国库岁入中尚难以立即拨出巨款供海防之用，故朕深感不安。兹决定从内库中提取30万元，聊以资助，望诸大臣深明朕意。

谕令一发，富豪竞相效仿，解囊捐款，不到3个月，海防捐款总额竟达103万之多。日本学者井上清说："在天皇制的最初10年中，军事费恐怕要占全部经费的80%以上。"1893年，明治天皇又决定此后6年每年从内库中拿出30万元帑银，用于海军建设。而这，已经超过了皇室开支的1/10。此举再次带动了日本政府和议员主动献出1/4薪俸用作造舰。

　　到甲午战争前，据说明治天皇甚至干脆用饿肚皮的方法，给他的文臣武将起"带头作用"。前线那些饥寒交加的日本军人，得知天皇每天只吃一餐饭，人人涕泪横流，呼号喧嚣之声满营。

　　这是什么样的士气？

　　慈禧太后：一门心思，庆祝六十大寿。

　　当时，中国的实际最高领导是慈禧太后。光绪帝虽然名义上已经"亲政"，"然当甲午战事进行中，一切大计，仍由慈禧操之"。

　　1894年，将是慈禧的六十寿辰。清政府早就作出安排，"在颐和园受贺，仿康熙、乾隆年间成例，自大内至园，路所经，设彩棚经坛，举行庆典"。钱哪来？挪海军经费，缮修颐和园。

　　战争前，从日本回来的中国人带回日本天皇每天只吃一顿饭、省下钱来建设海军的见闻，在京城里被传为笑谈。人们说："毕竟是东洋小夷，这么干，也不怕让人笑话！"

　　战争爆发，有人建议停止颐和园工程，移回做军费，慈禧太后非常生气："今日令吾不欢者，吾亦将令彼终身不欢。"直到朝鲜战场失利，北洋海军严重受挫，慈禧太后才不得不宣布庆辰典礼在宫中举行。

　　到1894年9月26日，清军败退抵鸭绿江以北的中国境内，朝鲜全境为日本所控，李鸿章上折要求提取从1888年起打着海军名义筹备、实际一直被中央扣在手里生息以建颐和园的260万两白银，仅获得150万两紧急军费。而这时黄海大海战已经打完，北洋舰队损失惨重。

1894年农历十月初十，慈禧太后在宁寿宫庆祝她的60岁生日，紫禁城内听戏三天，诸事一概延搁不办。就在群臣匍匐在地恭颂"老佛爷"万寿无疆的时候，日本军队攻占了大连。

这是什么样的心情？

李鸿章：任命了胆小鬼，制定了坏原则。

时任大清直隶总督兼北洋大臣的李鸿章，是甲午战争的实际战略指挥者。

1894年7月25日夜，日军向驻朝鲜牙山的清军发动进攻。刚一开战，牙山清军主将叶志超就弃守牙山奔逃平壤。

荒唐的是，这位善于逃跑的叶志超，因是李鸿章的淮军嫡系，又被任命为朝鲜驻军和平壤战役的总指挥。

9月15日，大东沟海战前两天，日军大举进攻平壤，叶志超又想弃城而逃，但被左宝贵用亲兵强行扣压，严密看管，防止他乘机逃跑。左宝贵牺牲后，叶志超上演了千里大溃退，一路狂奔，越过鸭绿江。

后人评论说，当时的中国军队在平壤只要能坚守几个月，就可以扭转整个局势。当时，中国守军子弹、粮食堆积如山；而日军粮食少，子弹少，伤亡也比清军多。日军已经开始在议论还要不要进攻平壤。最后决定，再攻一天攻不下，就撤军。可就是在这时，叶志超逃跑了！

在叶大帅的带头逃跑下，清军溃不成军。在日本人眼里，"中国军队就像一群被人逐杀的猪"！

由于叶志超在朝鲜战场的溃败，战火很快就烧到了中国本土。

大连湾炮台位于黄海要冲，地形险要，为兵家必争之地。该炮台采用了当时最先进的军工技术和式样，当时被称为北洋精华。

10月24日，同样是淮军嫡系的大连湾守将赵怀业，得知日军日渐逼近，万分惊恐，不思加紧备战，反而派人把军粮、军服运到烟台，换成白银，化成私财，连同家眷运往烟台。

11月6日，他听说日军即将来战，胆子吓破，竟没放一枪一炮，丢弃大连湾炮台群，慌慌张张逃向旅顺。

负责进攻的日军第一师团长山地元治中将曾认为攻占大连湾必然是非常困难的一场恶战。为了减少伤亡，他要日本联合舰队助战，以海陆夹击的方式摧毁大连湾的炮台群。不想在11月7日开始进攻时，清军只有少数军兵遥放几炮，便悉数逃走。日军轻取大连湾炮台，获得火炮100多门、炮弹246万枚、德国新式步枪600多支、子弹3380多万颗，还有马匹、行帐、粮食以及没有启封的快炮等。这些装备都成为日军日后攻占旅顺的物资保障。

更有甚者，赵怀业逃跑时，连清军的水雷分布图都没带走，使得日军轻松地照图清除了大连湾中的水雷。于是，从11月9日起，大连湾码头成为日军进攻旅顺的后勤补给转运站。

李鸿章在大东沟海战后，给丁汝昌定了一条荒唐"原则"："责令汝昌严守"镇远""定远"两铁舰勿损伤"。在大东沟海战后，"镇远"和"定远"两艘主力舰还有很大的战斗力，如果主动出击，去同敌人殊死搏杀，战争结果也还难料。遗憾的是，丁汝昌很僵硬地理解了这条原则，没有让舰队出海巡航和去决战，于是所有的军舰都成了停在岸边挨打的固定目标。最后，北洋舰队所剩舰只全被日军掠走，成了日本军舰。

写文至此，忍不住为"镇远""定远"一哭！

慈禧太后和李鸿章的共同幻想：列强调停。

朝鲜战场失利，黄海大海战失利，虽然造成了一定的被动，其实还没有影响全局。日本人是倾全国之力一击，后勤等都有很大问题。以当时中国的实力，坚持一段时间，两方的形势可能就会发生变化。

可惜，慈禧太后、李鸿章等，都有一个幻想："列强"会站在中国一边来"调停"。从战争开始到失败投降，他们一直致力于依赖外交斡旋，争取英俄德法美等国家的调停。李鸿章说，"列强必有区处，必有收场"，命令部下"静守勿动"，"保舰勿失"，结果是贻误了军机，影响了士气。

让他们没想到的是，这些列强实际上已和日本背后达成了交易，这些早对中国虎视眈眈、垂涎三尺的家伙们，已经在磨刀霍霍了！

军官：无战争准备的将领们。

前文讲述了不少海军将领在激战时壮烈殉国、可歌可泣的事迹。但是也不能否认，他们在战争之前，确实也有许多不尽如人意之处。

史料中有这样的记述：

关于丁汝昌："虽为海军统帅，而平日宿娼聚赌，并不在营中居住。""有某西人偶登其船，见海军提督正与巡兵团同坐斗竹牌也。"

关于内部团结："左右翼总兵林泰曾、刘步蟾，轻其（丁汝昌）为人，不服调度。"

关于官兵："所有官兵都携带家眷住在陆上，把兵舰当作一个衙门，点卯应粮。""每北洋封冻，海军岁例巡南洋，率淫赌于香港、上海。识者早忧之"，"镇远、定远舰上的士兵，常在舰炮上张晒衣裤"。

关于军舰的"多种经营"：1891年，"中国炮舰和运煤船从事旅客运输业务"以谋利；1892年，"大批军舰定期运送旅客"。

关于弄虚作假：按惯例，李鸿章每三年检阅一次海防，"每逢此时，北洋舰队所有的船舰和大炮都被粉饰油漆得焕然一新"。"真可谓金玉其外，败絮其中"。

关于军舰："1888年原本预订购入300箱炮，后因为军费不足，北洋海军只购入了3发炮"，"从前拨定北洋经费号称二百万两，近年停解者多，岁仅收五六十万"。"中国水雷船排列海边，无人掌管，外则铁锈堆积，内则秽污狼藉，业已无可驶用"。

关于军备后勤：担任天津军械局总办、负责军需供应的张士珩是李鸿章的外甥，供给海军的弹药不合格。梁启超评论："枪或苦窳，弹或赝物，枪不对弹，药不随械，谓从前管军械之人廉明，谁能信之？"

平时不备战，战时必被动。在大东沟海战中，虽然北洋海军各主力舰都装备有鱼雷管3—4具，除"福龙"号对"西京丸"号攻击未成外，其余各舰都不曾实施鱼雷攻击。还有资料说，一干管带也全用错了炮弹，用了穿甲弹甚至训练弹。

依靠这样的军官、这样的军队、这样的军备、这样的军舰，我们能指望打胜仗吗？

中日两国的媒体：

日本媒体：拼命鼓动战争，比政府更激进。

甲午战争发动之前，在对外关系上，日本媒体比政府更激进，认为政府应该对中国和朝鲜动武。政府犹豫不决时，媒体就不断地抨击政府，甚至鼓动弹劾。《国民新闻》就很尖锐地提出，如果政府屈服于中国的话，则国民将趋于"反动"，乃至大大的"反动"。激进的媒体，是导致日本国策由稳健转向激进的重要推动力之一。

中国媒体：伪造新闻失去公信力。

当时中国的不少报刊上把清军在朝鲜牙山的大败说成"牙山大胜"，其实是假新闻。路透社没核实，直接转发，结果沦为行内的丑闻，公众信用也受到极大挫伤。假新闻多了，对中国的形象也造成伤害，后来当"旅顺大屠杀"报道出来时，很多外国人首先是不相信的。连李鸿章战后接受《纽约时报》采访时都说，中国办有报纸，但遗憾的是，中国的编辑们在讲真话时十分吝啬，只讲部分真事。

中日两国外交官和外交手段：

日本驻国外的所有外交官，都精通当地语言，写作能力大多好到可在报刊发表的程度。在战争过程中，很多日本外交官自己写东西。驻美国公使栗野慎一郎还专门组织在美日本外交人员和学者积极写稿，解释日本为什么这么干，宣扬日本代表了文明进步、中国威胁论等，试图影响美国舆论，效果很明显。

大清国派驻海外的外交官们，多数不认识ABC，在沟通中都存在问题，写稿更是困难。甲午战争期间，《纽约时报》《泰晤士报》等大报，几乎没有一篇中国官方或者个人主动提供给美国公众阅读的文章。

1894年7月，《旧金山早报》记者采访清朝驻当地领事，由于领事英文不好，他转而采访领事的秘书王先生。此君无论美国报纸如何刊登战况，都不相信中日之间发生了战争，每次提到2000名清朝海军官兵因遭日军炮击溺水身亡时，他都会发笑。记者评论说，这个人从来也没有想过去核实，并为自己的国家做点什么。

当时很多西方媒体向中日两国提交随军采访申请，日本军方同意西方媒体随军，随军记者达114名之多，还有11名现场素描记者、4名摄影记者。日本在战争中也做了很多新闻策划，比如让西方媒体看日军怎么优待俘虏，如何照顾战地的百姓等，通过欧美记者传播到全世界。

中国不仅不允许随军采访，还有两个西方记者因为错走到中方阵线而被砍了头，搞出很多风波。

显而易见，甲午战争中的外国舆论，一定对中国极为不利。

中日两国的国民：

据史料记载，日本人民并非被裹胁而参加战争。实际上在当时的日本当权者的煽动下，侵略中国已是家喻户晓的国策，成为民心所向。亲人上战场，家人和国民挥舞着太阳旗、唱着军国主义歌曲欢送，是常见的景象。梁启超曾经在日本亲眼看到了日本国民踊跃参军的场面："亲友宗族把送迎兵卒出入营房当做莫大的光荣"，"那光荣的程度，中国人中举人进士不过如此"。对于日本军人的"祈祷战死"，连梁启超都"矍然肃立，流连而不能去"。

甲午战争爆发时，冯玉祥正在保定当兵。他记录下了当所在部队奉命调往大沽口防御日军时的情景："官兵们骇得失神失色"，"部队开拔时凄惨一片"，"男女老幼奇哭怪号声震云霄"，"不明底蕴的人以为谁家大出殡，惊动了这么多人哭送，绝对想不到这是军队开拔去抵御敌人。为民族争生存、为国家争荣耀，所谓国家观念、民族意识在他们是淡薄到等于没有的"。

战争中，《旧金山早报》记者采访了在旧金山经商或做苦力的华人，他们都不关心战争，对2000名清朝海军官兵死亡更是无动于衷。记者说，这与日本侨民战争期间的全民动员、踊跃捐款迥然相异。

四、思维文化祭

1894年8月1日，中日两国同时宣战。

光绪皇帝的宣战诏书说，朝鲜是我们的藩属，现在有内乱，它请中国出兵平息内乱，这是中国和朝鲜内部的事情，与别国无关，日本不应出兵。

也就是说，我又没有惹你日本，你来打我，完全没有道理。

明治天皇的宣战诏书说，朝鲜是一个独立国家，现在中国侵犯了朝鲜的独立，所以我出兵帮助朝鲜巩固独立；其次，对中国宣战是为了保护朝鲜改革开放的成果；第三，不断地强调东亚和平、世界和平。

也就是说，你确实没惹我，但是我觉得你该打，所以我就打你。

仔细看看当时的文件，能够看出中国文化与日本文化的最大差别之一，在于处理国际关系的思维方式。

中国方面：

理论上：坚持和平共处，互不侵犯，彰我朝历来宽宏仁厚之心。

行动上：绝不打第一枪，只防御，不进攻。

其实这些不能算错。如果你有世界第一的战斗力，提出以上原则，会受到全世界的欢迎。只是当时的统治者忽略了一个致命的问题：日本人已经定下了"侵略中国为日本崛起的必经之路"的基本国策，而且已经举全国之力向你杀来，你还浑浑噩噩对它宽宏仁厚，不被动挨打还有什么？在国家之间是弱肉强食的时候，和平共处，互不侵犯，只是一厢情愿。你只有具备击退来犯之敌的能力，才有资格谈"和平共处，互不侵犯"。

日本方面：

理论上：国际关系自古以来都由武力决定，"禽兽相接，互欲吞噬"，吞食他人者是文明国，被人吞食者是落后国。

行动上：只要对自己有利就干，不管什么国际规则，不管他人受何种灾难。

1872年日本单方面吞并琉球，就是明显的例证。

1984年11月，日本银行发行的新1万日元上，印上了福泽谕吉的肖像。这位明治维新时代的思想家，被日本人奉为新思想的先驱、日本文化的灵魂。他的著作中，提出了"百卷万国公法不如数门大炮，数册亲善条约不如一筐弹药"的理论，福泽认为，国际关系自古以来都由武力决定，"禽兽相接，互欲吞噬"，吞食他人者是文明国，被人吞食者是落后国，日本也是禽兽中的一国，"应加入吞食者行列，与文明人一起寻求良饵"。良饵者，谁也？

1884年10月，福泽发表文章提出，15年后中国将被欧洲列强和日本瓜分，日本将理所当然地占据台湾全岛和福建的一半，并野心勃勃地刊载了一份瓜分中国的预想图《支那帝国分割之图》。这些，成了日本当权者的指导思想。

1887年，日本政府制定了《清国征讨方略》，决定在1892年前完成对华作战的准备，进攻的方向是朝鲜、辽东半岛、山东半岛、澎湖列岛、台湾、舟山群岛。7年后，日本正是按照这个时间表和路线图发动侵略战争，并几乎达到了全部目的。

甲午战争前，日本首相山县有朋在国会演讲时把朝鲜和中国东北、台湾等地说成是日本的生命线，甲午战争中他亲自担任第一军司令，率军入侵朝鲜。

两国的战略思想影响着海军的指导思想。

清政府没有海权思想，北洋舰队当然也就没有在海权思想指导下的战略理论及战略战役指挥体系。中国海军把海洋看成防御的屏障，把海军看成运输船队、运兵船的护航力量和陆地防守的一种辅助。所以，尽量避免和日军发生冲突。

北洋舰队是为了海防而建，所以大多是主炮口径较大、舷侧副炮较少的军舰，更适合做近岸防御。

日本把大海看成是通往中国大陆的桥梁，把争夺制海权作为掌握对中国作战的主动权，所以一直在主动寻求同北洋海军决战的机会。

日本舰队是为了侵略而建，所以大多数军舰主炮较小，而舷侧副炮较多，而且大多数是速射炮，有利于舰队作战。

一方浑浑噩噩，一方处心积虑；一方坐而论道，一方开枪发炮。还没开战，就已经胜负可判了。

中国方面对内的思维和行为方式：和对外"宽宏仁厚"相反，当时清廷内对海军将领多方指摘、斥责。

在战斗最激烈的时候，朝廷下旨撤了丁汝昌海军总司令的职，后又让他复职"戴罪立功"。现在看来，不啻是自己干扰自己的部队。

在开战的第一个月内，丁汝昌就受到了至少12次的弹劾和严饬。弹劾是由朝廷里的言官们提出的。他们没提出一条克敌制胜的方法，只是大叫："日本不过蕞尔跳梁小国，无足轻重，以堂堂中国奋练海军经今十余载，岂不足一战也。"

严饬是皇帝下的斥责。言官们的这些言论尽管可笑，却能影响最高领导的情绪。前方将士浴血奋战，后方声色犬马的家伙们"弹劾严饷"。这叫将士们作如何想？史料说，"对丁汝昌等人来说，这些指责比日本人的炮弹对他们的危害更大"，我相信。

一发没爆炸的炮弹牵出体制的腐败，战争没有偶然。

丰岛海战中，日本"吉野"号被一枚"济远"舰150毫米口径火炮击中右舷，炮弹击毁舢板数只，穿透钢甲，击坏发电机，坠入机舱的防护钢板上，然后又转入机舱里。"吉野"是日本速度最快、机动能力最强、战斗力最强的军舰。如果这枚炮弹爆炸，"吉野"必沉无疑。若真的这样，后来的大东沟海战结果还真很难说。可惜，炮弹没炸，"吉野"得以死里逃生。

炮弹没炸的原因是弹头里面未装炸药。当时在"镇远"舰上协助作战的美国人麦吉芬说，"吉野"号能逃脱，是因为所中炮弹只是固体弹头的穿甲弹。

为什么不用开花弹，而用穿甲弹？

因为没有开花弹。堂堂北洋舰队，为什么没有开花弹？

在战争前两年，北洋舰队的洋顾问已经提议，应该大量购进德国造的优质大开花炮弹。李鸿章三次签发了命令购买，却没买成。因为没有钱，钱被挪用"修园子"了。

战争没有偶然，一发没有爆炸的炮弹，能够牵出整个体制的腐败。

史料记载，黄海海战中，北洋海军发射的炮弹有的弹药中"实有泥沙"，有的引信中"仅实煤灰，故弹中敌船而不能裂"。据统计，在"定远"和"镇远"发射的305毫米口径炮弹中，半数是固体弹头的穿甲弹，而不是爆破弹头的开花弹。就是这样的炮弹也不可思议地出现了不够用的状况，只打了5个小时的海战，"定远"和"镇远"的主炮炮弹全部用光。

为什么炮弹不够用？国家给舰队的钱都到哪里去了？

1875年，清廷决定，400万两海防专款全部交北洋使用。史料载：

"这400万是从东南几省的关税中抽取。而地方政府出钱时都极不情愿，皆需经李鸿章屡次催促才能筹集出大部分资金。而在此过程中，经官员手要吃掉部分回扣，贪污挪用部分款项，等到了李鸿章手里，基本上就只剩总额的一半了。剩下的钱拿出去采购时，经办人员又要吃掉一部分回扣，到底有多少钱真正用于海军，可想而知。"

读史至此，已经欲哭无泪！

前事不忘，后事之师。

如果遭受了巨大失败，却不知道为什么会失败，这样的民族，还会遭受更大的失败；如果遭受了失败，也知道为什么会失败，但却不去变革，这样的民族注定会灭亡。

祭奠历史，是为了现在，更是为了将来。

原载《科技日报》2014年1月28日

靖康耻与宋高宗的心思

宗仁发

———————

    站在阿城大金王朝上京会宁府宫殿的遗址上，我四顾茫然。除了能看到两排寂寞的白杨树，周围只是齐腰深的一片荒草。难道八百多年前就是这里的"蛮夷"把我大宋欺负得一塌糊涂吗？早年在岳飞的《满江红》中知道了有"靖康耻"这个说法，但究竟是怎么个"耻"，并不甚了了，以为不过至多是大宋被北方的少数民族女真人打败，徽、钦二帝被掳到北方而已。2014年6月下旬去阿城采风，借机补上了这一堂历史课，说起来这一课补得还真不是滋味。

    按说我的父系姓宗，依百家姓的说法，应是中原的汉人。而我的母系姓佟，按满族人的说法，应是女真人的后裔。恰好宋朝有个抗金大将就是姓宗，名泽，也可以说，这宋、金的战争就是咱家父母两边先人的龃龉。要是这么说这也算是民族融合过程中的"家丑"吧。

    靖康是宋的年号，徽宗逊位把皇位让给钦宗赵桓，钦宗将年号改为靖康。实际上靖康之耻，肇始于宋金的"海上之盟"。当时，女真人开始反辽，宋徽宗听信辽国降将马植（降宋后徽宗赐姓赵，即赵良嗣也）

所献与金联手之策，在1118年遣马政、呼延庆、高药师等以买马为名，从山东过海到金，传递徽宗欲与金"复通前好""共伐大辽"之意，此间宋金使者在海上几次往返洽谈，第一次形成文件时，宋用的是诏书，金太祖认为这是对金的轻侮，要求宋改用平等的国书。1120年盟约签订，宋金联手夹攻辽，金取中京，宋取燕京一带。宋同时要按原来给辽的岁币数目等转给金。并还明确如宋不能如约夹攻契丹，则已许诺的条款即属无效。结果是宋兵两次攻燕受挫，不得不派人请金兵攻燕，最后金兵攻克燕京。这样宋已违约，只好以巨额的"燕京代税钱"赎回六座空城。此前宋的算盘是借金伐辽，以夷制夷，可现在与辽反成了唇亡齿寒的局面。1126年，也就是靖康元年，金兵渡过黄河，围困汴京，宋军在李纲的率领下保卫汴京。在还看不出宋军必败的情况下，钦宗就派人向金请罪、请求议和。金提出的苛刻条件是：宋须交犒师的钱和物是金五百万两，银五千万两，绢彩各一百万匹，还有马驼驴骡若干；称金朝皇帝为伯父；割太原、中山、河间三镇之地给金，以亲王、宰相为人质，等等，宋一一应允。将康王赵构、少宰张邦昌为人质，上誓书、地图给金：称侄大宋皇帝，伯大金皇帝（等到了1165年南宋与金隆兴和议时，给钱、割地不说，连大宋的"大"也不敢再写上了，自称为侄宋皇帝再拜奉书叔大金皇帝，只保留放在金前面的"大"字了）。料提出这些条件的金朝首领宗望也不会想到宋会这么乖乖地同意，但既然答应了，那就退兵吧。到了年底，金还是找到借口攻陷了汴京。1127年，金将徽、钦二帝废为庶人，并将他们和皇后、太子、宗戚及官吏、内侍、工匠、倡优等三千余人掳而北去，结束了北宋。徽、钦二帝被押到阿城后，金人拿他们耍戏取乐，让他们披上羊皮在金太祖庙前行"牵羊礼"，然后在乾元殿跪在金太宗脚下，接受降封，一个被封为昏德公，一个被封为重昏侯，倒也是名副其实。

堂堂大宋皇帝，在此时此刻，就是任人宰割的羔羊，毫无反抗意识，一丁点的尊严都丧失殆尽。这二位都不如一个女人，宋钦宗的妻子朱后，不堪忍受如此羞辱，当晚回到住处就自缢了，不料让人发现后救了下来，但她还是去意已决，又乘人不备投水自尽，也算是刚烈。

再说说继徽、钦二帝之后主政的宋高宗，在金与宋战场形势发生有利于宋的情况下，不但不一雪前耻，反倒主动与处于不利地位的大金去议和，肚里揣的小心眼是如果大获全胜的话，势必要迎回钦宗，此时徽宗已死，钦宗一回，皇位恐怕就得归钦宗。这对宋高宗来说是比其他事情都更麻烦的事情。当然，高宗的担心也不是自己多虑，此前曾发生过一场政变，就是质疑他的皇位问题，史称"明受之乱"，虽未成功，但还是吓得高宗心惊肉跳。可叹的是像岳飞这类不懂政治的人对皇帝的心思是把握不准的，他在1130年打败金兀术后写下的《五岳祠盟记》中还提什么"迎二圣归京阙"的事呢。只有秦桧之流懂得皇帝要什么，不要什么。秦桧在为高宗救急的同时，也将高宗变成了"药笼中物"，高宗在他面前抬不起头来，他等于是在独揽朝政。南宋还有一个叫胡铨的人，曾在1138年反对议和，给高宗上过一个密折《上高宗封事》，此文言辞激烈，是抱着死谏之决心的。文中说："夫天下者，祖宗之天下也；陛下所居之位，祖宗之位也。奈何以祖宗之天下，为犬戎之天下，以祖宗之位，为犬戎藩臣之位？"不光是质疑宋高宗的议和，还直接批评皇上说："而陛下尚不觉悟，竭民膏血而不恤，忘国大仇而不报，含垢忍耻，举天下而臣之甘心焉。"假如议和成了，那后世将会把皇上看作是一个怎样的皇帝啊。胡铨在这个折子中说，自己和皇帝重用的主张议和的秦桧、王伦、孙近三人不共戴天，"愿斩三人头，竿之藁街"。胡铨的这封密信，据说被女真人花千金觅去，读过后大惊失色，大呼"南朝有人"！宋高宗看过这个折子后，意见再对也是不会采纳的，但秦桧也没敢主张杀胡铨，不过是把他贬官、流放处之。后来秦桧死后，胡铨还得到了平反，又在朝廷做了高官。相比之下，岳飞的遭遇就没这么幸运了。尽管岳飞在战场上屡建奇功，但他还是没法明白皇帝的心思。一会儿让他打，一会儿又一天发十二道金牌让他撤。他对战场的形势分析得明白，但却不知宋高宗的分寸在哪。高宗想的是战场上打得够和谈就行了，不需要大获全胜。于是，就有了1141年的绍兴和议，这个和议别的不说，最重要的一个条款是不提要金送还钦宗了，要求还回徽宗与太后、皇后的梓宫及高宗的生母韦氏。等到1142年，因按和议宋仍向金称臣纳贡，金派人来册封宋高宗为大宋皇帝。这出保皇位的戏算是告一段落。后来宋高宗甚至为达议和之目的，答应金兀术给秦桧的信中提出的杀岳飞，议和方成的条件，以莫须有的罪名，把岳飞害死。实际上，早期岳飞总提要迎回徽、钦二帝，后来多少明白点高宗的想法了，说法也改为"迎还太上皇帝、宁德皇后梓宫，奉邀天眷以归故国，使宗庙再安，百姓同欢，陛下高枕无北顾之忧"了。这个说法已把钦宗模糊在"天眷"一堆里面了。其实迎回徽、钦二帝也不是岳飞自己提出的，本是高宗即位之初在诏书中提出的政治口号，岳飞的问题不过是明白高宗的曲折之心慢了节拍罢了。宋孝宗在绍兴三十二年（1162）即位后，当年七月就追复岳飞原官。诏云："故岳飞起自行伍，不逾数年，位至将相，而能事上以忠，御众有法。履立功效，不自矜夸，余烈遗风，至今不泯。去冬戍鄂渚之众，师行不扰，动有纪律，道路之人，归功于飞。飞虽坐事以殁，而太上皇念念不忘，今可仰承圣意，与追复元官，以礼改葬，访求其后，特与录用。"（《金陀续编十三》）金毓黻先生看了这个诏书后，在《静晤室日记》中说："其云'太上皇帝念念不忘'一语，最为曲折。高宗本无杀飞之心，以奸桧迫以必杀飞而后可和，不得已而曲从，然未尝不内疚于神明也。当其晚岁，必向孝宗尝称岳飞之功，且以其死为可悯，故孝宗诏中乃有是言，且孝宗之于高宗，有先意承志之美，设使追复飞官为高宗所不愿，则孝宗亦必置而不为，所谓观人于微，殆指此类之事乎。"金先生的分析有一定的道理，算是一种细说。皇上杀岳飞可能还有一个原因作祟，那就是从北宋建立之日起，就汲取唐藩镇割据的教训过了头，总是对武将不放心，且不信任的程度都严重到宁信敌人的话，也忌惮武将的忠。

该说说那个可怜兮兮的人——宋钦宗了，宋金议和后，1142年宋派王伦为迎奉梓宫、奉还两宫、交割地界使前往大金。金给送回的是宋徽宗和郑太后、邢皇后的梓宫及高宗的亲生母亲韦贤妃。唯独把宋钦宗丢在大金而不顾。韦贤妃临要回朝的时候，宋钦宗卧在车前泪流满面，哀求宋高宗的母亲说："归语九哥（即其九弟高宗）与丞相（指秦桧），我得为太乙宫使（宋宫观使，官名，无实职）足矣，他不敢望也！"此时，宋钦宗已明白高宗担忧自己归来对皇位有威胁的心思，抓住这最后的一个机会，让韦贤妃带话给高宗，表示自己没有再复位之想法，只是想回家，并把自己当闲官的名分都想好了，以求高宗放心。当时韦贤妃也同情应允，待回到朝廷后，才知道高宗根本不打算让钦宗回来，也就按下不表了。钦宗在苦盼苦等多年后于1161年五十一岁时绝望含恨而死。

往事越千年，一道历史的伤疤并没有愈合，但了解这些就会明白为什么靖康耻雪不了啦！

原载《随笔》2015年第5期

敬　告

　　由于编选时间仓促、工作量大，未及与所选作者一一取得联系，请见谅。

　　现仍有部分作者地址不详，为及时奉上稿酬和样书，请有关作者与编辑赵维宁联系。

地址：沈阳市和平区十一纬路25号

邮编：110003

电话：024—23284306

E-mail：249972579@qq.com

微信号：zhaoweining10

辽宁人民出版社

2018年1月